ars vivendi

Michael Zeller
Café Europa

Roman · ars vivendi

Originalausgabe

Dritte Auflage 2001, 1. Auflage dieser Ausgabe

www.arsvivendi.com

Typografie und Ausstattung: WMS&S
Umschlagillustration: Anton Atzenhofer
Druck: Druck + Papier Meyer, Scheinfeld
Printed in Germany

ISBN 3-89716-314-4

Café Europa

Nein, mein Lieber, so leicht sollst du nicht davonkommen! Machst du es dir wirklich nicht etwas zu einfach, wenn du jetzt, im nachhinein, behauptest: angefangen habe das alles mit diesem Mann im Park, gleich an deinem ersten Tag in der Stadt?

Sicher, darin hast du recht: die wichtigsten Entdeckungen an einem neuen Ort macht man immer gleich am Anfang, wenn die Witterung, die verkümmerte, sich einmal frei entfalten darf, unbehindert von der vorlauten Routine unseres Kopfes sonst. Und so hast du es ja auch sofort auf die Formel gebracht: Reisen ist der letzte Feiertag unserer Sinne, andernfalls soll man es lieber bleibenlassen.

Und so, wie du reist: man kennt dich ja schon ein Weilchen und ist dir ziemlich auf die Schliche gekommen mit der Zeit – keine Mühe sich vorzustellen, wie du dich am ersten Tag in die fremde Stadt hineingetastet hast, mit deiner atemlosen Neugier, und gleich vor der Haustür, am Rand des Parkes, hängengeblieben bist – bei den Kartenspielern, am frühen Vormittag (ja, so etwas fesselt dich!), den Männern auf ihren Bänken, acht oder zehn, eher jung als alt, drei von ihnen spielten, der Rest sah zu, auch du hast sie beobachtet aus sicherer Entfernung, wolltest keinen Verdacht bei ihnen wecken, denn es ging ziemlich ruhig zu bei ihnen: kein lautes Wort, kein Lachen, kein sattes Dreschen der Karten, sondern ein flüchtiges Abwerfen auf den Haufen – daraus konntest du schließen, daß es um Geld ging, um höhere Einsätze, und du sahst dann auch die Stöße der Geldscheine, wie sie abnahmen oder wuchsen nach einem Spiel, auch dann nur ein Anreißen des Zündholzes für die frische Zigarette, ein böses leises Fluchen, ein Kollerhusten, das lange hatte warten müssen. Und beim Kiebitzen, mit einer kleinen Drehung des Halses, sahst du ihn sitzen, sagst du, den Mann, tiefer im Park, das Gesicht den Spielern zugewandt und dir – nein, an euch vorbei ging der Blick. Ja, ziemlich genau gegenüber deiner Wohnung habe der Mann auf der Bank gesessen, erzählst du, und deshalb, später, sei das deine Bank geworden, ließest du hier oft die Abende ausklingen, atmetest etwas noch von der Nacht, bevor du dich schlafen legtest. Warum dein Blick an dem Mann haftengeblieben ist, hast du nicht verständlich machen können, bis jetzt jedenfalls nicht. Das Auffallendste an ihm sei seine Unauffälligkeit gewesen – so eine deiner Zuspitzungen, die dir vielleicht genügen mögen ... Ein Koffer neben sich, oder eine Tasche ... ein Reisender – wie früher die Vertreter. Ein Bein übergeschlagen. Die Kleidung? Heller Regenmantel, offen, hochgestellter Kragen, Halstuch oder Krawatte. Weder abgerissen noch elegant, weder nachlässig gekleidet noch ausgesucht. Mit grellem Scheppern fuhr die Straßenbahn vorbei, hinter euch allen, der Lärm belebte die Kartenspieler, sprengte den Ring ihres Schweigens. Bewegung plötzlich, sagst du. Wörtlich: »Der Sieger des letzten Spiels schilderte noch einmal gestenreich die Abfolge der geworfenen Karten, ein anderer winkte ab, mit seinem ganzen Arm, ehe er einen Packen Scheine mit feuchtem Daumen durchzählte und, ohne hinzuschauen, vor den Sieger warf.«

Kartenmischen neu. Austeilen, Aufnehmen, Ordnen – deine Augen weideten sich an der Geläufigkeit ihrer Finger, natürlich, du mußtest den Kopf abwenden und gerietest wieder an den allein dasitzenden Mann auf seiner Bank, kein auffälliges Merkmal an ihm außer dem Koffer vielleicht – ist das schon etwas Besonderes? Aber irgend etwas an seiner Haltung muß dich beunruhigt haben. Du versuchtest zu erraten, erzählst du, wie alt er sein mochte – sechzig Jahre vielleicht ... so um die Sechzig. Das graue Haar, eng am Schädel liegend, glatt zurückgekämmt – ein schmaler Kopf. Einheimisch oder ortsfremd? Und du entschiedest dich dafür, daß er nicht von hier sei. Etwas Fremdes sei von ihm ausgegangen, ein Fremdsein überall, so deine Vermutung – ehe deine Augen es sahen: Dreck am Schuh! Der Mann hatte Dreck an dem Schuh, der vor seinem Knie hing. Und lächeltest stolz über die Tüchtigkeit deines Instinkts, als sei damit der Beweis erbracht, daß der Mann tatsächlich von auswärts kam. Mag ja sein, daß die Erdkruste um die Sohle nicht in das Bild seiner mittleren

Gepflegtheit paßte, zu der ordentlichen Kleidung. Dreck, als sei er über Felder gegangen, durch einen Wald. Und warum konnte die Erde an seinen Schuhen nicht von dem Park stammen? Die Wege, antwortest du, waren selbstverständlich auch in diesem Park hier betoniert, und die Beete haben trocken hinter den Kartenspielern gelegen – also ...? Ihr Spiel ist schon wieder zu Ende gewesen. Einer hatte aufgegeben, die halbe Hand seiner Karten zusammengeschoben und auf den Stoß geknallt – fertig, nur noch Nullen. Hämisches Lachen um dich herum. »Mit welcher Schnelligkeit zwischen ihnen die Geldscheine hin und her wanderten, mit welcher Leichtigkeit sie sie weggaben – wie nichts.« Ob es so mühelos verdientes Geld war oder die Leidenschaft des Spiels, die jede Achtung vor der eigenen Arbeit dafür aufzehrt? Das hat dich fasziniert (kein Wunder, mein Lieber!), aber es stieß dich auch gleichzeitig ab, und deine Neugier auf die Kartenspieler – die ersten Menschen, die du trafst hier in der fremden Stadt, an deinem ersten Tag, ist doch allmählich ..., und dennoch bist du nicht weggegangen. Dennoch bliebst du stehen und schautest weiter den Männern zu, bis du merktest, daß deine Augen ganz woanders waren. Das Kiebitzen ist nur noch ein Als-Ob gewesen, ein Vorwand, diesen merkwürdigen Fremden weiter auszukundschaften, obwohl oder weil er so gar nichts Aufregendes an sich gehabt habe – außer seiner Fremdheit. Der Fremde in seiner Fremdheit (so deine Worte) saß da, auf der Bank, hatte immer noch das linke Bein übergeschlagen, bewegte sich kaum – nicht ungeduldig, nicht in Wartestellung, aber auch nicht so, als wolle er die Zeit totschlagen. Ließ manchmal den Kopf wandern, den schmalen Schädel, grau, mählich folgte sein Blick einem Passanten – dieser Frau gerade mit zwei Kindern an der Hand, rechts und links, so wie früher. Im wesentlichen aber schaute der Fremde geradeaus, über die Spieler am Parkrand hinweg blieb sein Blick auf die Straße gerichtet oder auf das Haus gegenüber,dein Haus seit einer Nacht. Ob er jemanden von dort erwartete? Und, vordergründig noch den Kartenspielern zugewandt, hast du weiter an dem Mann herumgeraten. Sechzig Jahre – zwischen die Generationen gefallen, zwischen dir und den

Vätern. Damit wäre er, der Fremde, deiner Schätzung nach um 1930 herum geboren, bei Kriegsbeginn dann zehn, bei Kriegsende, als du geboren wurdest, fünfzehn Jahre alt gewesen. In Deutschland hätte er noch zur Hitler-Jugend gehören können, als Pimpf, und in Polen ... Und wie, wenn er von einem Teil der Erde stammte, den dieser Krieg, im wesentlichen doch ein europäischer Krieg, nicht erreichte ...? Und dann sind dir selbst, Gott sei Dank, deine ganzen Überlegungen zu diesem Fremden, bevor du auch nur einen Schritt in die Stadt hineingesetzt hattest, müßig vorgekommen, und du wolltest weg, weiter, sofort, aber du warst schon dermaßen verfangen in deinen eigenen Gedanken, daß es so einfach gar nicht mehr ging – du hast dir regelrecht einen Rückzugsweg ausgeguckt, damit du dich möglichst nahe, aber doch auch möglichst unauffällig an dem Mann vorbeimogeln könntest, um möglichst viel von ihm zu erhaschen im Vorübergehen. Du bewegtest dich um die Spieler herum, es sollte wirken, als wolltest du nur einen anderen Blick auf sie gewinnen. In Wahrheit suchtest du dir einen günstigen Platz, von dem aus du ungezwungen an dem Fremden vorbeischlendern könntest. Du hast dich, erzählst du, damit der Fremde keinen Verdacht schöpfte, sogar noch ein bißchen bei den Kartenspielern aufgehalten, beugtest dich von deinem neuen Standort zu einem der Spieler hinüber, ehe du dann losgingst, den Blick scheinbar auf die violetten Dolden eines Fliederbuschs geheftet. Und gingst vorbei an ihm, ohne ihn anzusehen, und willst dabei gesehen haben oder gespürt: Einsamkeit, eine große Verlassenheit. Das Gesicht so eingeschlossen in sich, scharf geschnitten, ohne jede nationale Prägung. Die Lippen fest aufeinandergepreßt, als wollten sie sich nie mehr lösen voneinander. Und Augen von einer versteckten Wachsamkeit, um sich zu schützen. (»Gestohlene Blicke« sagst du. Verstehe einer, was du damit meinst.) Und das alles willst du erwittert haben im Vorübergehen?! Respekt, wirklich: allen Respekt! Obwohl eure Blicke sich nicht trafen. Ja, wie du sagst: du hattest den Eindruck, daß er deinem Blick auswich. Jedenfalls hat der Fremde seinen Sitz verändert, erstmals, sich weit nach vorne gebeugt, um einem Passanten nachzuschauen, an dem du nicht das geringste nachschauenswert fandest. Ein gewöhnlicher kleiner Reisekoffer, braunes Leder, abgestoßen. Ja, und die Schuhe! An beiden Schuhen wirklich dicke Erdbatzen, angetrocknet, die nie und nimmer, wie du zum zweiten Mal betonst, von diesem Park hier stammen konnten. Und auf seiner Höhe, gerade aus seinem Atemraum heraustretend, will dir dieses Wort eingefallen sein, du wußtest nicht woher, denn bibelfest bist du ja wahrhaftig nicht, das Wort »Du aber sollst gehen bis an den jüngsten Tag«. (Das ist eben deine Art, mit Sprache umzugehen. Man wäre vermutlich voll und ganz mit der Wendung »wie bestellt und nicht abgeholt« ausgekommen.) Ja, dann aber, als du an ihm vorbei warst: da hast du seinen Blick gespürt auf deinem Rücken, er hat dich gekitzelt geradezu zwischen den Schulterblättern. Eine Sekunde juckte dich der Reiz, dich umzuschauen und ihn bloßzustellen, ihn zu entlarven. Zögertest, dein Schritt verlangsamte sich, ohne dein Zutun - der Fremde in deinem Rücken hat dich in seinem Bann gehalten -, doch dann, ab einem bestimmten Punkt, erzählst du, hat sich, abermals ohne Einwirkung deines Willens, der Schritt beschleunigt, und du bist weitergegangen, weg von dem Mann. Dein Körper also, nicht du selbst, erklärst du, hat die Entscheidung getroffen - für dich -, und du bist eigentlich ganz froh darüber gewesen. Er weiß es doch immer am besten, der Körper, sagtest du dir, und schütteltest den Schatten ab und gingst mit festen, zielbewußten Schritten in die Stadt hinein - endlich.

Anfangen. Daß ich anfangen kann, jetzt endlich, hier in Krakau, habe ich Papier gekauft, einen ganzen Schwung gleich, hundert Blatt, großes Format, nicht zu weich, nicht zu glatt, gerade recht zwischen den Fingern, geschmeidig genug, die Worte, die ich darauf setzen will, einfach anzunehmen – weder einsinken noch abgleiten zu lassen. Das Papier, das ich brauche, muß immer von dem Ort sein, an dem ich schreibe, ein Teil der Fremde, frisch und unbenutzt und kühl. Es darf keine Erinnerung daran haften, woher ich komme – wozu hätte ich sonst reisen sollen? Seine Eigenheit muß es haben in Größe, Farbe, Tastqualität und soll etwas abgeben davon an den, der es beschreibt – bespricht – beschwört – und sei es nur als stille Hoffnung, die aus der Papiermasse leis herausklingt, obwohl das Papier, das weiße, unbelebte, schweigende, allenfalls für sich zwischen den Fingerspitzen spricht.

Die Verkäuferin lächelte bei meiner Papierprobe und legte mir geduldig Sorte für Sorte vor. Und wirklich: erst das letzte Blatt paßte, aber es paßte genau. Ich brauchte keinen Vergleich mit einem der anderen Papiere anzustellen, und ich mußte auch keinen Kompromiß schließen. Ich sah und faßte an und spürte: Das stimmt. Das ist es. Und sagte »Hundert Blatt davon« zu der Verkäuferin.

Nein: das sagte ich nicht. Ich schrieb ihr vielmehr die Zahl *100* auf einen Zettel, und daraufhin zählte sie mir Blatt für Blatt von dem Stapel herunter. Das dauerte natürlich seine Weile, und in der Zeit bildete sich ein Stau von Wartenden um uns, von Kunden, durchaus mit Anzeichen von Ungeduld – heftiges Einziehen der Luft durch die unteren Zähne zum Beispiel. Dennoch: solange die Verkäuferin zählte, ließ man sie in Ruhe. Erst in dem Augenblick, in dem sie ein Häufchen abhob, kantete und auf die Seite legte für mich, fielen die Kunden mit Fragen über sie her. Die Verkäuferin verlor keine Sekunde die Langmut dabei. Über ihrem schwarzen Haar lagen die ersten Silberfäden, ein feines Netz, wie fremd noch, als gehöre es nicht dazu, als könne man es abziehen noch bei Bedarf. Bald schon würde es zu ihr gehören und heimisch geworden sein auf ihrem Kopf und sie daran erkannt werden von allen, gerade auch von den Schwarzhaarigen. Woher diese Frau die Geduld nimmt, fragte ich mich. Kein einziges Mal hob sie ihre Stimme, sagte immer nur das eine Wort, meist kam es ihr spontan über die Lippen, seltener nach einem kleinen Zögern, weil sie überlegen mußte. Dieses Wort hieß *nie*, diphthongiert gesprochen: *ni-e*. Nein, nicht gerade *niemals*, mit seiner Endgültigkeit gar *nimmermehr*, aber doch eindeutig genug abweisend: *nein*. Nein, einfach so. Ohne Ausrufungszeichen sprach sie es aus.

Auf diese Weise lernte ich das polnische Wort für *nein*, doch das war schon meine zweite Sprachlektion.

Das erste Wort, das ich den Menschen in Krakau abhörte, hieß *tak*. Mit diesem winzigen Explosionslaut *tak* war jede Rede durchwoben, so dicht manchmal, daß es deren ganzen Sinn selbst zu tragen schien, als Doppeltakt, *tak tak*. Es erinnerte mich, ehe ich es entziffern konnte, an das Klappern der hohen Absätze von Frauenschuhen auf dem Pflaster der Krakauer Straßen, tak tak, der feste Zweierrhythmus, bei dem ich die Augen schließen konnte und etwas Positives heraushörte. Bald wurde mir klar, daß dieses *tak* etwas Zustimmendes ausdrückt, eine Bestätigung. Aus seinem Klang erriet ich das *ja*.

So lernte ich binnen eines Tags das Wesentliche dieser Sprache kennen – einer Sprache, so abweisend sonst ... und klingt so weich dabei, so musikalisch. Zuerst lernte ich *ja*, dann lernte ich *nein*. Und dachte an die Bergpredigt des Matthäus, und sprach ihn vor mich hin, den Vers, *Eure Rede aber sei: Ja, ja; nein, nein; was darüber ist, das ist vom Übel*. Und war ganz zuversichtlich jetzt, mit der Wahlmöglichkeit zwischen *ja* und *nein* hier nicht vollkommen an das Fremde ausgeliefert zu sein.

Ja. Nein. Wir leben nicht mehr in den Tagen der Bibel, sind keine Hirten mehr, sondern gehören höchst ausdifferenzierten Stämmen an, die mit ihren Fingerspitzen verschiedene Papiersorten erfühlen können und dann auch benennen wollen.

Und so nahm ich tagtäglich beim Frühstück im Café, der Kawiarnia Europejska, meine Polnischlektion zu mir, zusammen mit dem in Butter gebackenen Rührei. Wort für Wort lernte ich aus meinem gelben Taschenlexikon und konnte es immer gleich bei der Kellnerin ausprobieren. Leider war sie – ich hatte es befürchtet – vollkommen unempfänglich für meine marginalen Forschritte, die ich ihr ganz frisch erworben vorführen wollte, weil ihr Kundengedächtnis wohl nicht über einen Tag hinausreichen mochte. Gestern zeigte ich noch mit dem Finger auf das Eigericht in der Speisekarte. Heute bestellte ich es bereits durch das Organ, das es gleich aufnehmen sollte, und es kam mir vor, als ob der Mund sich dadurch seine Lust erst verdiene. Den einen Tag noch zerrieb ich die rauchgeschwängerte Luft der Kawiarnia Europejska zwischen Daumen und Zeigefinger, als ich zahlen wollte, am nächsten Tag forderte ich bereits »Die Rechnung, bitte.«

Gerade was diese grundlegenden Verrichtungen angeht, die Notwendigkeiten, die das Überleben sichern, ist mir der sprachliche Ausdruck immer wichtiger geworden, brotnötig sozusagen. Das Fassen in Sprache, ja, es ist im Laufe der Jahre elementar geworden, hat kaum noch etwas mit Höflichkeit zu tun, nationalem Entgegenkommen. Es war mein Versuch, mich überall als Mensch unter Menschen zu behaupten, und sei es auch auf der untersten Ebene. Früher hatte mich die Sorge befangen gemacht, ich könnte ein fremdes Wort falsch aussprechen. Das war nun vorbei. In Krakau schämte ich mich, wenn ich meine Lebensnotdurft nicht in Worte fassen konnte, sondern wie ein kluger Affe im Zoo auf Gesten beschränkt bleiben sollte. Das Menschliche kann sehr einfach sein, wenn man es so annimmt und auch will, und selbst noch in den allergröbsten Rastern, im biblischen *tak tak, ni-e ni-e*, das Harte und das Weiche, der Bogen über alle Gegensätze. Doch daß ein Mehr vom Übel sei, Matthäus, das wollte ich dir, Freund, Kollege, nicht abnehmen. So weit war ich noch nicht gedrungen auf dieser Stufe meines Lebens. Andernfalls sollte ich hier abbrechen ...

Beim Aufstehen hörte ich im Radio, in den englischsprachigen Nachrichten des »ersten und besten unabhängigen Senders in Polen«, wie der junge Mann stolz sein Programm ankündigte, in nicht ganz akzentfreiem Amerikanisch: Fronleichnam heute, der Tag von Corpus Christi, in Polen ein nationaler Feiertag. Hoffentlich, so mein erster Gedanke, hoffentlich hat meine Kawiarnia nur heute nicht geschlossen deshalb, am Marktplatz, wo ich meinen Kaffee einnehme und neue polnische Worte, die ich auch gleich laut ausspreche dabei, versuchsweise, mögen die Leute um mich herum schauen oder nicht.

Als ich auf die Straße trat, am Rande der Planten, spürte ich zunächst, beim ersten Einatmen, dem prüfenden Erwittern des neuen Tags, daß an diesem Morgen die Kastanien, deren Kerzen ganz aufgeblüht waren, weiter geht es nicht, in zwei, drei Tagen würden die Dolden ihre Blüten herabregnen lassen auf die Menschen, die hier durch die Planten bummeln, den Grüngürtel um den mittelalterlichen Stadtkern, anstelle des vorherigen Wassergrabens und der Wehrmauern – daß die Kastanien an diesem Morgen besonders eindringlich dufteten: süß und faulig. Es war mehr als zwanzig Jahre her, seit ich die Erzählung von de Sade gelesen hatte, in der er sagt, der Geruch der Kastanie sei dem Geruch menschlichen Spermas ähnlich. Seit mehr als zwanzig Jahren, jedes Jahr neu, wenn ich wieder die Kastanien rieche, muß ich dabei an de Sades Irrtum denken. Denn die Kastanien riechen zwar nach einer menschlichen Ausscheidung, aber nicht nach Samen, sondern nach Kot, freilich in seiner gleichsam poetisierten Veredelung, für die Nase nicht nur ertragbar, sondern sogar gefällig. Aber immer ist eine Spur dieses fauligen Aromas herauszuschnüffeln, doch auch die empfindlichste Nase nimmt nicht Anstoß daran, weil es die Natur ist, die die Zutaten beigemischt hat.

Doch mehr als diese eine Überlegung blieb mir nicht an diesem Morgen. Menschen, Menschen im Sonntagsstaat – wie gut noch zu unterscheiden hier – schoben sich, halb gehend, halb stehend, stadteinwärts und zogen mich mit, saugten mich auf, es war ja auch meine Richtung, ich kam mir mitgenommen vor, gegangen.

In der Grodzka-Straße staute es sich, ein Zug, nein: Prozession sagt man dazu, es war, erinnere dich, Fronleichnam, was immer das bedeutet, es bedeutet jedenfalls »Prozession«, denk zurück an deine Kindheit! ...

Die Menschen singen, eine einzelne feste männliche Stimme, weit vorne, dringt durch, gibt den Ton an. Eine Stange hoch über den Köpfen der Menge – keine Monstranz, auch kein Kruzifix, nicht einmal ein Bischofshut – es ist ein Lautsprecher, der oben vor den Menschen herzieht, dem sie folgen, der die Kraft der Vorsängerstimme speist. Aus allen Fenstern der schönen, alteuropäischen Häuser, die die Grodzka säumen, hängen Tücher heraus und Fahnen – die gelbweißen der Katholizität und des Papstes, der ja, gelobt seist du dafür, Jesus Maria, ein Hiesiger ist, die rotweißen Farben Polens, dazu Stickarbeiten mit allerlei religiösen Motiven. Dazwischen, tiefer gehängt, Transparente, vorfabriziert, lange weiße Stoffbahnen mit blutroter Beschriftung, Schilder mit Parolen gegen die Abtreibung, die so heftig umstritten ist – das heikelste Thema vielleicht des Landes seit dem Ende der kommunistischen Ära. Gefühlsaufwühlende Fotomontagen von massakrierten Föten – kein Zweifel, die katholische Kirche Polens zieht blank, setzt machtvoll ihr Wort. Abwägungen eines persönlichen Gewissens, sozialen Überlegungen soll hier kein Raum gelassen werden – sie stehen gleichsam unter Mordverdacht.

Längst habe ich mich dem Trott der Masse angeschlossen, ob ich will oder nicht, und ich will es entschieden nicht, bin ein Teil der Prozession geworden, die Straße wird in ihrer ganzen Breite ausgefüllt, selbst am äußersten Rand ist kein Platz gelassen für Einzelgänger zum Überholen oder gar gegen den Strom.

Nicht den eigenen Gang gehen zu dürfen, gehört zu meinen schlimmsten körperlichen Beeinträchtigungen, die ich einfach nicht ertrage und deshalb nicht dulde. Keiner habe das Recht über meinen Schritt, niemand erlaube sich die Bevormundung meines ureigenen Takts, des intimsten Gesetzes, von Körper und Kopf gleichermaßen erlassen. An der erstbesten Kreuzung breche ich den Bann der Masse und trete in corpore aus der Christenheit aus, um frei meine

Wege gehen zu können. Ich sehe, die Nebenstraßen sind so gut wie leer. Die paar vereinzelten Menschen, die da irgendwie verdrückt vor sich hinfliehen, bilden eine jämmerliche Minderheit. Ich schaue ihnen in ihre Gesichter – sie schauen weg, nach unten – scheue Dissidenten. So komme ich jedenfalls zügig voran und habe, denke ich, jetzt nur noch das gewaltige Rechteck des Marktplatzes zu kreuzen – wo in Europa gibt es sonst noch einen zentralen Platz von solchem Ausmaß?

Heilige Einfalt! Der Platz: vollgestopft mit Menschen. An ein Vor oder Zurück ist nicht zu denken. Du kannst dich zunächst mal von deinem Frühstück und deinen Sprachlektionen verabschieden. Natürlich ließe sich der Platz wiederum weiträumig umgehen, aber ein bißchen Neugier auf dieses in allen Farben schwelgende folkloristische Spektakel hält mich doch hier. Ich bleibe stehen dort, wo es mich hingedrückt hat, die Hände tief in die Hosentaschen versenkt, um mich zu wahren. Die aufzehrende Kunst der Umarmung, wie die Kirche sie übt – sie war mir nie geheuer.

Aus einem Lautsprecher weht Predigt über den Platz in seiner ganzen Weite, ohne daß ich den Standort des Redners ausmachen könnte. An drei Ecken hohe Stahlrohrgerüste, dicht gestapelt darauf die Elektronik nebst den beamteten Dienern Christi in knöchellangen Roben. Um mich herum Menschen aller Altersstufen: der kleine Bub, in dessen Augen noch ein Rest von Hoffnung glüht, er könnte hier mitspielen, irgendwie; das Schulmädchen, das mit rosa aufgeregten Wangen das neue Samtkleid ausführt; der milchbärtige Jüngling, der mit dem allerleersten Gesichtsausdruck der Gattung sich auf sein blasses Mädchen stützt; die ausgereifte Dreißigjährige mit den frisch eingelegten, aufgeblondeten Locken; der Geschäftsmann schweren Leibs, einen wuchtigen Schnäuzer übers halbe Gesicht hinein in platzend feiste Backen; die energische Sechzigjährige mit ihren wachen Augen, die mich längst notiert haben, jetzt holt sie einen Seidenschal hervor, um ihr graues Haar vor der Sonne zu schützen; der Alte, dem weißer Flaum um den Schädel aufflattert, als er wäßrigen Auges die Taubenschwärme verfolgt, die sich in einer wundervollen Achterschleife über den Köpfen der Gläubigen auf- und niederschwingen – so stehen sie aneinandergedrängt in der Mittagssonne dieses Maientags, hören der Predigt zu, fern, unerkennbar verzerrt aus dem Lautsprecher, sie werden zum Mitsingen aufgefordert, zum lauten Gebet, gehen in die Knie, bekreuzigen sich, schauen die Standarten an, die an ihnen vorbeigetragen werden, traditionsreiches Seidentuch, bestickt, Standarten von Pfarrbezirken, der Feuerwehr, der Gewerkschaft »Solidarität«, hochgehalten von Männern mit rotweißen Schärpen über dem massigen Leib. Dazwischen schwere Holzmadonnen süßlich entrückten Lächelns, auf den Schultern schwankend von vier Burschen, denen der Schweiß die erdbraunen Kerben ihrer bäuerlichen Gesichter hinabläuft, und Kruzifixe, die heute vom Weihrauch eines Jahres entlüftet werden. Kleine Mädchen hüpfen dazwischen umher in buntbestickter Tracht, mit Blütenkränzen im sonnenblonden Haar und langen Bändern auf der Schulter, sie spielen ein bißchen, soweit ihnen Raum dazu gelassen wird, oder stehen erstarrt in kindlichem Ernst, als müßten sie noch vor dem Mittagessen partout das Himmelreich gewinnen wie das Versprechen auf einen doppelten Nachtisch ...

Ich sah auf die Uhr des Rathausturms und erschrak – eine geschlagene Stunde schaute ich jetzt schon diesem Volksfest des Glaubens an einen Gott und die Größe Polens zu. Jetzt aber höchste Zeit für mein Rührei! Ich mußte die Beine lockern, ganz steif waren sie geworden vom langen Stehen. Und ging los und wühlte mich durch die Reihen und wurde dabei wenigstens mit dem Anblick des Predigers beschenkt. Indem ich mich an einer Hundertschaft auf dem Pflaster kniender Nonnen vorbeiarbeitete, erkannte ich unter dem goldenen Baldachin, von vier Lakaien gehalten, die tragende Figur der ganzen Veranstaltung, einen Herrn mit keck gefaltetem Käppi auf seinem gewaltigen Schädel. Gerade hob er etwas Glänzendes in die Höhe, das in der Sonne blitzte, als sei es nicht von dieser Welt, er stieg von seinem Stahlrohrgerüst herab, im Schlepp den ganzen Hofstaat – möglicherweise waren es auch nur getarnte Tontechniker –, ging in der Menge unter jetzt, der bedeutende Einzelne in Kardinalsrot, brachte die Standarten und Holzmadonnen und Kruzifixe in Bewegung: gemeinsam ging und schwankte und schob man sich dem nächsten Stahlrohrgerüst zu. Die Köpfe der Menschen auf dem Platz richteten sich bereits auf die andere Ecke aus.

In meiner Kawiarnia, beim Selbststudium der polnischen Sprache, hatte ich seine Stimme und das Singen und Sagen der Massen weiter im Ohr, und als ich nach einer Stunde das Café verließ, mit fünf neuen Wörtern im Kopf immerhin, hatte der Herr mit dem verteufelt flott gekniffenen roten Barett unter gülden dahinwankendem Baldachin gerade das Hochgerüst vor Sankt Marien gewonnen und hob, wenn es denn noch derselbe war und er nicht unterwegs sein Käppchen einem anderen aufgesetzt hatte, zum dritten Mal sein Predigen an.

Schlag ein Uhr. Die Sonne drückte herab. Der Platz immer noch so voll wie vor zwei Stunden, keiner war gewichen, oder immer neue Gläubige waren nachgewachsen. Und ich ging meiner Wege in die leergelassene Stadt hinein.

Der Tip mit dem Hund kam von Agnieska.

Wir gingen gerade über die Brücke, die hinter dem Wawel die Weichsel kreuzt, und unterhielten uns über irgendeine dringende Kulturfrage, wenn man das bei meinen geringen Redeanteilen überhaupt eine Unterhaltung nennen konnte. Es war eher so, daß Agnieska mir einen Vortrag hielt, aus dem Stegreif, an diesem Vorsommernachmittag, da ich Gebrauch machte von ihrer Visitenkarte, die sie mir neulich, anläßlich unseres Kennenlernens im Haus des Schriftstellerverbandes, zugesteckt hatte. In dem knappen Augenblick, der uns bei ihrer Eile damals geblieben war, hatte sie mir gut gefallen – ihr resoluter Charme, das sehr fein ausgearbeitete Englisch, wie ich es bis dahin kaum gehört hatte hier.

Ausgesprochen resolut, ja heftig war auch die Gangart, mit der wir jetzt auf unser Ziel losmarschierten, das Agnieska genauso vorgab wie das Tempo. Blieb mir kaum Zeit, auch nur einen Blick auf die mittelalterlich gesteilte

Himmelslinie Krakaus zu werfen, von der Brücke aus, über die wir eilten, als gelte es, und wollten doch nur auf der Aussichtsterrasse des Hotel Forum eine Tasse Kaffee trinken und uns ein wenig austauschen dabei.

Seit ich Agnieska abgeholt hatte von ihrer Wohnung in der Grodska Straße, plauderte sie in einem fort, um, wie mir schien, nur ja keine Leere zwischen uns entstehen zu lassen an diesem angenehm sonnenkühlen Nachmittag. Natürlich: es war das erste Mal, daß wir uns länger sahen, wir waren uns fremd, mußten uns erst anwärmen, wollten Sympathien wecken – wie das eben so ist bei einer ersten Begegnung, zumal zwischen einer Frau und einem Mann. Wenn es nach mir gegangen wäre: ich hätte uns beiden lieber hin und wieder eine Pause gegönnt im beherzten Dahinstürmen sowohl mit den Beinen als mit Worten, wäre lieber auf die Umgebung eingegangen, die wir durcheilten, ich versuchte zu Anfang auch, Fragen zu stellen vor dieser Fassade, jener Aufschrift, nach der Qualität des Restaurants, das ungarische Küche versprach.

Agnieska hatte auf alle meine kleinen Fragen – eher störende Unterbrechungen für sie, die rasch beseitigt sein wollten – ebenso knappe wie präzise Antworten parat. Rein sachlich gesprochen, hätte ich nicht klagen dürfen, ich wurde jeweils prompt bedient. Ein Nachhaken aber war nicht vorgesehen, so wie sie den Takt meiner Schritte und Gedanken, ja fast selbst der Blicke an sich riß. Und dabei sah sie auch diesmal wieder so erfreulich aus in ihrem hellbeigen Kostüm, sportlich geschnitten, über dem Knie leicht ausgestellt, und auch ihr Lachen, das erfrischend kräftige, gefiel mir jetzt genausogut wie beim ersten Mal.

Worüber sie redete auf dem Weg von der Grodska Straße quer durch die Innenstadt, über die Grünanlagen beim Wawel hin zur Weichselbrücke – es reichte gerade, den Namen der Brücke aufzuschnappen im schnellen Gehen und eilfertigen Zuhören, die Brücke hieß Grunwald, gerne hätte ich Agnieska nach der Herkunft dieses Namens befragt – worüber sie also redete? Ich weiß es, ehrlich gesagt, jetzt nicht mehr zu sagen. Natürlich über etwas Kulturelles. Das verstand sich von selbst. Wenn ich mich nicht irre, ging es gerade um Wyspianski oder auch um

Andrzej Wajda, als sie – wir hatten die Brücke fast überquert – mitten aus ihren durchformulierten Sätzen, die den stimmlichen Nachdruck von Verlautbarungen trugen, heraussprang, ohne den Schritt zu verlangsamen, nein, eher zog sie im Tempo noch an, wie sie mit dem Finger nach vorne zeigte, auf den Kreisverkehr jenseits der Brücke, oder auf das Stück Wiese in seiner Mitte.

»Hier lebt der Hund, seit einem Jahr«, sagte Agnieska und lachte dabei, wie man lacht, wenn man sich selbst einer kleinen, aber liebenswerten Dummheit bezichtigt. »Seit einem Jahr lebt er hier und wird gut versorgt, von allen möglichen Leuten, alle bringen ihm etwas zum Fressen rüber. Und er hat sogar zwei Hütten – zwei Hütten haben sie ihm errichtet, eine für den Sommer, nehme ich an« – und Agnieska genoß ihr Lachen wieder, das die eigene Pointe vorkostete – »der andere Unterschlupf ist wohl das Winterpalais ...«

Mit diesem Scherzchen war für sie die Sache erledigt. Ohne noch einen Blick an die Hundeinsel inmitten der Betonpisten des Stadtverkehrs zu vergeuden, nahm sie mich in einer entschiedenen Linksdrehung ihres Körpers auf die Weichselpromenade mit, wo das Hotel Forum vor uns lag, ein Monument der sechziger Jahre: langgestreckter, massiger Klotz, zusammengebacken aus Gier nach internationalem Flair und Devisen, auf plumpen Säulen abgestellt, um den Anschein zu erwecken, der Bau schwebe – ach, wie vergeblich!

Diesmal aber ließ ich mich nicht so einfach überwältigen von Agnieska. Ich zögerte, leistete Widerstand: hielt an. Und tat ihr auch keineswegs den Gefallen, die Anspielung auf das Winterpalais aufzugreifen und mit einer ebenso spielerischen Bemerkung über die Fehlentwicklung der russischen Revolution von der ersten Stunde an zu replizieren, damit sie dann ihrerseits ... Nein, ich sperrte mich mit meinen siebzig Kilo Lebendgewicht, der Ruck! Er kostete entsprechend Kraft – und blieb mit meinen Augen auf der Wiese inmitten des Verkehrskreisels und konnte Agnieska meine biedersinnige Neugierde auf das Geschick dieses Hundes nicht ersparen.

»Welcher Hund denn?« fragte sie. »Ach so, Sie sind noch dabei ...«

Halb abgewandt, zwei Schritte fern von mir und ferner, mußte sie, der Höflichkeit halber, die leidige Geschichte hinter sich bringen – hatte sie ja selbst angezettelt dummerweise – die Eintrübung ihres Lächelns deutete ich jedenfalls als eine Art von Selbstanklage. Die geistige Anstrengung des sich Herablassens, herab zu den Banalitäten des Alltags, lag bloß in den Mundwinkeln, die die wohlgeformten, dunkelrot geschminkten Lippen mit ihrem Spottlächeln in Spannung hielten.

»Vor einem Jahr, noch einmal denn, hat das Herrchen dieses Hundes just auf der Verkehrsinsel einen Herzanfall erlitten. Die Ambulanz ist gekommen und hat den Mann ins Krankenhaus gebracht, den Hund aber haben sie natürlich in der Eile ...«

»Lassen Sie mich weiterraten«, bat ich Agnieska und bot dafür mein treuherzigstes Grinsen auf, als Gegengabe, um mir nicht völlig ihre Gunst zu verscherzen, es lag mir doch, das merkte ich jetzt, einiges an ihr. »Der Alte kam nicht mehr auf die Beine, ja... warten Sie: Er starb sogar.« (Agnieska nickte.) »Er kam also nimmermehr zurück, und seither wartet der Hund, das sprichwörtlich treue Tier ... wartet immer noch – oder ist es schiere Dummheit ...? Was meinen Sie, Agnieska?«

»Wir können ihn nicht fragen, leider ...«, antwortete Agnieska und drängte von dem Thema weg. »Vielleicht versuchen Sie es ja mal, aber bitte nicht jetzt, später, meine ich. Sie scheinen wohl ein Faible zu haben für solche ... solche ...?« Und ein zuckersüßes Lächeln wollte mir noch mal verzeihen. Im Nu hatte sie bereits fünf Schritte Vorsprung.

Ich gab auf für heute, ließ es sein, folgte Agnieska an diesem Nachmittag ohne weiteren Widerstand durch die Auen des Weichselufers, ganz sanft abfallend vom Brückenkopf hinab zum Fluß, das Gras noch frisch erhalten vom verregneten Mai, der ihm das Grün weit über die Jahreszeit gelassen hatte. Und Agnieskas straffer, eleganter Gang, das gut sitzende Kostüm in hellem Beige ...

Dann standen wir im Foyer des Hotels und warteten auf den Aufzug, Höherem entgegen, standen da und schwiegen mit einem Mal, auch Agnieska schwieg. Ich schaute mich um, las das Wort *winda* und erkannte, ohne Lexikon, seine Bedeutung: Fahrstuhl. *Winda* ... das Wort trieb mich fort, trieb mich ab ins Mittelalter, Erinnerungen, Bilder, nie gesehene ... ich sah, wie Stoffballen zwischen Seilen über den Straßen Krakaus schwankten und pendelten, zwischen Himmel und Erde, und langsam, Ruck um Ruck, hochgezogen wurden durch die Giebelluken auf den Speicher, und alle diese Häuser stehen heute noch, seit Hunderten von Jahren. Ich lächelte. Wie ...? Agnieska hatte mir einen Stubs verpaßt.

Janusz stellte mir, wie jeder hier, gleich zu Beginn unserer Bekanntschaft diese eine Frage, und mir dämmerte dabei, daß sie hier mehr Sinn hat als anderswo. Er fragte mich, ob ich zum ersten Mal in Polen sei.

Ich wollte spontan antworten, zögerte, mußte lachen.

»Tak i nie« – schon wieder also dieses *Ja und nein*, dieser simple Binärcode, unter dem alle Widersprüche des Lebens buchstäblich ineinanderfallen.

»Ja und nein, je nachdem, von welcher Warte aus man es betrachtet ... oder betrachten will.«

Ich sei, erklärte ich Janusz, zu Ende des letzten Kriegs in Breslau geboren, und da Breslau heute zu Polen gehöre, sei ich schon einmal hier gewesen, als Säugling, in den ersten drei Monaten meines Lebens.

Janusz war mir vom ersten Augenblick unserer Begegnung an sympathisch, also sagte ich den deutschen Namen Breslau und verbog mir die Zunge nicht an dem polnischen Wroclaw.

»Dann ist Wroclaw also eine deutsche Stadt?« fragte Janusz. Sein Erstaunen war echt. Auch er verstellte sich nicht mir gegenüber. Jetzt wußten wir, daß wir beide miteinander offen reden konnten. Es gefiel mir, daß wir uns wohl kaum in nationalen Empfindlichkeiten verstricken würden.

»Ich denke«, sagte ich, »wir beide brauchen nicht über Breslau oder Worclaw zu streiten – darüber, daß es früher eine deutsche Stadt war und jetzt eine polnische Stadt ist.«

Wir waren uns einig: Städte sind mehr als ihr jeweiliger nationaler Besitzstand. Städte haben ihr Eigenleben, zumal hier in Europa, seit eh und je. Dies anzuerkennen, nennt man Kultur.

Das Gegenteil von Kultur ist Krieg.

Janusz, Mitte Dreißig, arbeitet als studierter Archäologe im Kulturamt der Stadt Krakau und sollte mich für die Dauer meines Aufenthaltes hier betreuen. Es war sein erster Auftrag dieser Art. Nach der ersten Frage zu beurteilen, die er mir stellte, konnte aus dem Betreuungsverhältnis durchaus etwas anderes werden.

Krakau, die Bischofsstadt, zuerst und vor allem Heimat des Papstes in Rom, Herr der Christenheit, ist Sitz von theologischen Hochschulen, von Priesterseminaren, von Klöstern ohne Zahl ...

Überall auf den Straßen begegnen mir junge Männer in Kutten, knöchellang um sie wehend, der weiße Wallemantel der Dominikaner, der braune der Franziskaner, mit Kordel, am häufigsten sieht man die Kutte in Schwarz, das Beffchen blitzt oben am Rand, oder nicht. Junge Köpfe sitzen darauf, gut durchblutete, frische Haut, keine Asketenblässe steht ihnen ins Gesicht geschrieben. Eiligen Schritts streben sie ein Ziel an, oder sie bummeln gelassen, im Gespräch mit Kollegen, zu zweit, zu dritt, die Straßen hinab. Jeans sehe ich unterm Kuttenrand, Turnschuhe, nur die Franziskaner barfuß in ihren Sandalen. Auf der Schulter huckepack die Rucksäckchen aus Nylon, wie bei den anderen Jugendlichen auch, nicht gerade in knallbunten Farben, aber immerhin. Was transportieren sie darin? Das Pausenbrot? Die Kollegmappe? Ein Videoband zum Tauschen? Die Bibel gar? Sie tragen ihre Kutten mit der ganzen Gegenwärtigkeit von Jugend, so daß sie dem Ortsfremden nach zwei oder drei Tagen gar nicht mehr auffallen, ja daß mir die Kutte bald als das normale Gewand junger Männer in Krakau erscheint und ich sie ohne jede Signalwirkung durch meine Augen hindurchschreiten lasse.

Genau dasselbe habe ihm Wohlgast auch erklärt, fast mit den gleichen Worten, sagte Janusz zu mir, als wir uns über das polnische Geld unterhielten.

»Wer ist Wohlgast?«

»Ach weißt du«, Janusz zieht die Stirne kraus, legt Zweifel in seine braunen Augen, »so ein Sonderling oder so. Ein Amerikaner, oder ein Jude, oder ein Deutscher – ich glaube, er wußte selbst nicht genau, was er ist. Sechzig Jahre, so um die Sechzig. Er war letztes Jahr hier bei uns in Krakau, und wir haben uns ein paarmal gesehen ...«

Janusz hatte mich gefragt, was mir bisher in Polen denn am unangenehmsten aufgefallen sei.

»Euer Geld«, kam es sofort, ohne daß ich auch nur eine Sekunde lang hätte überlegen müssen. »Das Geld als sinnliche Erfahrung, meine ich, so als Fühlmasse zwischen den Fingern, das Papiergefühl. Ich finde es gräßlich, dieses zerfaserte, abgeribbelte, dahinbröselnde Papier anzufassen und zusammenzulegen oder zu rollen – falten geht ja kaum. Manchmal kann ich gar nicht glauben, daß diese Scheine die Stunden bis zum Abend in meinem Portemonnaie überleben werden, ich habe dann die Vorstellung, sie lösen sich in der Zwischenzeit vollends auf und ich kann, wenn ich dann irgendwo zahlen muß, nur noch Papierflusen hinkrümeln...«

Natürlich versuchte ich meine Kritik Janusz gegenüber abzumildern, es liege sicher auch daran, daß es meine erste Erfahrung mit einem inflationären Kurs sei. Ich fände es ausgesprochen lästig, darauf achten zu müssen, ob man für eine Kleinigkeit des Alltags nun Fünfhunderttausend oder bloß Siebzigtausend lockerzumachen habe.

»Nullen sind eben nichts wert, sie bleiben Nullen. Du trägst eine aufgeblähte Geldbörse mit dir herum und kannst froh sein, wenn's für ein Mittagessen reicht. Es erfaßt mich dabei fast ein Rausch, so wie beim Hantieren mit diesem Spielgeld, früher, als Kind, als man damit nur so um sich warf, und es war doch vollkommen egal. Ja, so ein Rausch, irgendwie ... aber deprimierend.«

Ich war richtig in Fahrt gekommen.

»Oder schau dir die Geschäftsleute an, die Blumenhändler auf dem Marktplatz zum Beispiel, mit ihren großen braunen Papiertüten voller Geld, pfundschwere dicke Tüten, und wenn du dann zahlen willst mit einem großen Schein, dann können sie doch nicht wechseln und müssen diesen Schein selbst umtauschen bei einem der anderen Händler und bleiben weg für zehn Minuten ...«

Janusz hörte mir zu, mit einem ernsten Gesicht, aber nicht so ernst, daß ich mich bremsen mußte. Hin und wieder grinste er sogar.

»Ich übertreibe natürlich«, wiegelte ich ab, um ihn nicht zu stark zu strapazieren, »wie immer. Das gehört zu meinem Geschäft.«

»Und euer Geld, das deutsche Geld ... Ihr habt doch neue Scheine jetzt ...«

Mein Gesicht verzog sich in Schmerz und Qualen.

Janusz mußte lachen über meine Grimasse.

»Siehst du, bei Wohlgast war das anders. Er liebte seinen Dollar. ›Bei eurem Geld‹, sagte er zu mir, ›da überkommt mich richtige Sehnsucht nach einem Dollar, einem einzigen Dollarschein nur. Das feste grüne Papier – es faßt sich doch beinahe an wie ein alter Golddukat oder ein Louisdor oder etwas in der Art. Eher geht die Welt zugrunde, als daß ein Dollarschein zerreißt. Kein Wunder, daß der Dollar so etwas geworden ist wie ... wie das Orakel zu Delphi vielleicht.‹ Du siehst, Walter, Wohlgast hat auch ein ganz klein wenig zum Übertreiben geneigt ...«

»Vor allem war er ein Amerikaner ... Hat er denn eigentlich auch geschrieben?«

»Nein, oder doch. Das war bei ihm nicht so genau herauszubekommen. Mir jedenfalls ist es immer noch nicht ganz klar. Er war sehr verschlossen in manchen Dingen. Er hatte so seine Geheimnisse, weißt du ...«

»Na ja, mit Sechzig ...«

»Liegt das am Alter? Dann darf ich also noch keine Geheimnisse haben, mit Fünfunddreißig, oder wie?«

»Gibt es denn in Polen einen einzigen Menschen, der nicht sein eigenes Geheimnis ist?«

»Alle Polen ...?«

»Und wenn nur du es wärst – kämst du dir da denn nicht ganz einsam und verlassen vor?«

Es gibt Städte der Katzen, und es gibt Städte der Hunde. In Krakau dominiert eindeutig der Hund, genauer gesagt: das Hündchen. Denn es sind lächerlich winzige Pinscher, eine Handvoll Leben nur mit Zipfelohren und auf dürren Beinen. Doch ihre unerhebliche Gestalt, die ganze Häßlichkeit nimmt Rache an deinem Gehör. Ein nadelspitzer Schrei gellt auf, wenn du deinen Fuß in einen der Krakauer Hinterhöfe setzt, immer wieder fährt dir das Eis ins Mark, immer wieder erlebst du den schrillen Auftakt, der leicht nur absinkt auf ein hochgestimmtes Dauerkläffen, an dem der senfgelbe bis braunverschmierte Heuler außer Atem gerät und sich beinahe selbst verschluckt. Du siehst förmlich, wie sich der Winzling sein Schreien aus dem Körperchen reißt, wie er zittert unter dem eigenen Gedröhn, das seine Seele ist, wie es absinken will, das Schreien, erschöpft, und sich noch einmal in die Höhe reißt, mit einem heiseren Rollen jetzt der Selbstüberforderung unterlegt. Mit dieser Stimmleistung, in der er seine gesamte Daseinsenergie ausgibt, ist der Krakauer Hund der Herrscher der Hinterhöfe. Er vermeldet als Endlossirene den Eindringling im Karree der Häuser und endet nicht eher, als du deinen Aufenthalt dort beendest. Entweder verschwindest du in einem Haus, oder du kapitulierst und fliehst umgehend sein Herrschaftsgebiet. Die aufgerauhte Nachgeburt seines Schreiens verfolgt dich noch bis hinaus aufs Trottoir, ehe es in einem dunkler werdenden Geblaffe wegrollt, in dem deine gepeinigten Ohren die ganze Befriedigung dieser Lärmkreaturen mitschwingen hören will.

Ich brauchte diese akustischen Auffrischungen nicht, ich mußte auch so öfter an den Hund denken, der drüben, jenseits der Weichsel, auf einer Verkehrsinsel lebte. Sein Schicksal, von Agnieska eher obenhin vermittelt, ging mir nicht aus dem Kopf, bis ich mich dann endlich auf den Weg machte, um mit eigenen Augen nach ihm zu sehen – wenn es ihn denn überhaupt gab. Gerade weil ich so gespannt war auf den Herrn der Insel, hatte es mir nicht geeilt mit meiner Aufwartung bei ihm. Ich hob sie mir auf als ein Geschenk für die geeignete Stunde.

Jetzt war sie da. Ich tastete mich die mehrspurige Autostraße am *Rondo Grunwaldzkie* hinüber, dort, wo Krakau aus seinem Mittelalter abebbt in das Überall eines modernen Großstadtwesens, hemmungslos der Automobilität ergeben, huschte durch die Verkehrswüstenei, die den Blick ins Flache legt, berechnet auf den Ausschnitt einer Windschutzscheibe in Sitzhöhe. Immerhin: Es war ein grüner Kern belassen in dieser Ausgießung der Welt mit grauem Beton, ein Wiesengrün, auch hier vom verregneten Mai weit über die Zeit hinweg saftig erhalten.

Ich blieb am Rand der runden Wiese stehen, wollte vorsichtig sein und den Köter nicht erschrecken. Vielleicht hatte ich auch ein bißchen Angst vor ihm. Ich schaute mich um – kein Hund weit und breit. Ein sekundenkurzer Gedankenkomet ... Ich sehe Agnieskas lachende Augen: »Sie haben das doch nicht etwa geglaubt?« haucht mir ohne jeden Ton ihr dunkelrot geschminkter Mund ins Ohr. Ich taste mich ein paar Schritte vor, auf die Mitte des Eilandes zu, sachte, als dürfe ich keinen Lärm machen inmitten des Gebrülls von Motoren. Links von mir, weit genug weg, bewegt sich etwas, ein Hund, tatsächlich, geht in die Höhe vom Liegen, die Hinterbeine zuerst, streckt sich, dehnt den Körper durch, reißt weit die Schnauze auseinander zum herzhaften Gähnen, steht jetzt ganz da – mittelgroß, dunkel, eine Promenadenmischung mit einem Schuß Schäferhund vielleicht. Bleibt stehen, das Tier, zeigt keine Regung, kommt also nicht, wie ich befürchtet hatte, auf mich zugeschossen, um mich zu verbellen und sein Terrain zu verteidigen. Der Hund bleibt an seinem Platz, in geduckter Habachtstellung, versteckt sogar seine Aufmerksamkeit vor mir, indem er sich ein wenig zur Seite wendet, nicht zu viel. Im Profil ein altes Tier, mit angelegten Ohren, durchhängendem Kreuz. Ich gehe langsam auf ihn zu, sehe überall im halbhohen Gras Töpfe stehen, leergefressene Kochtöpfe mit großen blinden Flecken abgeplatzten Emails. Die strikte Neutralität, die der Hund sich mir gegenüber auferlegt, ist also diplomatische Klugheit. Er muß einerseits in mir einen Angreifer fürchten, der ihn fangen und von seiner Insel vertreiben könnte. Und darf mich zugleich aber auch für einen seiner Gönner halten, der ihm etwas zu fressen bringt ...

Wir gehen uns, beide witternd, aus dem Weg, als ich sein Herrschaftsgebiet auskundschafte. Stoße dabei, immer wieder über Näpfe steigend, auf seine beiden Unterkünfte. Zunächst ein bloßer Verhau, aus Latten, luftig. Wie gemacht dafür, die lauen Sommernächte zu genießen und den Mond anzuträumen. Ausgesprochen solide gebaut dagegen die andere Hütte. Sofort erkenne ich in ihr das *Winterpalais*, wie es Agnieska bezeichnet hatte. Gar nicht so falsch ... ausgesprochen kuschelig eingerichtet: gepolstert mit Decken und Kissen ... ein guterhaltenes Hähnchenskelett vor dem Portal, ein paar Knochen verstreut auf der Freitreppe davor. Fehlt nur noch, denke ich mir, das Väschen mit Wachsblumen, wenn es nicht gar frische Schnittblumen sein sollten nach der Saison, und ein kleines buntes Bild des Papstes, in Plastikfolie wetterfest verpackt.

Der Hund läßt sich von meinem Rundgang nicht weiter beunruhigen. Er ist gar nicht mehr zu sehen. Hat sich wohl wieder hingelegt. Hunger scheint ihn nicht umzutreiben in dieser Stunde. Der Auslauf, den er hat, stelle ich fest, ist groß genug, und genügend Leben hat er auch um sich, wahrhaftig, wenn auch hinter Glas und Blech. Eigentlich ein ausgesprochen malerischer Winkel, der *Rondo Grunwaldzkie* – vom anderen Ufer grüßt die Wawel-Burg herüber. Hier läßt sich leben, hier läßt es sich sogar wohl sein ...

Mit einem guten Gefühl ging ich von der Insel, ließ das glückliche Tier zurück, dem die Menschen für seine Treue ihren Tribut zollen. Treue – wirklich, daß der Hund hier immer noch auf sein dahingegangenes Herrchen warten läßt? Eher traut er sich doch einfach nur nicht über die stark befahrene Ausfallstraße um sein Domizil herum. Oder läßt er sich ganz gern die Vollpension gefallen – wie, wenn er noch nie so sorgenfrei gelebt hätte wie jetzt? Und wenn einst auch er dahingehen wird, endlich seinen Herrn wiederzutreffen ... Die Menschen hier, seine Versorger, werden ihm ein kleines Monument errichten für das, was sie, sentimental wie sie sind, für Treue halten wollen.

Jedenfalls: Ich durfte also mit eigenen Augen sehen, was zu sehen ich gehofft hatte. Und vor allem: Agnieska stand gerechtfertigt vor mir da. Auch das erwärmte mich. Und ich taufte den Hund auf den Namen Robinson. Blieb nur noch die Frage, um wen es sich bei diesem Grunwald handeln mochte, dem Namensgeber der Hundeinsel. Der Name ließ mich an einen verdienten kommunistischen Funktionär der ersten Stunde denken, an eine Figur aus den Heldentagen der Bewegung, die den Menschen endlich das Paradies auf Erden bringen wollte und Versorgung aus vollen Töpfen.

... und immer tiefer zog es mich hinein in das verwilderte Gelände, diesen so absehbaren Urwald aus kraftstrotzenden Brennesseln und uralten Hollerbüschen, vor der Blüte noch, keusche Fußpfade höchstens von zwei oder drei Vor-Gängern gespurt, nahm ich statt der ausgetretenen Wege. Schob mich durch das hüfthohe, um sich peitschende Gras – eine hemmungslose Wucherung der Natur, keines Menschen Wille zu spüren, der eingriffe mit scharfen Eisen und der Idee von Ordnung – und stieß dabei auf Grabsteine, ja, stieß auf sie, auf einzeln stehende Blöcke, Solitäre, und vertrieb die wüste Natur von ihnen, bog das Wuchern zur Seite, die Schrift zu suchen und zu schauen, die ich nicht verstand. Schicht für Schicht abgeblättert der Stein durch Wind und Regen, durch Schnee und Eis und Sonne, die Grabplatten geborsten und verrutscht. Gras und Löwenzahn wuchs aus ihren Fugen, Moos hatte sich angesetzt, wie Jahresringe: manches war fett und frisch und saftigweich, anderes grau, an den Stein gewachsen, seine Außenhaut geworden. Schnecken saugten sich daran fest, als wollten sie nie mehr loslassen, verkalken zu Ewigkeit ...

Der Friedhof neben der R'emuh-Synagoge in Kazimierz ist ein Stück sich selbst gelassener Erde. Ein paar schwere alte Bäume gehen hoch den Himmel an, Buschwerk, vor allem Holunder, verdeckt die Backsteinmauer, die Friedhof und Synagoge umgibt wie eine Festung. Dazwischen karge

Spuren dann doch von Hege: zu Trommeln zersägte Bäume, bereits wieder von nachwachsendem Kraut überwuchert. In einer Ecke entdeckte ich sogar einen Garten, einen richtig angelegten Garten. Wer mochte sie gepflanzt haben, die zwei Rosenstöcke, den Fliederbusch, zu jung noch zum Blühen, die Margeriten, und groß mittendrin den Fleck Vergißmeinnicht?

Wahrscheinlich war es das stille blasse Blau dieser Blumen, das mir die Ruhe wiedergab nach dem Schweifen durch die Wildnis, die ja, selbst auf einen überschaubaren Raum begrenzt, immer auch etwas Bedrohliches hat für den Menschen, Erregendes, etwas, das in ihm den uralten Instinkt seiner Unterlegenheit angesichts der Natur wieder weckt. Bei einem zweiten Rundgang las ich die Steine noch einmal, maß ihre Formen: zwei grob behauene, schmale Steine, der eine stehend, die Schrift auf dem Rücken, der zweite auf der Erde, den Toten zu bedecken. Verzierungen hoben scheu die Gräber voneinander ab, flüsterten mir Rangunterschiede zu, die ich nicht verstand, aber auch nicht für wichtig hielt. Ein Pinienzapfen oben auf die abgerundete Stele gemeißelt, die Schrift darunter aufwendiger, reicher verschlungen, zwei Tafeln mit den Gesetzen Mose in den Stein getrieben, oder Löwen, Rosetten, Blumengirlanden, flache Hände hielten mir ein Gebet entgegen, ein Krug, ein Stern, eine Krone, eine Schlange. Ich brauchte keine Erklärungen dazu. Und zählte die Steinbrocken jetzt auf den Platten: den Brauch der Wüste, den die Juden überallhin um die Erde mitgenommen haben, den Leichnam vor Aasfressern zu schützen. Und fand Zettel daruntergeschoben, mit hebräischen Schriftzeichen – Wünsche an die Toten oder Wünsche von ihnen? Waren fast so grau geworden wie der Stein, auf dem sie lagen, verschmutzt, verbogen vom Regen, wieder getrocknet unter der Sonne, neu gewellt dabei, aufgeweicht im nächsten Schauer, gewölbt, abermals getrocknet. Aber die Kringel der Kugelschreiber waren nicht verblichen. Und wurden immer heller, die Zettel, je weiter oben sie lagen, der letzte und erste unter dem Stein mochte vor einem Monat vielleicht hingelegt worden sein. Vergessen werden sie nicht, die Toten von R'emuh. Sie leben weiter.

Ich gab der alten Frau eine Spende. Sie stand im Vorraum der Synagoge, einer engen, finsteren Kammer, und bügelte. Ohne jede Bewegung im Gesicht stellte sie das Eisen auf den Rost, als sie mich kommen sah, zog eine Kipa heraus aus ihrem Plastiksack und erklärte mir irgendwie – daß sie ein Wort sagte, erinnere ich mich nicht –, die Kipa sei auch auf dem Friedhof zu tragen. Später, am Ende meines Rundgangs, stand ich vor dem Friedhofstor und schaute mich um, wo ich das schwarze Käppchen lassen könnte. Ein alter Mann löste sich aus einem Schwatz, mit schweren Bewegungen und doch flink kam er auf mich zu, direkt auf mich, als habe er schon lange ein Auge auf mich geworfen, nahm mir die Kipa ab und forderte eine Spende. Ich hatte doch schon eine Spende gegeben! Und war verstimmt von seiner ganzen angreifenden Art, vielleicht auch, weil sie mir meine Wehrlosigkeit an diesem Ort so grell erhellte. Normalerweise hätte ich seine Bitte, die kaum eine war, zurückgewiesen, aus meiner Art von Gerechtigkeitsgefühl heraus. Hier aber wagte ich nicht, mich zu verhalten wie sonst. Sofort standen Schatten neben mir, die stärker waren als mein Selbst. Und schoß die Frage hoch in mir: Was kann denn ich dafür, du alter Erpresser?! Schweigend fieselte ich einen mittleren Schein aus meinem Geldbündel.

Der Alte schien zufrieden zu sein. Packte mich mit ein paar Brocken Deutsch und führte mich zu einer Ecke des Friedhofs hin, die mir bislang nicht aufgefallen war – sollte es vielleicht doch eine höhere Gerechtigkeit geben als die meine? Die Mauer, die den Friedhof zur Szeroka-Straße hin abgrenzt, dem ehemaligen Zentrum der Judenstadt von Kazimierz, ist aus Bruchstücken von Grabsteinen zusammengefügt. Sie stammen, machte mir der Alte klar, nicht nur von hier, sondern sind von allen jüdischen Friedhöfen Krakaus hergebracht worden, als Reste der Gräber, die die Deutschen seinerzeit zerbrochen und entweiht hatten. Ich sah ein riesiges Mosaik von gut zwanzig Metern Länge – errichtet, so der Alte, mit Geldern amerikanischer Juden, irgendwann in den siebziger Jahren.

Wie von einer fernen, fast vergessenen Legende, so erzählte der alte Mann mir von den Taten der Deutschen während des letzten Krieges hier: sachlich, in der halbautomatisierten Schrumpfrede um seine zwanzig Worte Deutsch herum, als müsse er mich, weil ich das nicht selbst erlebt haben konnte, informieren vom Wüten dieser Menschen damals in Polen gegen Lebende und Tote – so fern dieses Einst, als habe ich nicht das mindeste damit zu schaffen. War ihm die Sprache, die er für mich aufwandte – so fremd in seinem Mund, daß ich kaum glauben konnte, er verstünde sie selbst – war sie ihm so fern, daß er keinerlei Verbindung herstellte zwischen dem deutschen Grabschänder von damals und dem deutschen Friedhofsbesucher von heute – getrennt durch eine einzige Generation? Und wenn die Verlängerung der deutschen Blutspur ins Heute nur eine Projektion von mir selbst wäre – eine Anmaßung gar von uns Töchtern und Söhnen – ja, Nationalismus am Ende – schierer Nationalismus, diesmal im Moll der Selbstzerknirschung?

Jawoll, er stamme selbst aus Kazimierz, antwortete mir der Alte, ohne den Mund mit den schiefstehenden braunen Zähnen zu verziehen, und wohne wieder hier, nach den Jahren im KZ, und spielte dabei weiter mit den Geldscheinen in der Tasche seines verbeulten Jacketts. Er ist der Gärtner nicht der Rosen und des Flieders von R'emuh, nahm ich mir selbst die Wette ab. Die Häßlichkeit seines Gesichts stieß mich ab, genauso wie seine Raffsucht. Und doch schämte ich mich mit einem Mal für meinen Geiz von vorhin und schob dem Alten noch einen Schein aus meinem weichen Päckchen in die flinken Finger, unten gehalten, damit es keiner von den anderen sähe und er nicht teilen müsse hinterher. Hatte ich mich in seine holpernde Rede jetzt besser hineingehört, oder war sein Deutsch unterdessen reicher geworden? Ohne Mühe verstand ich ihn, als er mich noch einmal hinter die Synagoge winkte, vor eine geschlossen und kompakt dastehende Gruppe von Grabsteinen. Achtlos war ich eben an ihnen vorbeigegangen, weil sie mir, derart ordentlich in Reih und Glied stehend, so neu erschienen waren und mich die Solitäre in der Wildnis dahinter stärker angelockt hatten.

Immer noch entdeckte ich keinerlei Spur von Freundlichkeit in dem Gesicht des Alten – kannte er sie denn überhaupt, und durfte ausgerechnet ich, ein Deutscher, sie von ihm erwarten? Er sagte, abgewandt von mir, vage über die Gräber schauend, seinen Spruch auf, ohne die mindeste Bewegung in der Stimme. Als man nach dem Zweiten Weltkrieg die Zerstörungen der Deutschen hier auf dem Friedhof beseitigte, ist man auf diese Steine gestoßen. Gar nicht tief unter der Erde haben sie beieinander gelegen in der Erde, siebenhundert an der Zahl. Irgendwann im Dreißigjährigen Krieg, bevor die Schweden über Kazimierz hergefallen sind, haben die Juden diese Steine vergraben, um sie zu retten. Und sind dort vergessen worden, aus der Zeit gefallen, über dreihundert Jahre gelegen in der Erde, bis dann nach der Hitlerei ... und standen jetzt vor mir, wie neu, unversehrt, mit intakter Schrift, den schönen Bögen der Renaissance ...

Hätte der Alte denn nicht allein dafür meine ganze Zloty-Rolle verdient? Doch als ich das häßliche, unwirsche Gesicht neben mir sah, fror jeder Überschwang ein. Mein Herz war so eng wie der Mund, mit dem ich mich bei ihm bedankte und ihn stehenließ und jetzt allein für mich die Grabsteine seiner versunkenen Vorfahren aus dem 17. Jahrhundert anschaute. Meine ganze Zärtlichkeit, die der Alte hatte brachliegen lassen, gab ich an die Steine weiter, an die Schönheit ihrer Schrift und ihrer Verzierungen. Was mich besonders anzog: auf manchen Grabinschriften waren vorgemeißelte Zeilen nicht beschrieben worden – deutlich herausgearbeitet von der Hand des Renaissance-Steinmetzen, aber leer geblieben über die Jahrhunderte. War der Gefährte treulos geworden gegenüber dem, der ihm vorangegangen war? Oder war er vertrieben worden, mußte fliehen, Hals über Kopf, die eigene Haut über die Pietät vor dem Tode stellend? Ich jedenfalls konnte nicht anders, in dieser Stunde, ich las diese Leerstellen, meine Augen saugten sich fest daran, las sie als einen großen Treubruch gegenüber dem Leben und dem Tod. Hier war sichtbar eine Rechnung offengeblieben, und bleibt es, bis ans Ende der Tage. Sollte man sie nicht, fragte ich mich und riß meine Blicke los davon, mit eigenen Geschichten füllen, mit erfundenen Schicksalen, die wahrer und wirklicher sind als die,

die damals unterschlagen worden sind, abgesunken in ein Vergessen, das nie mehr zu lichten ist – nie mehr?

Auf diesem Allmachtswahn eines Schriftstellers schritt ich davon. Den Alten sah ich nirgendwo mehr stehen. Und er war auch längst schon abgetan.

Wir warteten immer noch auf die Winda, die uns hochbringen sollte auf die Café-Terrasse des Hotels Forum mit ihrem von allen Krakauern so gerühmten Panoramablick. Auch Agnieska schwieg, wie wir dastanden in einer Gruppe von vielleicht fünfzehn Leuten und geradeaus auf die Tür des Aufzugs starrten. Das Glas blieb blind. Jeder in diesem Zufallsverein der Wartenden schien so auf sich zurückgeworfen, war so abgeschlossen von jedem anderen – und wollten doch alle das gleiche –, daß auch die heikle Nähe wieder ganz zerbrochen war, zu der Agnieska und ich auf dem Fußmarsch uns aneinander herangetastet hatten. Ich beobachtete sie von der Seite, die fremde Frau. Mir fiel ihr starkes Atmen auf, ein Atmen am Rande der Beherrschung, sie schnaubte geradezu durch ihre hübsche kleine Nase, und die blassen Flügel bebten dabei.

Mit einem Schlag, ohne daß auch nur ein Wort gefallen wäre, wußte es jeder: die Winda fiel heute aus. Im Nu löste sich die Gruppe auf, zerfiel endlich wieder in lauter einzelne Fremde. Außer uns beiden trat nur noch ein weiteres Paar den Weg an über die Treppe in den sechsten Stock hinauf, beide in ihren Dreißigern und beide ziemlich dick. Agnieska stürmte voran, ich folgte ihr, das Pärchen ließ sich Zeit. Auf der Höhe des vierten Stockes etwa – der enge Schacht, ohne Licht und Fenster, nahm einem wirklich die Luft zum Atmen – sagte der Mann unter uns aus lautem Schnaufen etwas, Agnieska oben lachte hell auf.

»Das ist der Weg Polens nach Europa«, übersetzte sie für mich durch das Geländer.

Oben dann standen wir beide nebeneinander an der Brüstung, schauten hinab auf Krakau und seine Landschaft – direkt unter uns im Bogen die Uferwiese der Weichsel, dahinter Kazimierz und Podgórze, die fingerdünnen Schlote von Nowa Huta griffen schon, am Ende der

Sichtbarkeit, in die dunkelblaue weiche Grenze des Horizonts hinein. Auf der gegenüberliegenden Seite schwellten muskulös die Berge an, erdbraun. Dazwischen der Wawel und Krakaus mittelalterliches Profil – die Nähe zum Himmel war damals, im Unterschied zu heute, eher in den Köpfen der Menschen gewesen als vor ihren Augen.

Wir saßen endlich in unseren bequemen, drehbaren Plastikschalen, Kaffee zwischen uns. Das Sitzen, hoffte ich, müßte unserem Gespräch doch einen Schwerpunkt geben. Und ließ zum ersten Mal meine Blicke los, daß sie sich nähmen, was ihnen gefiel – hellgrüne Augen vielleicht, die durch einen grünen Lidschatten wirkungssicher hervorgehoben wurden. (Das Licht in den Augen der Menschen hier – nie so gesehen bisher: das helle Blau und Grau und Grün, allesamt dem Wasser nah – Seen im Sommer, morgens.) Wie tief würden sie mein Schauen einlassen wollen? Oder der kurze Herrenschnitt: das Braun, von einem kunstroten Schimmer überzogen, ließ Agnieskas Teint noch heller scheinen. Sie saß da, leger das Bein übergeschlagen und doch auch straff, eine gepflegte Frau Mitte der Vierzig, war sich der Attraktivität ihrer Person bewußt und natürlich auch ihrer Anziehungskraft jetzt. So jedenfalls deutete ich das Lächeln – eine Einladung zum Spiel?

Sie ist – gerade so viel hatte ich aufgeschnappt von ihrem Leben – Dozentin für englische Philologie an der Jagellonen-Universität, obwohl sie in einem anderen Fach promoviert hat – über die Dekadenz in der polnischen Literatur um die Jahrhundertwende. Dennoch können für keinen, der Ohren hat zu hören, Zweifel an ihrer Qualifikation aufkommen. Selten hatte ich in Polen bisher ein so gepflegtes Englisch gehört wie das aus ihrem Mund: um eine sorgfältige, artikulierte Aussprache bemüht, fast ein wenig hochnäsig sogar, immer auf der Suche nach ausgefallenen Ausdrücken oder idiomatischen Wendungen, wobei Agnieska sich mit einem Seitenblick gerne vergewisserte, ob sie auch angekommen waren. Ihre kompliziert gebauten Sätze rollte sie noch einmal bis zum ersten Wort auf, wenn sie irgendwo, beim Nachhorchen, einen Webfehler entdeckt hatte.

Mit meinem Lob ihres so vorzüglichen Englisch hielt Agnieska sich nicht lange auf, es ging in ihrem Lächeln unter. Und wo sie es gelernt hat?

Ob meine Geduld denn wirklich so groß sei, fragte sie zurück. Wenn sie alles, was damit zusammenhinge, erzählen sollte ...

»Ein kleiner Bildungsroman ... fast jedenfalls. Ja, wo anfangen? Selbstverständlich bin ich im Ausland gewesen, in Amerika, in New York – aber spät erst, zu spät, als daß es einen großen Einfluß auf meine Sprechfähigkeit hätte nehmen können. Drei Jahre meines Lebens, drei ganze Jahre habe ich verloren mit der Politik. Das ist vorbei jetzt, yes!« bestätigte sie es mehr sich selbst als mir, wobei ihr *yes* wie *yesse* klang. So viel Druck gab ihre Stimme dieser einen Silbe, daß die ihn allein nicht aushielt und ein Ventil in dem Nachtakt brauchte.

»Seit dem Beginn des Jaruzelski-Kriegs ... Sie wissen: 1981 ... damals habe ich mich engagiert, für die Gewerkschaft ›Solidarität‹, habe sehr intensiv politisch gearbeitet in dieser Zeit, Tag und Nacht. Doch das ist jetzt vorbei. Der Schlußstrich gezogen, unwiderruflich. Endgültig. Politik ist ein Schwarzes Loch im Universum, ja so kann man es sagen: jedes Engagement dafür saugt alle Kraft und Energien auf und zieht sich dann zusammen, nach innen, und verschwindet spurlos – weg, wie nie gewesen. Und man selbst bleibt leer zurück, vollkommen ausgehöhlt ...«

Nach einiger Zeit, nach den drei Jahren habe sie diese Leere vage in sich gespürt, dann deutlicher wahrgenommen, gelitten darunter wohl schon länger.

»Und dann, ja ... Ihre Frage ... ich mußte raus aus Polen, nur fort von hier, und habe, in meiner Depression, eine Freundin in New York besucht, eine alte Schulfreundin von mir, aus Krakau. Sie unterrichtet an einer Public School, nur schwarze Kinder, in Brooklyn, ausschließlich schwarze Kinder ...«

»Saugt das denn nicht auch alle Kräfte auf?« meldete ich meine Bedenken an.

Doch, ganz bestimmt, aber die Freundin weiß, wofür sie das tut, und dieses New York gibt einem immer wieder neue Kräfte zurück. Und auch sie ist aufgeblüht dort aus ihrer polnischen Niedergeschlagenheit, jeden Tag mehr. Pausenlos ist sie unterwegs gewesen, nur mit einem Stadtplan in der Tasche, hat mit allen Sinnen diese Stadt erlebt, mit allen Sinnen, ausgehungert wie sie war, und offen, offen – Agnieska hob ihre Hände in die Luft, die Finger mit den Nägeln im dunklen Rot ihres Lippenstiftes abgespreizt und drehte die Arme aus den Schultern heraus, als wolle sie auffliegen – und dabei sind ihr neue Energien zugeflossen.

»Yesse«, sagte sie, einen Moment lang ohne ihr Lächeln jetzt, »es ist wirklich wahr: in New York bin ich, ja, ein bißchen schon ... wiedergeboren worden, und nur vom Laufen und Schauen und Hören und Riechen. Und als ich zurückkam, nach Polen, da habe ich mir geschworen, von aller Politik zu lassen, ach, ich habe gar nicht mehr schwören müssen, es war tot, so tot wie ...« Und künftig wollte sie ihre Zeit besser nutzen – lesen, Kunst genießen, Musik, das Schöne, sich nur noch mit Menschen abgeben, die ihr sympathisch sind, zu denen sie eine innere, eine geistige Nähe verspürt. »Und dabei ist es geblieben, yesse«, bekräftigte sie, wieder für sich selbst, mit einem Triumphlaut, »yesse!«

Und lehnte sich zurück und schaute ein wenig in die Runde und hatte ihr Lächeln wieder und nahm einen Schluck Kaffee.

»Dieses Leben, das Sie jetzt führen ... ich meine, das hätten Sie unter den Kommunisten doch auch führen können, oder besser sogar ...«, formulierte ich einen Einwand, eher aus der Situation heraus als grundsätzlich.

O ja, doch, das wisse sie selbst gut genug. Aber die Ernüchterung für sie und ihresgleichen, die Enttäuschung nach dem Zusammenbrechen des Kommunismus, 1989 – ob ich das wohl verstehen könne, aus dem Westen ...? Jahrelang hätten sie alle auf die Änderung der Verhältnisse in Polen hingelebt und hingeträumt, wären voller Glauben an eine Zeit gewesen, in der diese mittelmäßigen, blassen, kulturlosen Funktionäre der kommunistischen Nomenklatur endlich verschwänden, endlich abgelöst würden von kompetenten, kultivierten Menschen wie sie und ihre Freunde.

»Aber dann haben wir einsehen müssen, wir alle, bis auf ein paar wenige vielleicht ... wir mußten einsehen, daß wir uns gegenüber den gewöhnlichen Menschen einfach nicht durchsetzen konnten. Einer nach dem anderen von uns, und natürlich gerade die Besten, haben resigniert, sind zurückgewichen, zurück in den kulturellen Bereich, zurück ins Private. Und nun geht es beinahe wieder den gleichen Gang wie vor 1989 – wieder ist es der Durchschnitt, wieder die gleichen mittelmässigen, hemdsärmeligen Menschen, Leute, die keine Fremdsprachen beherrschen, Menschen ohne Allgemeinbildung, ohne Kultur – sie dominieren abermals in den Gremien und sitzen an allen Hebeln der Macht, in allen einflußreichen Stellen – einfach auch deshalb, weil kein anderer es machen will, aus purer Verlegenheit.«

Ich täuschte mich nicht: in die Winkel von Agnieskas Lächeln hatte sich kalte Verachtung gesetzt.

»Nur ein Beispiel von vielen, um Ihnen zu verdeutlichen, was ich meine... Ein Freund von mir, ein guter Freund, ist hier in Krakau Bürgermeister gewesen nach 1989, für drei Monate, yesse: drei Monate ... ein Professor, siebzig Jahre alt, aber vollkommen gesund und vital ... und er spricht vier Sprachen ... Einmal, als er alle Parkbänke in Krakau frisch streichen lassen wollte, und zwar in Grün, hat er den Verantwortlichen im Gartenbauamt angesprochen und ihm seinen Plan vorgetragen und dabei klugerweise offengelassen, welche Farbe er selbst im Sinn habe, nein, er sei so weit gegangen zu behaupten, er denke an Gelb oder Grau. Der Verantwortliche hat zunächst Argumente sowohl gegen Gelb wie gegen Grau vorgetragen und dann seinerseits die Farbe Grün vorgeschlagen. Der Professor verriet nach außen hin natürlich keinerlei Genugtuung, vielmehr hat er so getan, als gebe er sich den besseren Argumenten eines Fachmanns geschlagen. ›Gut‹, sagte er, ›wenn Sie das so sehen, dann streichen wir die Bänke eben grün.‹ Und damit ist der Professor, der damalige Bürgermeister, in den Stadtrat gegangen und hat angeordnet, daß in Krakau alle Parkbänke neu gestrichen werden sollten, und zwar, in Absprache mit dem Gartenbauamt, in Grün. Und dann, glauben Sie mir, es kam so sicher wie ... wie das

Amen in der Kirche ... dann stand jemand auf im Stadtrat, irgend so ein ungelernter Arbeiter wahrscheinlich, und polterte daher: ›Grün? Was denn, Grün? Rotweiß müssen die Bänke gestrichen werden, in den Farben Polens natürlich, das ist doch wohl selbstverständlich!‹ ... Und dann argumentieren Sie mal dagegen!«

Auf Agnieskas Stirn, zwischen den Wurzeln ihres braunen Haars mit den modischen kunstroten Spitzen, hatte sich eine feine Schweißlinie gebildet – kalter Schweiß. Das Lächeln um ihren Mund war geblieben, Agnieskas Erregung saß viel tiefer innen – da würde ich gerne einmal hingelangen, dachte der Mann in mir, da müßten Schätze ruhen, eine Leidenschaft –, aber ihr Lächeln grub sich doch, erst jetzt fiel es mir auf, als Kerben um den Mund, zog sich über ihr Gesicht als Starre, eine Starre in Wachs. Mir wurde kühl dabei.

Nun bezogen drei Musiker im Café den Platz hinter den Instrumenten, die wunderbar schweigsam auf einem flachen Podest vor sich hingedämmert hatten für, so hoffte ich, einen sehr fernen Abend. Und legten sich gleich ins Zeug und sonderten einen widerwärtig zähen Tonschleim ab aus polnischer Folklore und westlicher Unterhaltungsmusik. Beide zogen wir die Brauen in die Höhe, mit einem Wimpernschlag, und waren vielleicht das erste Mal an diesem Nachmittag in einem Gefühl vereint.

Aus einer trotzigen Selbstbehauptungswut heraus bestellte ich noch einmal zwei Tassen Kaffee, auch weil der Kaffee hier nicht, wie es in Polen heißt, auf türkische Art serviert wurde – als mit heißem Wasser aufgegossenes Kaffeemehl –, sondern weil er aus einer Espressomaschine kam und wirklich kräftig schmeckte. Das Eingreifen der Bedienung ließen Agnieska und mich einen Moment lang eigenen Gedanken und Schweigen nachhängen. Angesichts der Rolle, die Intellektuelle zur Zeit in den westlichen Gesellschaften spielen, empfand ich eigentlich eher allen Anlaß, weiter zu schweigen, aus einem anderen Schmerz – wenn mir diese Frau nicht so gut gefallen hätte, trotz allem.

So sagte ich es endlich doch, das Wort, das mir beim Zuhören so lange auf der Zunge gelegen war, stellte es einfach zwischen uns, mit fragender Melodie immerhin, sagte: »Verantwortung ...?« Und hängte an: »Bei Ihnen jetzt, in dieser Phase des Aufbruchs, vielleicht eines Umbruchs, aber auf jeden Fall ...«

Das war möglicherweise schon mein letzter Versuch, dieser schönen, kühlen und so fremden Frau neben mir vielleicht näherzukommen. Agnieskas Lächeln blieb sich gleich, und doch entdeckte ich jetzt in ihm diesen Zug von Härte, ja es wurde für mich, zu meinem Schrecken, zum Abdruck einer Maske.

»Yesse, warum soll ich es denn vor Ihnen verschweigen: es gibt für mich noch einen anderen Grund, warum ich mich aus der Politik zurückgezogen habe.« Gestaute Spannung von der Dauer eines Kaffeeschlucks. Agnieskas Stimme blieb fest und nahm auch die Lautstärke nicht zurück. »Und dieser Grund ist Walesa, der Staatspräsident.« (Welch ein böses Lachen dabei!) »Ein begabter Mann, zweifellos, doch, das ist er, begabt als Demagoge. Ein Mann, der die Sprache des Volkes spricht, des Pöbels, der geborene Verführer. Ich bin der Meinung, und viele Freunde sind es mit mir, Walesa ist so gefährlich, daß er ermordet werden muß.«

Eines dieser Witzworte wieder von ihr, die Lust an der Übertreibung, sagte ich mir, und: diese Frau schreckt auch vor nichts zurück, der Wirkung wegen ...

Doch Agnieska sprach weiter, ohne mir zuzuzwinkern, kein Scherz, blieb ernst und konzentriert. Es sei notwendig, Walesa umzubringen, um Schlimmeres für Polen zu verhüten. Und es wäre einfach jetzt, in dieser Situation. Man könnte das Attentat leicht den Kommunisten in die Schuhe schieben, und alle Welt würde es glauben. Aber sie – sie wolle damit nichts zu tun haben. Sie sei religiös, nicht im Sinne des Papstes natürlich, aber sie sei religiös. Und deshalb komme für sie ein Mord, und sei er politisch noch so dringend, nicht in Frage – aus persönlichen religiösen Gefühlen.

»Das ist«, wiederholte Agnieska und lehnte sich zurück dabei und lächelte mich an mit ihren weichselgrünen Augen, »das ist der tiefste und letzte Grund, warum ich mich aus der Politik zurückgezogen habe, habe zurückziehen müssen.«

»Yesse«, sagte sie, ein sehr resoluter Schlußakkord, und schien ganz und gar mit sich zufrieden.

Nach einer Begegnung wie dieser brauche ich ein Bier, nein: mehrere. Irgend etwas von mir hing hinaus ins Leere und schmerzte und wollte hereingeholt werden in den Bauch und verödet im Kopf. Dabei sollte mir der Alkohol helfen.

In meiner Drink Bar in der Ulica Florianska standen – soll ich's denn verraten? – aufgereiht hinter dem Tresen, neben dem tragbaren Fernsehgerät, das damals gerade vom Besuch des Papstes in Polen zu dieser Stunde kündete, da ich mehr als sonst mein Bier benötigte, in der Drink Bar standen und behaupteten sich die Trophäen des neuen Lebens: Camel, Marlboro zuhauf, Erdnußkerne, kostbar durch Vakuum. Daneben die schmucken Kadetten des Wesentlichen: Türme von Bitburger aus Deutschland, Hubertus aus Österreich, das Hirschgeweih am schlanken Hals, Wandschmuck sowohl wie sichtbar gemachte Liquidität des Hauses. In Dosen geschichtet – drei Wurf ein halber Wochenlohn – Heineken und Beck's – die Biere, die einen rund um den Erdball verfolgen und überall von den jeweils Einheimischen als der heißeste Tip für auswärtige Biertrinker gehandelt werden. Es folgten die bunten Monster-Plastikflaschen mit allerlei im Westen gebrauten Limonaden. Diese Trophäensammlung hätte etwas vom Paradies verströmen können, wären nicht groß und kräftig bedruckt die vorgefertigten Preisschilder darunter gestanden, endlose Reihen von Nullen, die Farben so grell, daß die Schilder fast – fast! – fluoreszierten im Kneipendämmer neben den just ins Lot ausfahrenden Armen des Papstes mit dem Preis für die Ikonen des täglichen Lebens: 15.000 Zloty kostete das eingeschweißte Päckchen Erdnüsse, etwa 2,50 DM, die Dose Bier 22.000, knapp 4,00 DM. Das heimische polnische Bier, das köstliche, suchte ich hier wie meist anderswo vergebens.

Dort stand ich, an der Theke der Drink Bar in der Florianska, und tat das Meine. Die Augen wanderten und notierten, ab und an auch die Hand. Meine Seele trank. Mit der Zeit gab sie mir das viele Geld, das ich in sie steckte, in Form von Bildern zurück. Käuflich war sie deshalb nicht, wurde aber doch ein wenig berechenbarer.

Agnieska, mir graut vor dir – so formulierte meine Seele eben an meiner Statt, da der Papst immer noch mit seiner Toga kämpfte, vor all den Leuten. Es war mir ja fast peinlich für ihn – und Agnieska steht jetzt neben mir, ganz nah, ich rieche die Süße ihrer Haut, sie kommt zurück aus der Kulisse, das dunkle Lippenrot frisch nachgezogen, lockend feucht, und glänzt, das Haar aufgelockert, schüttelt es, daß die roten Spitzen in der untergehenden Sonne brennen, und ihre Augen, die trügerischen, die zum Spiel einladen und nur dazu? Ich bin ganz still und höre mir an, wie sie die Schätze ihrer Belesenheit vor mir aufhäuft, so wie dieser Wirt hier seine Biersorten aus dem Ausland, genieße ihre intellektuelle Brillanz, die Akzentfreiheit, den Reichtum ihres Englisch, sie erzählt mit einem Schwung, als überwölbe sie der Hörsaal der Jagellonen-Universität, spricht von der Inszenierung Andrzej Wajdas, irgendeinen polnischen Klassiker probt er gerade hier in Krakau, seiner Heimatstadt, und ich kenne diesen Klassiker natürlich nicht und versinke in meinem Schweigen, ohne zuzuhören, doch, ihrer Stimme höre ich zu, ein festes, federndes Organ, in Mittellage, über die Oktave ihres Selbstbewußtseins spannt es sich mit schönen warmen Untertönen – oh, wenn die doch einmal die Oberhand gewännen, aber nein, wohl nie ... ich danke ab, Agnieskas Schönheit beginnt mich zu verbittern, leise knirscht's in mir, und ich frage sie, wie in einem Traum um Worte tastend, frage sie, nachdem sie mit einem vollgültigen *Yesse* der Selbstbekräftigung die Neige kalten Kaffees von sich geschoben hat, frage sie nach der Brennart des polnischen Kaffees, forsche mit dem ganzen Ernst meiner hilflosen Nüchternheit – ha! jetzt geht's mir besser, wenigstens in diesem Punkt –, und sie lacht auf, bestürzt geworden für eine Sekunde, als hätte ich sie mutwillig aus ihrem Takt kippen wollen, lacht mich an, blinzelt mir in die Augen, den Scherz von mir dort zu ergründen – ja, ein Scherz muß es doch sein –, dann lacht sie ihr Verwundern ab, endlich, läßt die Schultern sinken, hält die Hände, die schmalen, weißen, vor sich hin – leerere

Hände sahst du nie, kartet meine Seele jetzt hinterrücks nach –, und läßt mir von diesen Händen, die mich doch streicheln sollten, mitteilen, wie über einen Dienstboten: so etwas kommt in meinem Kosmos nicht vor, sagen Agnieskas Hände.

Kaffeerösten? Dafür hat man doch seine Domestiken ... Als sie dann bruchlos über Wajda weiterredet, gebe ich sie auf, ziehe mich zurück, in Trotz und Trauer. Strafe sie auf dem Heimweg, vorbei am Rondo Grundwaldzkie, indem ich ihr meine Begegnung dort mit Robinson verschweige, würde mir eher, flüstert jetzt mein bierfestes Ego, die Zunge herausreißen lassen, ha! und bringe sie, nur noch ein auseinanderfallendes Bündel halbvergessener Höflichkeiten, vor ihre Wohnung in der Grodzka-Straße, liefere sie dort ab wie eine Tanzschulendame, wo sie, du lieber Himmel, seit fünfundvierzig Jahren zusammen mit Papi und Mami lebt unter einem Dach, die großartige Tyrannenmörderin!

Gab ich's ihr erst jetzt, in meiner Drink Bar, oder schon auf dem Weg hierher? Die Antwort sollte mir das nächste Bier bringen, vom Papst höchstselbst kredenzt, vielleicht mit einer Handvoll geweihter Erdnußkerne aus der Dritten Welt, urbi et orbi. Immerhin: so viel habe ich aus ihr herausgekitzelt, so viel hat sie mir preisgegeben von ihrer Person, und weist mich sofort wieder ab, zwingt mich vor dem Katheder ihrer Bildung nieder. »Sie haben eine Art zu fragen«, mokiert sie sich mit ihrem Standardlächeln (eher doch ein Grinsen, nicht?), »Sie erinnern mich«, sagt sie, »nein, nicht Sie, um Gottes willen, nur Ihre Art zu fragen erinnert mich an Henry ...«, und ich hake nach, beleidigt, daß sie mich nicht selbst, sondern nur als Projektion auf einen anderen wahrnimmt, eine höchst blasse natürlich, nehme ich an, bedränge sie, sie soll ruhig merken, wie gereizt ich bin, wer denn nun wieder – statt meiner – dieser Henry sei – ein Regisseur, ein Professor, ein polnischer Dekadenz-Poet am Ende? Und muß mir dabei selbst zuhören, und das steigert in mir die Wut naturgemäß, wie meiner Stimme auch jetzt noch der Ärger über diese kalte Frau zu einer Huldigung mißrät. »Wenn Sie denn unbedingt alles wissen wollen: Henry war ein genauso neugieriger Mann wie Sie, und mindestens so sentimental. Aber man konnte sich wenigstens mit ihm über Amerika unterhalten, über New York, wenigstens das ... Er kam von dort ... Und wenn es Sie beruhigen sollte: ja, er war tatsächlich ein Professor. Was möchten Sie sonst noch wissen? Allzeit Ihre gehorsamste Dienerin ...« Anlachen oder Auslachen? Warum kann ich dieses Weibsbild denn nicht einfach stehenlassen, mich mitten auf der Straße auf dem Absatz umdrehen und weg – »Und mindestens so sentimental wie Sie ...« Wie wenig Zeit brauchen zwei Menschen, um einander vollkommen fremd zu werden, und wie schnell schlägt Fremdheit dann in Feindschaft um? Der Papst müßte da doch eigentlich eine Menge Sprüche kennen zu diesem Punkt, aber der hatte immer noch alle Hände voll zu tun, um das ganze Volk da hinten in Galizien von sich und seinen güldenen Gewändern fernzuhalten mit rudernden Bewegungen, der arme Kerl: immer noch kein Zapfenstreich für ihn. Aber auch ich hielt ja noch Wacht über das Mysterium des Menschen mit all seinen Abgründen und holte mir lieber Rat aus einer anderen Flasche. Und dann, mein Gott, der letzte Anlauf, du seist mein Zeuge – ohne jedes Wünschen längst, nur noch die blanke Absicht, diese Frau zu reizen, womöglich zu verletzen, hoffentlich: meine Frage, welche Aufgabe ihrer Meinung nach das neue Rußland in Europa habe. Und sie, Agnieska, rollt die Augen, trockenes Lachen, maßregelt mich: »Oh no, my dear, aber was reden Sie denn da schon wieder?! Die Russen gehören doch nicht zu Europa ... Ich wiederhole es dir gerne, wenn es dir ein Bier wert ist. Oder warte mal: der Papst ... der macht's vielleicht umsonst ...?«

Und so war es wieder einmal einer dieser Tage geworden, an denen ich es zu genau wissen wollte. Und kam auch noch ein gutes Stück voran in dieser Nacht und liebte und haßte aus einer einzigen Seele und ahnte, daß morgen schon wieder alles verfallen sei und neu zu erringen, mit ganz anderen Mitteln.

An diesem Wochenende fand in Kazimierz, nicht weit von meiner Wohnung, ein jüdisches Festival statt, zum dritten

Mal bereits. Viele der jüdischen Einrichtungen, Synagogen, Friedhöfe, Versammlungsräume – die wenigen noch benutzten und die vielen verwaisten –, hatten aus diesem Anlaß ihre Türen geöffnet. Zwei Tage lang ging ich herum und schaute und nahm auf und begann zu ahnen, welches Leben hier noch bis vor einem halben Jahrhundert gelebt worden war ...

In der Ulica Miodowa, der Straße des Honigs, am Rand des mittelalterlichen Gettos, steht der *Tempel*, ein imposanter weiträumiger Sakralbau aus dem letzten Jahrhundert, die reformierte Synagoge für die »fortschrittlichen«, von der Orthodoxie abweichenden Juden, Predigten hier einst polnisch und deutsch. Von oben, der Frauenempore aus, verfolgte ich das Konzert des polnischen Radio-Orchesters Krakau unter der Leitung von Leopold Kozlowski. Um mich die Pracht im Niedergehen. Die Deckenleisten mit virtuosem Schnitzwerk, die Farbe ins Holz hineingetrocknet, zu blassem Grau. Wandmalereien – Bänder aus Blüten, Blattgirlanden in starrer Liniensprache – welche Farben gaben sie an frühere Augen ab? Hinter dem Schrein mit der Bundeslade unten spähte ich allerlei Gerümpel aus, eine Leiter stand angelehnt, Besen, sonstige Geräte. Offen hingen die elektrischen Leitungen auf dem bröckelnden Putz. Viele junge Menschen neben mir, Polen, hörten der Musik zu, auf dem Boden sitzend, ohne Kipa wir alle, denn in dem *Tempel* wird seit ein paar Jahren nicht mehr gebetet – es gibt kaum noch Juden in der Stadt, die Abgrenzung der Reformierten von den Orthodoxen ist sinnlos geworden. Auch beim Herabsteigen von der Frauenempore Spuren einer in sich selbst verkümmernden Schönheit: der Samt auf dem Treppengeländer, verschossen, steif geworden, rauh beim Anfassen, in der Farbe von eingetrocknetem Blut – war's einmal Burgunderrot?

Ging über den neuen jüdischen Friedhof, außerhalb schon von Kazimierz, jenseits einer Eisenbahnunterführung. Hoch in den Schritt drängte das Unkraut, wuchs sich von Pfad zu Pfad über die schmalen Gräber zu, und Zweige oben mußten weggebogen werden. Und doch Zeichen von Benutzung, frische Gräber mitten in der Pflanzengier, das Todesjahr von gestern, hell noch die Zettel, mit Steinen beschwert, auf den Grabplatten. Las die Namen an den alten Gräbern: Lichtblau / Tannenbaum / Liebeskind / Schornstein / Immerglück / Butterfass / Lustbader / Krummholz / Ameisen / Frauenglas / Baschkopf ... hielt sie in meinem Notizbuch fest, als Erinnerung an den Übermut von Behörden, wie sie Juden mit ihren Namen gestempelt hatten, um sie registrieren zu können und verspotten, gratis – Schreibstubenwitz, der mörderische Gier weckte, die Hand lockerte: zur Faust.

Kehrte zurück zur Szeroka-Straße, ins Herz von Kazimierz. Ein Stückchen Wiese eingezäunt, davor, auf einer Bank, alte Menschen im Gespräch. Die Wasserpumpe daneben, ihr Schwengel wird noch bewegt, heute nicht, unter der Woche, um Autos zu waschen. Auf dem kleinen Rasen gedeiht eine Legende – hier habe früher – wann? Früher eben ... da habe eine Hochzeitsfeier stattgefunden, erzählte mir jemand, und hätten alle die Ermahnungen des Rabbis in den Wind geschlagen und bis in den Sabbat hineingefeiert, getanzt und gesungen, wie eben die Menschen so sind. Gott aber habe den Frevel bestraft, umgehend, indem er die ganze Hochzeitsgesellschaft sterben ließ, auf einmal, keiner kam davon. Und hier seien sie beigesetzt worden, und sei ein Zaun darumgekommen, allen Juden zur Warnung ... ach ja: der Alte von R'emuh, direkt gegenüber, er hat mir diese Geschichte zugetragen, und kein Zug in seinem ganz und gar unbewegten Gesicht wollte mir dabei verraten, was er davon hielt (ist mir eigentlich eine Menge zurückgegeben worden für meine zwei Scheine, wie ich es jetzt so überschlug – nur ein Lächeln blieb er mir schuldig ... wer dürfte es fordern?)

Ließ mich noch einmal hineinziehen in den R'emuh-Bereich, konnte der geöffneten Pforte nicht widerstehen, weil sie sonst so ganz und gar abgeschlossen wirkt, als wäre ihr Schlüssel längst verschollen, blieb aber im Vorhof stehen – schaute mir die wuchtigen Stützmauern an, die die kleine Synagoge fast eindrücken wollen, die kleinste von Kazimierz, und die einzige, in der heute noch der Kult gefeiert wird, ging nicht zu den geretteten Steinen weiter. Blieb ich hier stehen, weil ich den Alten meiden wollte? Wahrscheinlich war es eher die Gruppe junger Polen, deren

Verhalten meine Aufmerksamkeit fesselte, eine höhere Schulklasse vielleicht, die Jugendlichen rempelnd und lachend und laut zuerst, wie sie sich der Welt eben stellen mit ihren sechzehn, siebzehn Jahren. Jetzt drängten sie sich vor der Synagoge und hatten alle ein Unbehagen in sich, daß es ihre Körper förmlich durchbog. Ein paar Mädchen wagten sich vor bis zur Tür und redeten mit der Alten, die wieder ihre Plastiktüte mit den Käppchen in der Hand hielt, wurden mutiger dabei. Sie nickten jetzt zu den Kameraden herüber und riefen sie zu sich, winkten und winkten, immer heftiger, je mehr der Rest der Gruppe, eng zusammengerückt, an einer unsichtbaren Schwelle hin und her sich wand. Keiner von ihnen konnte sich lösen aus diesem Kreis der Angst. Der Kampf der jungen Polen übertrug sich auf mich, den fremden Beobachter, auch diese Art von Schmerz, tief eingesenkt in sie, so tief, daß es ihre Körper verdrehte und stauchte und schüttelte. Im Stammeln der jungen Körper sah ich die Angst vor Fremdheit, hier sprach sie rein sich aus, war noch durch kein Bewußtsein gegangen, von keiner Erfahrung gestützt, keiner eigenen jedenfalls, und sagte mir viel, dieses Bild zitternder junger Polen, über die Wunde aus Juda, eine Wunde der Welt, und ging über mein Begreifen.

Am Abend dann, mitten in der Szeroka-Straße, die ja eigentlich ein langgezogener, schmaler Platz ist, das Konzert unter freiem Himmel, als Ausklang des Festivals, mit einer jiddischen Gruppe aus New York, woher denn sonst. Die Zugänge zur Szeroka wurden von einem starken Polizeiaufgebot gesichert, es war umfangreicher, als ich es sonst bisher in der Stadt irgendwo gesehen hatte. Die Polizisten traten zurückhaltend auf, hielten sich am Rande. Gerade drängten sie einen Betrunkenen ab, der sich Zutritt verschaffen wollte – redeten auf ihn ein, es sah eher sanft aus, schoben ohne die Härte, die sonst die Uniform verleiht, den Mann in eine andere Richtung. Jetzt erst fiel mir auf, daß nirgendwo ein Ausschank mit Bier zu sehen war oder dem landesüblichen Wodka. Es wurden Säfte aller Art angeboten an den Ständen, auch der heiße, stark gewürzte Sud aus roter Beete, es gab in Fett herausgebackene Krapfen – nirgendwo aber einen Tropfen Alkohol.

Jetzt waren die Klesmer soweit und ließen die Fiedeln singen, mit fliegendem Bogen, so eilig, so schnell, ohne Übergang hinein in das Grummeln der Masse, und ihre Klarinetten jauchzten, gaben ihre ganz eigene Stimme an die noch junge Nacht, die Stimme eines anderen Singens, zersprangen vor Übermut beinahe und verdunkelten abrupt, stürzten ab in ein Tönen der Traurigkeit. Beide Klänge blieben nicht in meinem Gehör, sie drangen in den Blutkreislauf und wühlten sich in innere Organe ein, ich wußte und weiß nicht welche. Es war mir zum Weinen und zum Lachen in einem. Der Körper hielt das nicht aus, er zitterte, zuckte, geriet in ein Tanzen, und die Tausende von Krakauern, meist junge Leute, alle hatten sich aus dem Stehen gelöst und hüpften und sprangen, bildeten Ketten, die Hände auf den Schultern eines anderen, Freund oder Fremder, die Musik der Klesmer aus New York legte die Grenzen nieder zwischen uns. Und ging ein Riß durch diese Ausgelassenheit: der Sänger dieser Gruppe, ein dürrer langer Mensch, der in engsten Jeans-Röhren wie ein Dibbuk über die Bühne sichelte, mit einer hohen blaßroten Locke auf sonst fast kahlem Schädel, der Sänger sprach sein Publikum nach ein paar Liedern auf polnisch an. Begrüßt hatte er alle auf jiddisch, anschließend dann seine Texte ins Amerikanische übersetzt. Jetzt also sprach er ihre Sprache, flüssig und ohne jeden Akzent. Er war, wie ich erfuhr, erst vor wenigen Jahren von Polen nach Amerika ausgewandert. Und als die Menschen hier ihre eigene Sprache hörten, aus seinem Mund, da fiel, nach einer Sekunde des Schreckens fast, ein Jubel über den Platz, füllte ihn aus bis unter die Dächer der alten, heruntergekommenen Häuser, die die Szeroka säumen, in denen einst die Juden lebten. Klatschen, Lachen, Schreien – er spricht unsere Sprache! Doch der Sänger ging äußerst sparsam um mit diesem Schatz. Sofort kehrte er wieder zum Jiddischen und Amerikanischen zurück und ließ die Menschen hungern nach ihrer Sprache, gab sie ihnen zwischendurch, dosiert nur, in kleinen Mengen, wie ein Dompteur, dachte ich, der aus der Tasche seines prächtig bunten Rockes ein Stück Zucker angelt und es der Bestie mit Heimlichkeit fast ins Maul schiebt, daß sie stillehalte und ihm weiter zu

Willen sei. Und mit geschlossenen Augen nahmen die jungen Leute aus Krakau die streng bemessenen Rationen zu sich, die ihnen der Klesmersänger gönnte. Ich konnte sein Verhalten nicht anders als eine sublime Form von Rache deuten, Rache an der Heimat, die ihn hatte ziehen lassen. War nicht versöhnt, der Dibbuk aus New York. Und trübte die Freude seiner Zuhörer wieder mit traurigen, langsamen Weisen ein – jiddischen Liedern aus Rußland, sang den Abschied eines jungen Juden, dem das Los zugefallen war, unter dem Zaren seinen Militärdienst abzuleisten – für fünfundzwanzig oder dreißig Jahre, wie es damals in Rußland für Juden galt. Nahm Abschied, der blutjunge Rekrut, von seiner Braut, die er als Mann auf der Schwelle zum Alter erst wiedersehen würde, wenn sie sich denn je wiederfänden. Und der jüdische Sänger, der Pole aus Amerika, erlebte die Trauer dieses Abschieds neu, der in einem anderen Jahrhundert durchlitten war und Lied geworden, als wäre es sein eigener Schmerz. War er's denn nicht? Wo wäre der Schmerz mehr sonst zu Hause als in der Heimatlosigkeit?

Das hatte ich nicht erwartet – zwei nackte Frauen in der Küche!

Die Geburt der Venus von Botticelli war gut gelungen, und auch an einem hingestreckten weiblichen Akt von Tizian fand ich auf den ersten Blick nichts auszusetzen. Ich war fast erschrocken, in der Küche von Frau Kuszlik, einer Art Wohnküche, drei oder vier der berühmtesten Bilder hängen zu sehen, auf Leinwand gemalt, in Öl, keine Drucke. Daß ich mich, sozusagen, sofort auf diese Bilder stürzte, hier, bei meinem ersten Besuch, machte Frau Kuszlik verlegen. Eine Mischung aus Stolz und Geniertheit rötete ihr das Gesicht, und sie fing an, mit der Umständlichkeit ihrer altmodischen Sprache die Herkunft dieser europäischen Meisterwerke in ihrer Küche zu erklären. Ihr Mann habe ein paar Jahre lang in einem Museum gearbeitet, vor ihrer Krakauer Zeit, und da seien, bei einer Umgestaltung der Ausstellungsräume, diese Kopien an sie gekommen. So jedenfalls reimte ich es mir zusammen –

Frau Kuszliks Deutsch, das sie vor immerhin fünfzig Jahren gelernt hatte, holperte dabei noch ärger als sonst, doch ich spürte, daß ich nicht tiefer dringen sollte.

Leicht viermal mußte ich Frau Kuszlik beteuern, daß ich wirklich nicht hungrig war und wirklich nichts essen wollte, ehe wir uns endlich an den Tisch setzen und mit der Arbeit beginnen konnten, denn deswegen war ich ja hierher gekommen – ein bißchen glaubte ich sogar selbst daran. Kaum hatten wir Awas Manuskript, auf dünnem Durchschlagpapier geschrieben, zwischen uns aufgeteilt, sprang Frau Kuszlik noch einmal auf, holte einen Teller mit Gebäck und forderte mich auf, doch wenigstens hier zuzugreifen. Es war eine schwere Köstlichkeit aus Schokolade, Kakao und Nüssen und erinnerte mich eher an Pralinen als an Gebäck.

»Selbstgemacht, natürlich«, sagte Frau Kuszlik, zufrieden mit meiner Miene, und schlug dabei die Augen nieder, wieder mit dieser kleinen Scham von vorhin, die dem altgewordenen Gesicht die Befangenheit eines jungen Mädchens zurückgab. Schweigend beugten wir uns dann über die Blätter, jeder einen Stift in der Hand, saßen am Küchentisch und arbeiteten, Frau Kuszlik übersetzend, ich korrigierend, bis sie wieder ihren Kopf hob, mit einem leisen Seufzen wartete, ob ich darauf reagierte, sich entschuldigte, weil sie schon wieder unterbrechen mußte, abermals wartete, dann erst fragte, ob das Wort *Zäuberlingchen* denn heute noch gebräuchlich ist.

Frau Kuszlik hatte ich während des Jüdischen Festivals in Kazimierz kennengelernt, bei dem abschließenden Buffet in der Poper Synagoge, gegenüber von R'emuh. Ich weiß nicht wieso – die vielen Menschen auf engem Raum hatten damals mit einem Mal meine Stimmung niedergedrückt – ich kam mir plötzlich verlassen vor, so fremd und überzählig. Zwei oder drei Versuche, mich in ein Gespräch zu mischen, waren gescheitert. Ich hatte also zu gehen, sofort, um nicht noch mehr in Trübsinn zu versinken. Wollte mich eben nur noch von Manfred Lemm verabschieden, der am Nachmittag im Rahmen des Festivals Lieder von Mordechai Gebirtig gesungen hatte, dem jüdischen Dichter der Vorkriegszeit. Doch Lemm unterhielt sich gerade mit einer älteren Dame, klein war sie und pummelig rund. Ich geriet sofort in ihr Gespräch und erlag schnell der Wärme, die aus dem Gesicht dieser vielleicht siebzigjährigen Frau strahlte, etwas ganz Kostbares. Manfred Lemm stellte mir Frau Kuszlik als den guten Geist des Festivals vor. »Sie wohnt hier in Kazimierz, genau in der Szeroka-Straße, im Haus neben der R'emuh Synagoge.«

»No«, sagte sie auf deutsch, die Augen hinter den dicken Gläsern mit Zustimmung auf mich gerichtet. »Ich kümmere mich ein wenig um die Sänger und Sängerinnen ... ein wenig, aus den Ländern allen, und sie stellen die Instrumente ab bei mir in Wohnung, und wenn sie sich ein bißchen gutfühlen hier in Krakau ...« Ich schaute in ihr Lachen, das ihr immer die weichen Wangenpolster hob. Das Lachen tat mir gut in dieser Stimmung, in der ich war. Als Lemm ihr sagte, daß ich Schriftsteller sei, nahm ihr Interesse an mir zu. Sie fragte nach meinen Büchern, ihren Themen, dem Stil ...

»Woher haben Sie denn ihr hervorragendes Deutsch?« fragte ich zurück. Sie stamme aus Posen, dem Teil Polens, der nach dem Überfall der Deutschen 1939 als »Warthegau« bezeichnet worden sei, und deshalb, sagte sie und lachte dabei, deshalb habe sie Deutsch gelernt, und zwar im Untergrund, als Mädchen. »Wofür das Schlimme im Leben doch manchmal gut ist, nicht wahr, vorausgesetzt, man übersteht es«, und damit war das Thema für sie beendet.

Nein, ans Nachhausegehen dachte ich jetzt nicht mehr.

Noch einmal wolle sie, wenn sie dürfe, auf meinen Beruf zurückkommen, meinte sie und tastete sich nun mit besonders rührenden Wendungen der Höflichkeit an mich heran: »Können Sie mir vielleicht ein wenig hilfreich sein?« Sie arbeite gerade an einer Übersetzung vom Polnischen ins Deutsche, und sie sei sich nicht ganz sicher, ob das Deutsch, das sie gelernt habe in der Kindheit, heute noch so gesprochen werde. Es sei ein Theaterstück für Kinder, kein langer Text, ein paar Seiten nur, von ihrer Tochter Awa, die an Krakauer Schulen mit den Kindern Theater spiele und dafür auch die Stücke schreibe. Sie finde sie sehr gut, diese Stücke, natürlich, als Mutter, aber auch ein deutscher Freund habe ihr Mut gemacht, und sie wolle sie nach Deutschland schicken, an Verlage, an das Fernsehen vielleicht.

Und dann, mit einem Mal, war eine junge Frau zwischen uns gestanden, an diesem Abend in der Poper Synagoge von Kazimierz. Ich hatte sie nicht kommen hören, so sehr hielt mich Frau Kuszliks Charme gefangen. Klein war sie, sehr schmal, elfenhaft wirkend, ein Mädchen eher als eine Frau. Anziehend das blasse Gesicht, anziehend auf eine fremde, ungewohnte Art.

»Awa«, hatte sie gesagt und mir eine Kinderhand entgegengestreckt. Ein Wärmestoß ging mir durch den Magen – alles so einfach, diese erste Berührung, ein wenig feucht ihre Hand, oder kühl. Ich war berührt, auf eine weiche Art gestreichelt, ohne jede Koketterie, ganz ohne den lauten Kitzel des Geschlechts.

Schade, daß Awa sofort wieder hatte gehen müssen.

»Sie unterhalten sich ja offenbar ganz gut mit meiner Mutter, wie ich sehe«, hatte sie zum Abschied gesagt, Spott in den Augen. Und etwas zurückgelassen in mir, das brannte.

Bestimmt hätte ich Frau Kuszlik, damals auf dem Festival, auch so, ohne das Auftauchen ihrer Tochter, meine Hilfe angeboten. Jetzt aber hatte ich achtgeben müssen, daß meine Zusage nicht allzu spendabel geriet. Dem mütterlichen Argwohn, der kleinen Eifersucht, die in Frau Kuszliks Lächeln aufgewacht war, wollte ich keine Nahrung geben.

Auf dem Heimweg hatte ich gespürt: Eine große Verheißung hatte ihren Anker in meine Seele geworfen. Ihr Name war Awa. Die Glücksberührung weitete sich aus in dieser Nacht, durchströmte den ganzen Körper, der Kopf schwebte dem nachtschwarzen Himmel entgegen – wo gab es Grenzen? –, die Schritte federten zärtlich über das Pflaster des verstummten Krakau.

Und war dann, nach ein paar Tagen, nicht zu rasch, zurückgekehrt in die Szeroka-Straße, mit drei roten Rosen für Frau Kuszlik. Jetzt lag das dramatisierte Zaubermärchen Awas vor mir, auf dünn zerknittertem Papier, mit bösen Hexen und guten Feen, es sollte die Kinder ein wenig auf die Umweltproblematik hinlenken und war, fand ich, ganz hübsch gemacht.

Zäuberlingchen ...? Nein, vielleicht so nicht ...

Das Deutsch, in das die Mutter diese Dialoge verwandelte, hätte vielleicht im letzten Jahrhundert eine Gouvernante ihren Zöglingen eingetrichtert, so zeremoniell und steif stolzierte es daher. Ich fuhr mit meinem Stift auf dem Papier herum, daß Frau Kuszlik schon ausgesprochen besorgt über den Brillenrand zu mir herüberlugte, als sei ich ein böser Zauberer.

Der Zauberer aber wurde langsam nervös, denn seine Aufmerksamkeit war in sich gespalten. Auf der einen Seite ging es mir, gewohnheitsgemäß, um saubere Arbeit an einem Text, die meine ganze Konzentration erforderte – erfordert hätte. Viel lieber aber wollte ich mit Frau Kuszlik plaudern, mehr von ihrem Leben erfahren. Und dann lauerte – uneingestanden, doch die Unruhe war nicht zu leugnen – eine Erwartung in mir. Wo war Awa überhaupt – die Tochter? Und ich mußte vorsichtig sein, um die Mutter nicht meine Ungeduld spüren zu lassen, den innigsten Impuls, der mich hier hielt, den kleinen Treubruch ihr gegenüber.

»Awa«, sagte sie, als habe sie mich durchschaut, ich mußte also noch behutsamer vorgehen hier, »Awa ist zu Freunden gekommen, weil sie feiert Geburtstag heute. Und, no, da dacht ich, es ist gut, wenn Sie die Blümlein hier – Ihre schönen Blümlein für mich ... Aber das sollten Sie doch wirklich nicht, aber das war wirklich entzückend von Ihnen, aber sie sind wirklich besonders schön –, no, wenn Sie reichen ihr später diese Blümlein auf den Geburtstag, wenn Sie mechten ...«

Ich versuchte, meinem Gesicht einen überrumpelten, abweisenden Ausdruck zu geben – ob sie ihn mir abnahm? Mein Herz aber, tief innen versteckt, es stotterte vor Freude, daß ich Awa an diesem Abend noch sehen sollte. Und ich klemmte mich sofort wieder hinter das Manuskript, das Werk von Tochter wie Mutter, und rang mit Kobolden und Hexen und allerlei Waldgeistern, die sich bei Nacht durch Krakau trieben und dabei wie in einer preußischen Schulfibel zu Kaiser Wilhelms Tagen miteinander konferierten. Dabei glaubte ich, durch den Kanzleistil der Mutter hindurch, aus der Fabel des Stücks wirklich eine kräftige Phantasie herauszulesen, die vielleicht selbst unsere kleinen Fernsehmonster in Deutschland, denen kein Tobak mehr stark genug ist, doch noch erreichen könnte.

»Bedienen Sie sich aus dem Konfekte, bitte, ja?« drängte mich Frau Kuszlik. »Sie können sich nicht denken, wie dankbar ich Ihnen ... Wir beide, meine ich natürlich ...«

»War es eigentlich Awas Idee, daß Sie ihre Stücke übersetzen, oder ...?«

»No, wissen Sie« – Frau Kuszliks Blick blieb aufmerksam auf mich gerichtet, die Stimme aber verlor sich ein wenig zwischen uns ... »Wirklich, ich red nicht gerne darüber, aber es geht uns zur Zeit nicht gut in Polen, uns allen nicht. So schlecht wie jetzt ist es noch nie gewesen womeeglich. Wird immer schwerer, die Familie zu ernähren, die Tochter, den Sohn. Er wohnt zwar nicht mehr hier, der Sohn, er hat Arbeit in Lublin, beim Fernsehen, aber er braucht ein Zimmer dort, und das alles ist so teuer geworden, daß er alleine niemals ... Er braucht meine Hilfe immer noch, sonst ...«

»Ist Awa einverstanden damit, daß Sie ihre Stücke ...«, hakte ich nach, obwohl Frau Kuszliks Gesichtspolster sich bedrohlich aufgelöst hatten, ins Weiche, als wollten sie den Augen voranfließen. Nein, Tränen kamen ihr nicht, aber sie schaute lieber in ihre Blätter als auf mich.

»Jedenfalls, no ..., sie hat nichts dagegen, es ist ihr egal, glaube ich, ja, sagt man so: egal? ... Awa ist ja noch etwas ... Sie lebt in ihrer eigenen Welt. Und ihr Talent: so viel Talent! Ist doch ein Jammer, daß ihre Stücke hier herumliegen, und kein Mensch ... Und ein deutscher Freund, der meint, daß man kann verdienen viel Geld in Deutschland mit Stücken für Kinder, im Fernsehen.«

Wirklich: Es gehe ihnen ziemlich schlecht zur Zeit hier, in Polen. Ein Fremder würde das vielleicht gar nicht so mitbekommen ... sie sage es auch wirklich nicht gerne, aber sie habe Vertrauen zu mir: schon Mitte des Monats gehe ihr das Geld aus, es werde ihr immer schwieriger, die Familie über Wasser zu halten. Awa verdiene ja kaum Geld mit ihrem Schultheater, viel weniger als eine normale Lehrerin.

Sie mache es so wunderbar, mit so viel Phantasie, so viel Herz, ach ich könne mir ja gar nicht ..., aber es sei fast umsonst. »Wenn ich Ihnen sollte sagen, wieviel nur ... sie verdient ...«

Ich hatte die Blätter von mir weggeschoben, um ganz zuhören zu können. Was hätte ich auch sagen sollen? Ich war froh, daß die Stimme von Frau Kuszlik sich wieder gefestigt hatte. Sie rückte ihren Stuhl zurecht, setzte sich auf die Kante, drehte die Brille vor sich in den Händen, ihr war wohl eine neue Idee gekommen.

»Bei Ihnen zu Hause in Deutschland, da kennen Sie doch viele Leute, gescheite Menschen und ein bissel reich womeeglich ... und wissen vielleicht ... no, können Sie mir sagen, wieviel Geld man in Deutschland bekommt für so ein Bild ... unter Umständen ...?« fragte sie und nickte zu den beiden italienischen Nackten hinüber. Sie stand auf und kramte zwischen dem Küchenschrank und einer Kommode zwei weitere Bilder vor, einen Breughel und ein Stilleben mit Austernmuscheln und Weinglas, offenbar auch ein Holländer dieser Zeit.

Gerne hätte ich Frau Kuszlik Hoffnung gemacht, aber ich wollte auch nicht etwas versprechen, was ich hinterher nicht würde halten können. So lobte ich erst einmal die Qualität der Kopien, aus Überzeugung, sie waren wirklich tadellos ausgeführt, und meinte, daß sich bei uns bestimmt Interessenten finden würden, denen diese Bilder ein paar Tausend Mark wert sind.

»Oh« – und große Augen bei Frau Kuszlik.

Wie man aber an solch betuchte Leute herankommt, konnte ich ihr ehrlicherweise auch nicht sagen, das hätte ich ja selbst ganz gern gewußt, für den eigenen Gebrauch. Ich fürchtete, ich könnte ihr beim Verkauf ihrer Bilder keine große Hilfe sein.

»Ah, Sie sind uns schon Hilfe viel zu viel«, sagte Frau Kuszlik und erschrak ein bißchen. »Entschuldigen Sie mir ... da, da, bedienen Sie sich mit dem Konfekte, bitte«, und schob mir den Teller so heftig in die Papiere hinein, daß Awas Elfen laut aufraschelten und beinahe vom Tisch gepurzelt wären. Die Hilflosigkeit von eben war aus ihrem Gesicht gewichen. Sie wirkte wieder agil und obenauf. So wie sie mir gegenüber saß, in dem gemusterten Sommerkleid aus mehreren Blautönen, mit einer alten Brosche und Schleifen um den Ausschnitt, das aufgeblondete Haar frisch eingelegt, geschminkt der Mund, die Augen – ich hätte ihr die Armut nicht angesehen. Und auch die Wohnung im dritten Stock dieses Hauses neben der R'emuh Synagoge – sicher, die Fassade, das Treppenhaus waren finster und vollkommen heruntergewohnt, doch die Küche, in der wir saßen, war bescheiden, aber ohne Mangel eingerichtet, mit einem verspielten Geschmack und viel Sinn für das Unpraktische, für die Lebendigkeit des Plunders, ich fühlte mich sofort behaglich hier.

»Sie können Ihnen ja kaum vorstellen, wie hart der Alltag ist in Polen, besonders für uns Frauen«, nahm sie noch einmal das Thema auf, doch jetzt ein Stück weit von sich weggehoben. »Organisieren ... immer organisieren, auch jetzt noch, wo es gibt alles, lange Wege müssen wir laufen, mal hier, mal dort, und Preise immer schneller. Meine Rente, alle Löhne – sie bleiben stehen unten. Jeden Tag wird Geld weniger, jeden lieben Tag. Und deshalb, nur deshalb, ist mir gekommen die Idee, diese Bilder hier – vielleicht ...«

Ein Freund von ihr, den sie im letzten Jahr in Krakau kennengelernt habe, hier in Kazimierz sogar – so ähnlich wie ich sei er durch die Straßen des jüdischen Viertels gestreift, viele Tage habe sie ihn beobachtet, und dann seien sie beide, sie wisse gar nicht mehr wie, ins Gespräch gekommen. Dieser Bekannte habe ihr versprochen, sich in Amerika umzusehen wegen ihrer Bilder. Leider habe sie nichts mehr von ihm gehört seither, er sei allerdings sehr krank gewesen, möglicherweise – nein, um Gottes Willen, daran wollte sie gar nicht denken.

»War er Jude?« fragte ich sie.

Nein, er habe wohlhabend ausgesehen, gut situiert, »Sagt man noch so bei Ihnen?« Professor sei er, ein richtiger Professor, an einer Universität in ... in ...

Ja, er sei ein Jude, doch, er habe hier nach einer Verwandten gesucht, hier in Kazimierz, von vor dem Krieg noch, er sei doch wohl ein Jude, ein bißchen wenigstens. Und ein Deutscher sei er übrigens auch, eigentlich, oder ursprünglich, der Herr Wohlgast.

»Wie...? Wohlgast?« fragte ich. Jetzt stieß ich schon zum zweiten Mal auf diesen Namen .

»No, Henryk Wohlgast ... Nein, Henry, Henryk ist ja polnisch ... Warum Sie schauen so ...?«

»Ach, nichts Besonderes«, lenkte ich von meiner Verblüffung ab. »Ein Bekannter hier in Krakau hat ihn schon einmal erwähnt, der Name ist mir haftengeblieben, Wohlgast ... Ein Name bloß, nichts weiter.«

Er sei öfter hier gesessen, bei ihr, hier in der Küche, und habe sich gerne mit ihr unterhalten, und sie sich auch mit ihm, geriet Frau Kuszlik ins Erinnern und verschob die Papiere auf dem Tisch vor lauter Lebendigkeit – oder wollte sie meinem Blick entgehen? No, er sei ein bissel jünger als sie, sagte sie schnell, um falsche Gedanken in mir abzuwehren, nein, nicht viel, wirklich nur ein bissel, in seinen frühen Sechzigern müsse er sein, und er habe gern ihre Nähe gesucht, warum – und sie lächelte geschmeichelt vor sich hin –, warum, das wisse sie selbst nicht genau zu sagen. Eigens aus Amerika sei er hierher gekommen, um etwas über eine Tante von sich zu erfahren, aus Krakau, die offenbar eine große Rolle in seinem Leben gespielt habe, in seiner Kindheit jedenfalls.

»No, schauen Sie nach draußen: Was sollt er hier noch finden? Vielleicht am Friedhof drüben ...«

Er sei dann in ganz Polen herumgereist, habe sich länger in Lublin aufgehalten, sei zurückgekehrt – ruhelos irgendwie sei ihr der ganze Mann vorgekommen. Nur wenn er bei ihr hier in der Küche gesessen sei, habe er sich wohlgefühlt, da jedenfalls sei sie sich ganz sicher.

»Und er war krank?« fragte ich. Allein schon sein deutscher Name nährte meine Neugier, seit Janusz ihn mir gegenüber das erste Mal erwähnt hatte.

Nur ihr habe er davon erzählt, und deshalb wisse sie nicht, ob sie darüber reden solle, reden dürfe – nur ihr habe er anvertraut, daß die Ärzte bei ihm eine Krankheit erkannt hätten, in Amerika drüben, eine sehr schlimme Krankheit, und er wisse nicht mehr, wie lange er noch zu leben habe. No wirklich, bat Frau Kuszlik mich so bewegt, daß ihre deutsche Sprache wieder arg darunter litt, ich dürfe das nicht weitersagen, um Gottes willen, nur sie habe er ins

Vertrauen gezogen, »heechst perseenlich«, und deshalb, nur deshalb habe sie es ja auch gewagt, um sein Vertrauen zu erwidern, »ich beging den Wagnis, ihn zu fragen wegen Bilder«, nachdem er eines selbst – heftiges Erröten der weichen Wangenpolster – ein Bild habe er ihr damals abgekauft, ein italienisches Bild, einen Heiligen Sebastian. Sie habe es – und erschrak dabei, wollte abbrechen, aber etwas bedrängte sie stärker –, eigentlich habe sie es nicht sehr gemocht, ja, um ehrlich zu sein, nie habe sie es anschauen mögen, das Bild, sie sei nämlich nicht katholisch – aber er, er sei sofort darauf losgegangen und daran hängengeblieben, und weil er immer wieder darauf zurückkam, darum, nur darum, habe sie es ihm überlassen, es habe ihr geholfen, ein paar Monate lang habe sie davon die Lücken ihrer Haushaltskasse gestopft, ohne daß es Awa oder ihr Sohn bemerkt hätten – und erschrak noch einmal dabei.

»Jesus Maria, bitte – Sie dürfen aber ja nichts Awa sagen, sie darf nicht wissen, niemals, daß ich ein Bild ihres Vaters ... Sie lebt im Märchen. Aber ich ... was sollte ich machen?«

Jetzt hatte sich Frau Kuszliks Gesicht wieder ganz in Schmerzensfalten zusammengezogen, sie fuhr sich mit der Hand über die Augen – betrachtete diese Hand, als sei sie ihr vollkommen fremd, legte sie flach auf den Tisch und richtete ihren Blick auf mich – ein großes Vertrauen darin, Wärme und ein kleines bißchen Angst. Eine Träne entdeckte ich nicht in ihren Augen.

»Nein, *Zäuberlingchen* geht wohl nicht, ich würde dazu eher ...«

Und wir versenkten unsere Köpfe wieder in die Blätter und arbeiteten eine Weile schweigend an der Übersetzung weiter. Hin und wieder nahmen wir unsere Brillen ab und lächelten uns an, ohne ein Wort zu sagen, hin und wieder griff ich zu und ließ ohne Reue ein Stück von Mutter Kuszliks köstlichem Schokoladengebäck im Mund zerschmelzen.

Der Hund wollte mir nicht mehr aus dem Kopf, also ging ich wieder zu ihm hin, machte dem Herrn der Insel am Rondo Grunwaldzkie meine zweite Aufwartung.

Endlich war ich dem dichten Verkehr entronnen, der mich, weil Fußgänger hier nichts verloren hatten, vollkommen unduldsam vor sich hergetrieben hatte, und betrat den Wiesenflecken, atmete ein paar Atemzüge Erleichterung, setzte mit Vorsicht zu meinem Erkundungsgang an. Robinson war nicht zu sehen – verwaist die Decken und Kissen –, ich ging tiefer in die Wiese hinein, weiter – jetzt sein schwarzer Kopf überm Gras, an der gleichen Stelle wie beim ersten Mal. Er rappelte sich auf vom Schlaf, streckte das Hinterteil hoch, stand auf allen Vieren, gähnte ausgiebig, rollte die Zunge wieder ein und bewegte sich langsam weg von mir, beiläufig, wie ohne Absicht. Ganz, ganz sachte schlich er sich davon, ohne nach mir zu schauen, mit eingekniffenem Schwanz, angelegten Ohren, schlich, parallel zu meinen zögernden Schritten und immer den gleichen Abstand zu mir haltend, weiter. Bewegte sich auf die Straßenbahnschienen zu, die die Insel in der Mitte durchschnitten – Straßenbahnschienen, ja! halbierten sein kreisrundes Reich, das war mir beim ersten Besuch entgangen. Jetzt hatte ich seinen Schlafplatz erreicht – das Gras im weiten Bogen zerlegen, ein mächtiger Knochen, ein leerer Napf. Hier also muß er sein festes Lager haben in der warmen Jahreszeit – nicht in der Sommerresidenz, jenseits des Kleefeldes dort –, der Verschlag sah auch das letzte Mal schon ganz unbenutzt aus. Und mir wurde klar: Sein größtes Problem ist nicht die Versorgung mit Fressen, es ist der fehlende Auslauf – wie soll er sich denn bewegen hier? Allerdings: Robinson – ich beobachtete ihn aus den Augenwinkeln geradeso wie er mich – war kein junges Tier mehr, zwölf oder dreizehn Jahre bestimmt hatten sein Kreuz durchgebogen. Ein kleiner, heruntergemischter Schäferhund, die Schnauze aufgehellt vom Alter. Wirklich, Robinson, unter uns: Schön bist du nicht – eine geschundene, getretene Kreatur, hündisch, denke ich, hündisch gebrochen.

Als wir so kreisten auf seiner grünen Insel, eingedrückt vom hohen Lärm der Motoren, der die Endlosigkeit eines Schicksals hat, langsam bewegten wir uns umeinander – wer geht voran, wer ist der Verfolger? Jeder von beiden auf eine unerwartete Regung des anderen gefaßt, einen Übergriff, ich doch wohl eher nachstellend, er eher ausweichend, seitwärts trappelnd, die Witterung nach mir ausgerichtet, das Ohr in meine Richtung halb aufgestellt ... Als wir uns so umkreisten, kam ich mir wie bei einem Duell vor, einem Kampf auf Leben und Tod, wie er früher in den amerikanischen Wildwest-Filmen so wirkungsvoll ausgespielt worden ist – erst recht, als ich merkte, daß wir Zuschauer hatten. Denn wir waren keineswegs für uns. Wir waren im Blick der Menschen, die jenseits der Insel auf ihren Bus oder die Straßenbahn warteten, ihre Köpfe in unsere Richtung gedreht, nein: Mir allein galt ihr Interesse, ihre Wachsamkeit. Sie sahen, ich hatte keine Tasche bei mir, ich fütterte den Hund nicht. Sie waren zu weit entfernt von mir, als daß ich in ihren Mienen hätte lesen können – nur eine Phalanx stumm nach mir ausschauender Gesichter –, aber mein Gespür trug mir ihr Mißtrauen zu, das sie wohl für jeden Eindringling in Robinsons Herrschaftsbereich hegten. Ihr unbewegtes, unentwegtes Lauern wirkte bedrohlich: als warteten sie nur auf einen Angriff von mir, um dann ihrerseits ...

Als Janusz auf einen Sprung zu mir kam, um mich für den nächsten Sonntag zum Mittagessen einzuladen, bei sich zu Hause – hier ruft man nicht an, hier geht man kurz hin –, fragte ich ihn gleich, ob er den Hund vom Rondo Grunwaldzkie kenne.

»Selbstverständlich«, sagte er und hob die Achseln. Über Agnieskas Geschichte konnte er nur lachen, ein lautloses Lachen, es war eigentlich gar kein Lachen: mehr ein ungeduldig-nervöses Durchfegen der Atemorgane.

»Weißt du, bei uns in Polen gibt es keine Tierheime. Wenn du einen Hund hier loswerden willst, setzt du ihn aus. Den da hat ein Autofahrer einfach rausgeworfen – langsam rangefahren an den Kreisel, raus mit dem Hund, und dann Gas gegeben und weg – das war alles. Deine Geschichte – das ist eine Legende – ein bißchen ... na ja ... Hast du das wirklich geglaubt?« Und spielte den abgeklärten Erwachsenen mir gegenüber, oder hielt er mich jetzt gar für einen dieser romantisch-sentimentalen und naiven Westler? Ich nahm den Tadel allein auf meine Schultern und verriet Agnieska mit keiner Silbe.

Agnieska ... weggesunken eine kleine Weile und jetzt wieder da – das Bild einer Frau, hell und begehrenswert, doch in einen trüben Spiegel geworfen, der ihre Schönheit böse verzerrte. Und eine Neugier überkam mich, ein Kitzel ... wenn es mir schon nicht glückte, an diese Frau heranzukommen – wie weit mochte es dann Wohlgast gelungen sein, wenn jener »Henry«, von dem sie mir erzählt hatte, mit dem Bekannten oder Freund von Frau Kuszlik identisch war, woran ich aber kaum zweifelte, denn so häufig sind Amerikaner nicht in Krakau. War es männlicher Rivalenwahn oder kriminalistische Spurensuche, wenn ich mir jetzt ausmalte, wie dieser Unbekannte womöglich ganz gut zu Agnieska gepaßt haben mochte: er, aus New York kommend, der Stadt ihrer inneren Befreiung, Professor wie sie, Kollege also, eines Faches vielleicht sogar, fünfzehn Jahre älter als sie, mit fünfzehn Jahren mehr Läßlichkeit und Milde und Geduld als ich. Ob ich mich ihr, trotz allem, doch noch einmal aussetzen sollte, dieser Sirene, Wohlgasts wegen – nur seinetwegen?

Und erst zu dieser Stunde, da der Tag schon wieder mählich in den Abend glitt, kam mir der Traum zurück, mit dem ich am Morgen aufgewacht war. Jedenfalls hatte ich jetzt, nachsinnend über Agnieska, eine Deutung für ihn, die mir vollkommen schlüssig schien.

... bin allein mit einem Bären im Raum, einer Bärin – erkenne das an den beiden Brüsten unterm Fell. Irgendwann ist sie mir doch schon einmal begegnet ...? Und ahne auch: ich selbst habe die Bärin hierher gebracht, in diesen Raum ... ein kleines Zimmer, quadratisch geschnitten. Eine Türe geht nach innen auf, reicht weit ins Innere hinein ... in helles Grau – es ist Tag. Wir haben uns schon eine Weile hier gemeinsam aufgehalten, ehe die Bärin Notiz von mir nimmt. Wendet mir ihre spitze Schnauze zu, schnüffelt durch große Nüstern, richtet sich auf, steht da, daß ich die beiden Brüste sehe, hält die Arme angewinkelt, hoch, die Tatzen hängen locker herab. Schweres Gehen auf der Hinterhand, in meine Richtung. Der Ausdruck im Gesicht der Bärin: sie scheint zu lächeln? Will sie spielen mit mir? Aber sie kann mich auch erdrücken wollen ... soll ich es darauf ankommen lassen? Einfach stehenbleiben? Ziehe mich doch lieber zurück, weiche aus, immer im Zweifel, ob die Angst überhaupt berechtigt ist, ob ich damit nicht erst die Angriffslust der Bärin wecke, aber die Angst – sie bleibt mir. Mein Rückzug wird hastiger – die Bärin bleibt sich gleich: vollkommen friedfertig, eher kindlich verspielt, ja ihr Grinsen wirkt dümmlich – so tapst sie hinter mir her. Jetzt bin ich sicher – trotz dieses Lächelns, immerhin: liegt darin doch eine ganz kleine Chance für mich? –, daß die Bärin mich umarmen will, im Spiel, aus Liebe oder zum Tode? Noch schneller werden meine Fluchtbewegungen in dem engen Zimmer, es verdunkelt sich dabei, ein Rennen im Viereck beginnt, von Ecke zu Ecke, dann im Kreis. Die Tür erweist sich als ein arges Hindernis. Sie erhöht die Gefahr erheblich. Wenn ich zwischen Türwinkel und Zimmerecke gerate, dann ist es aus, bin ich verloren, kein Entweichen mehr, das sichere Ende: dann erdrückt sie mich. Weil sie die Grenze zwischen Spiel und Wirklichkeit nicht kennt. Eben eine Bärin ist ...

Ja, so war der Traum verlaufen, ein Fluchttraum, panische Angst zuletzt vorm Aufwachen, und dann, bei seiner Rekonstruktion am Abend, schlug sich der Bogen wie von selbst zu Robinson, den ich brav, dem Traum folgend, ohne daß ich es durchschaute, besuchen gegangen war am Rondo Grunwaldzkie: der Bogen von Robinson zu Agnieska, die mir den Hund entdeckt hatte – wer sonst war die Bärin? Am Abend erst, in der Tageshelle meines Bewußtseins, erhielt ich einen Schimmer vom Rondo, dem Tanz der Ereignisse heute, von seiner unerkannten Choreographie: ein Knäuel der absurdesten Motivationsfäden vor mir, deren Enden frei im Kosmos meiner Seele umherflatterten.

Mein erster Weg am nächsten Morgen führte mich in die Kawiarnia Europejska, um dort zu frühstücken und die fünf neuen polnischen Wörter zu lernen, wie jeden Tag.

Man darf sich dieses Lokal nun wirklich nicht als einen besonders anregenden Platz vorstellen. Ein langgestreckter Raum, mit ein paar Spiegeln als Wandschmuck. Tische und Stühle auf gleichen Abstand dressiert, als gelte es, einen geometrischen Lehrsatz zu beweisen. Die fünf oder sechs Bedienungen pro Schicht gingen wie immer im gleichen stumpfgrauen Rock durch die kadettenhafte Ordnung, abwesenden Blicks, um nur ja von keinem Winken eines Gastes aus ihrer freudlos zurückgelegten Route herausgeworfen zu werden, verschwanden in der Tiefe des Raumes, blieben unsichtbar, tauchten dann unversehens auf und schoben, in jeder Handreichung mindestens ein Vorwurf, dem Gast das Bestellte in seine Richtung hin, peinlich bemüht, ihn nicht anzuschauen dabei. Von ihren Lippen konnte ich allenfalls ein tonlos geformtes »Bitte« ablesen. Ihre ganze Anteilnahme, die sie sich bei den Menschen sparten, galt der geometrischen Unversehrtheit des Mobiliars. Sobald ein Gast zahlte und ging – endlich! stand in dem lauernden Blick der Serviererin im Hintergrund geschrieben – stürzte sie sich geradezu, sehr im Gegensatz zu ihrer sonstigen Verhaltenheit, auf den Tisch, um schnellstens die perfekte Reihe wiederherzustellen, krachend die Stühle zu richten, Kante auf Kante und im rechten Winkel hin zum Tisch. Wenn sie dann abdrehte, nach hinten in die uneinsehbare Tiefe, glaubte ich, ein energischeres Wiegen der Hüfte unter dem grauen Tuch zu entdecken, vielleicht sogar die leiseste Spur von Triumph.

Halb besetzt das Café am Morgen, im höchsten Fall, aber immer schlug mir derselbe zähe Zigarettenmief entgegen. Und was hatte ich in diesem Lokal überhaupt verloren, bei solch sauertöpfischen Mamsellen? Gut, ich war gleich an meinem ersten Morgen in Krakau hier hineingeraten – hatte hier polnischen Kaffee als Wortklang aufgeschnappt und dann im Glas vor mir dampfen sehen: doppeltes Glück! War deshalb ein paar Mal wiedergekommen, so etwas schleift sich schnell ein. Aber die Zigaretten hier regten mich von Tag zu Tag mehr auf. Also suchte ich in der Stadt nach einem besseren Frühstückstisch.

Doch überall in den anderen Cafés war es das gleiche. Ich mußte einsehen, daß ich in Krakau nirgendwo den beißenden Zigarettenrauchschwaden entkommen würde. Mußte mich abfinden damit, daß Rauchen eben das weitaus billigste Volksvergnügen in Polen ist.

Es ist der einzige Genuß, den sich die Menschen hier ohne Reue (ohne finanzielle Reue jedenfalls) leisten können. Ich sah, wie die Gäste sich stundenlang an ihrem einen Glas Kaffee festhielten, ein zweites erschien vor ihnen nie. Ein Kaffee kostet im Lokal ungefähr soviel wie zwanzig schwarze Popularne-Zigaretten. Der Preis wird so zur schieren Funktion von Zeit, es lassen sich die Minuten, die man sich gönnt in der Kawiarnia, auf den Zloty genau berechnen. Da lohnt es sich eben, bei einem einzigen Glas Kaffee auszuharren und statt eines zweiten mit dem gewonnenen Geld fünf- oder acht- oder selbst zwölfmal das Päckchen zu zücken, den Tabakstengel herauszuklopfen, glattzustreichen, in den Mundwinkel zu schieben, nein, doch den anderen, das Feuerzeug zu schütteln, die Flamme ... da! für mich allein ... tief der erste Zug ... wieviel Zeit vergeht dabei ... und man gewinnt noch Geld dabei. So früh am Morgen schon der erste Ertrag meiner empirischen Studien über das polnische Volksvermögen an diesem Tag. Und kehrte reumütig danach in meine Kawiarnia Europejska zurück.

Über der Weite des Rynek Glówny, des Großen Markts, zitterte ein blasses Rosa, aufgerissen, und ließ die barocken Giebel der Häuser zerbrechlicher erscheinen als sonst. Die Sonne im Abendwinkel legte ein perlmutternes Gelb auf die schmalen Fensterscheiben oben, satt und kräftig, wollte darüberfließen aus der Überfülle ihres Glänzens und verfiel doch, jenseits des Glases, auf dem stumpfen Putz der Fassaden sofort. Die Schwärme der Tauben, hochgeworfen von einer Notdurft, die zur Schönheit wurde, faßten den Himmel mit ein paar ekstatischen Kurven ein, gaben der Vorabendstimmung flugs einen silbernen Halt. Mein Blick wich aus in die Höhe, denn auf dem Platz, wild hingespritzt, ein Lärmgestöber, wie es die Menschen lieben, wenn sie Feste begehen – als glaubten sie es sich sonst selbst nicht. Aus dem Inneren von Sankt Marien wurde der Vespergottesdienst über Lautsprecher hinausgetragen, auf den Platz, während aus allen Gassen, von gedrücktem Singsang unterlegt und mit jenem schleppenden Schritt, zu dem die Heiligkeit verpflichtet, Standarten und Kruzifixe und hölzerne Madonnen und, zuletzt, unterm Baldachin, die Monstranz, wankend wieder heimgeführt wurden an ihren Ort, bis zum nächsten Jahr. Acht Tage nach Fronleichnam – schon wieder eine ganze Woche meines Lebens dahingegangen. Welchem Gott kann ich das klagen?

In die himmlischen Chöre aus alten dünnen Stimmen schmierten von rechts die elektrisch aufgeladenen Akkorde hinein, die ein Langgezopfter von seiner Gitarre sich herunterklaubte, Akkorde wimmernd und wummernd, quengelnd und quäkend, jauchzend und jaulend, zirpend und züngelnd, aufschreiend – nahmen die Tauben davor Reißaus? Hingestemmt hinter sein Arbeitsgerät, tiefer Griff, ganz selten mal die Andeutung einer minimalen Kniebeuge: der Lakonismus seiner Haltung überzeugte mich am ehesten noch an dem Spieler, sein ganz und gar weggeräumtes Gesicht, denn es war ja wirklich die Maschine, die kostbare, hier von den jungen Krakauern noch angewunderte: Was gingen sie Madonnen an, wenn nicht die eine aus New York? Die Maschine tat fast alles – das wenige sehr laut. Eine Diskothek hatte hier neu eröffnet und lockte mit dem Quietsch-Gerät die Kunden zur Nacht.

Drüben bei den Blumenständen, im Schatten, den die Arkaden der Tuchlauben warfen, dudelten drei Alte polnische Volksmusik daher. Einer von ihnen klatschte ständig in die Hände, um den musikalischen Grobschnitt seiner Kollegen ein wenig zu verschleifen. Auch ihre demonstrative Bauerntracht der nahen Berge ließ ich nicht als Entschuldigung gelten. Von der gegenüberliegenden Seite des Platzes drang ein Trommeln und Pfeifen und Schellen und Zimbalschlagen dagegen, dominant das dumpfe Dröhnen der Trommelhaut – Lajkonik, der Held der Stadtlegende, der seinerzeit die Tataren aus Krakau vertrieben hatte, hüpfte voran, ein Stoffpferd um die Hüften gebunden, roter Brokat, ein langer Rauschebart vom Kinn herab, auf dem Kopf die spitze Tatarenmütze mit dem Halbmond, golddurchwirkt, umgeben von all seinen tatarisch nachempfundenen Kriegern, so zog er die Kinder hinter sich her, die von dem asiatisch drohenden Trommelrühren so eingefangen schienen – es klang auch wirklich bedrohlich, dieses Wummern, wie ein heraufziehender Sturm aus der Steppe, ganz tief aus allen Osten dieser Welt –, die Kinder blieben vollkommen stumm und schlichen mit ernsten, vielleicht sogar ein wenig eingeschüchterten Mienen ihrem Retter von damals hinterher. Und ein paar Jünglinge bewiesen sich selbst ihren Zorn auf das alles, indem sie großkalibrige Radiokästen schulterten und blind für sich plärren ließen.

So hörte sich in dieser Abendstunde, acht Tage nach Fronleichnam, der Große Marktplatz Krakaus an. In der Lautstärke aber blieb die Marienkirche unerreicht. Sie befehligte die stärksten Batterien.

Und war, mit einem Mal, wie auf höheres Geheiß, alles vorbei. Stille auf dem Platz, wo eben noch, vor ein paar Minuten, die Lust der Menschen auf Krach und Lärm aufeinandergeprallt war – jetzt Stille. Nein, nicht im strengen Sinn natürlich: noch immer das Gesumm der vielen Menschen, die rund um den Tag den Platz füllen, den Sonnen- und Lichtspeicher in der eng bebauten Stadt, aber menschliches Getön war wieder in der Luft, abgestellt das Marterwerkzeug der elektrischen Verstärker. So konnte ich noch etwas bleiben hier, setzte mich hin, schaute auf zu den Giebeln, beobachtete, wie die Tauben ihre Bögen verlängerten, höher in die Himmel hinein, die ihr Rosa jetzt schon ein wenig dünner webten, weichgraue Fäden einschießen ließen, und hörte eine andere Musik dabei: das Ausklingen eines Tags, ehe er sich vollends heimleuchten läßt.

Und dann saß sie da: Awa, und schaute uns beide an und schaute auf die Blätter, die zwischen Frau Kuszlik und mir auf dem Tisch lagen – schaute auf ihr eigenes Zauberkunststück und lächelte darüber weg, wie fremd, und wir: wir sollten schuld daran sein.

Mutter und Tochter hatten sich mit Blicken und ein paar wenigen Silben verständigt. Unser Gespräch zu dritt war schnell zusammengebrochen, eine von beiden mußte weichen – Frau Kuszlik sprach nur deutsch, Awa nur englisch.

Frau Kuszlik raffte die Papiere zusammen, die ihr immer wieder wegflatterten, und mit einer Entschuldigung, die für mich eher wie ein Vorwurf klang, verließ sie endlich die Küche, ließ uns allein. War der Spott in Awas Augen jetzt, als wir zu zweit am Tisch saßen, nicht doch etwas weicher geworden?

»Ich halte wenig davon, daß Mutter das da« – und Awa nickte dabei zu der leeren Stelle hin auf dem Tisch – »daß sie das ... verkaufen will, ins Ausland, ausgerechnet. Sie mag das ja machen, aber mich soll sie damit in Ruhe lassen.«

Awas Augen wurden wieder schmal.

»Reicht denn ihr Deutsch überhaupt dafür?«

»Sie haben eine sehr tüchtige Mutter«, sagte ich. »Sie können froh sein – so viele Einfälle, so viel Energie ... und ihr Deutsch, doch: das ist ... erstaunlich gut ...«

Lieber schwindelte ich, als Frau Kuszlik preiszugeben. Es rührte mich, wie sie versuchte, die Familie mit allen Mitteln über Wasser zu halten – und dafür nur Spott erntete von ihrer Tochter.

Awas Augen, groß – helle grüne Augen. Eine Helligkeit, die nicht nach außen drängte. Hielten sich hin, meine Blicke aufzusaugen, hineinsinken zu lassen. In diesen Augen lag für mich der größte Reiz ihres Gesichtes, schmal wie es war, blaß, kindlich aufgelöst beinahe noch, mit den ersten Linien von erwachsener Härte um den Mund. Dreiundzwanzig vielleicht? schätzte ich und schob ihr die Silbervase mit meinen drei roten Rosen für die Mutter hin – und schenkte sie jetzt Awa zum Geburtstag.

»Ach, selbst das wissen Sie also ...«

Awa spürte wohl, daß sie rot wurde im Gesicht und ärgerte sich darüber.

»Dreiundzwanzig«, riet ich laut, »oder zweiundzwanzig?«

Sie lachte, zeigte Grübchen dabei. Ihre Zähne – verschattet irgendwie, gefährdet, Splitter von Gold.

»Wollen Sie mir schmeicheln ... oder vielleicht wieder meiner Mutter? Da muß ich Sie leider enttäuschen. Die Tochter von Frau Kuszlik wird heute zweiunddreißig.«

Das brachte mich wirklich um ein Haar aus der Fassung. Zweiunddreißig? Wo um Himmels willen waren die letzten zehn Jahre geblieben auf diesem Gesicht? Hatte es vielleicht eine von Awas Feen berührt, daß sich darin die Jugend so weit über die Zeit halten konnte? Fragen durfte ich sie das ja jetzt wohl kaum. Statt dessen sagte ich Awa ein paar anerkennnende Worte zu ihrem Stück, doch sie war nicht im mindesten neugierig auf meine Meinung. Sie ging überhaupt nicht darauf ein, lächelte mir in die Augen.

»Und was treiben Sie eigentlich hier in Krakau so? Haben Sie denn soviel Zeit, mit meiner Mutter ...«

Eifersucht! schoß es mir durch den Kopf. Wunderbar! Sie ist eifersüchtig auf ihre Mutter.

»Ich bin hier ...«, erklärte ich ihr so kühl wie möglich, »ich sammle Material für einen neuen Roman – in der Richtung ...«

»Über Krakau?« Zum ersten Mal sah ich Awas Gesicht, wenn sie etwas ernst nahm. So etwas wie Erschrecken um den Mund.

»Nein, nicht direkt. Doch schon, ein wenig.« Und erzählte ihr das Notwendigste darüber, es war mir eine ziemlich lästige Pflicht in diesem Augenblick. Ein Roman über Veit Stoß schwebte mir vor, über die Flucht des Holzschnitzers von Nürnberg nach Krakau, seine Arbeit am Marienaltar, Gigantenwerk; über die Abkehr dann doch wieder von Krakau, nach zwanzig produktiven Jahren seines Lebens hier, trotz des Ansehens, das er sich in der Stadt geschaffen hatte; über die eingeführte Werkstatt , die guten Aufträge, die reichen Kaufleute ...

»Ich bin noch nicht sehr weit gekommen, um ehrlich zu sein ... Die Stadt lenkt ab, mich jedenfalls – eine vollkommen neue Welt. Ich bin das erste Mal in Polen ... »

»Dann brauchen Sie ... Sie brauchen jemanden hier, der Ihnen die Stadt ein bißchen – ich meine, wo ein Fremder sonst nicht hinkommt ...«

»Ich weiß schon ganz gut, wo die Marienkirche steht.«

Schnell bremste ich sie aus, um meine Freude zu verschlucken und sie auch ein bißchen zappeln zu lassen.

»Eigentlich sollte ich meine Tage hier ja vor dem Altar verbringen, in der Marienkirche und in der Bibliothek der Kunsthistoriker ...«

In diesem Stil plauderten wir weiter, obenhin, das Lächeln war gar nicht mehr zu tilgen von unseren Mündern. Nur manchmal blieb ein Blick unwillkürlich länger auf dem Gesicht des anderen liegen. Ich verlor mich immer tiefer in Awas Augen. Diese weit auseinanderstehenden wassergrünen Augen. Dieser Abstand zwischen den beiden Lichtpunkten ihres Gesichts – ein Zeichen vielleicht von animalischem Gleichmut? Ich spürte, wie sich im Magen ein Wärmeherd bildete und ausbreitete, ein Behagen, ein Leichtsein, es stieg auf in den Kopf, leitete die Gedanken, die Gefühle ohne jeden Widerstand – Übermut erfaßte mich, Leere – eine Stimmung, in der ich mich frei von jeglicher Verantwortung fühlte, ohne Gewicht, ohne Erinnerung und auch ohne jede Erwartung – Worte, die sich ganz von selbst sprachen, abgesunken jede Sorge, für sie jemals zu haften – ein so seltenes Glücksgefühl. Mir war wirklich in diesem zeitverlorenen Augenblick, als müßte ich Awa fragen, jetzt sofort, nein, nicht fragen, ihr eröffnen, mit der Gewißheit unseres Lächelns: Sie solle meine Frau werden – und dabei kannte ich sie noch keine halbe Stunde, und es war auch kein Spiel. Ich war vollkommen ausgefüllt davon.

Natürlich hielt ich meinen Mund. Ob aber die Augen etwas veraten hatten? Awas Lächeln war jedenfalls verschwunden, bis auf eine Spur in den Mundwinkeln, die sie nicht unter Kontrolle hatte. Ernst auf ihrem Gesicht, zart und blaß wie Elfenbein. Die Lippen öffneten sich, als wolle sie mir antworten, zögerten und ... tak, tak, tak.

Klopfen. Es klopfte irgendwer. Frau Kuszlik stand in der Tür, ihre rundliche Gestalt, gedrückt vor lauter Verlegenheit – ein wimpernkurzer prüfender Seitenblick über die Tochter hin –, und streute dann gewundenste Entschuldigungsgirlanden über mich, sie fielen mir wie Dornen in die Haare – Vorsicht, blitzte ein Gedanke auf, Mutter und Tochter, hochexplosives Gemisch. Sie wollte ja nicht, um des Heilands willen, aber sie mußte ... und ihre Bäckchen zuckten nervös.

»Awa, deine Freunde kommen gleich.«

Awa zog die Stirn kraus, sagte kein Wort, rührte sich nicht; nur ihre Augen, eingedunkelt, sollten die Mutter vertreiben und mich am Aufstehen hindern.

Ich aber stand auf.

»Von meinem Zimmer aus können Sie die Gräber sehen, hinter der Synagoge«, sagte sie zu mir, ohne es für die Mutter zu übersetzen. »Wenn Sie wollen, meine ich ...«

Frau Kuszlik stand daneben, ratlos, zwei tiefe Falten über der Brille, angestrengte Höflichkeit gegenüber einem Gast.

»Für einen kurzen Augenblick, ja, gerne ...«, sagte ich, zuerst auf deutsch, dann auf englisch. Frau Kuszlik trat beiseite.

Awas Zimmer jenseits des finsteren Flurs: Mansarde, um die Ecke gebaut, voller Winkel, zwei Räume in einem.

»Meine Mutter, wissen Sie, sie ist ein bißchen ... bestimmend.« Wieder die Härte in Awas Gesicht, wie ein fremder Zug – oder bildete ich mir nur ein, daß er fremd sei? »Ich muß mich ab und zu ein bißchen wehren gegen sie, gegen ihre ganzen Ansprüche und Aktivitäten und all das ...«

»Sie haben eine sehr tüchtige Mutter, Awa«, widersprach ich ihr. »Wie sie sich engagiert für Sie mit ihren Übersetzungen, und nebenbei backt sie noch Plätzchen – so etwas Köstliches habe ich lange schon nicht mehr ...«

»Wollen Sie sie haben?« Schön ihr Gesicht, Grübchen in den Wangen, wenn sie böse wurde. »Bitte ...«

Fahrig, wie sie war, dauerte es eine ganze Weile, bis Awa den Platz vor dem einen Gaubenfenster freigeräumt hatte. Der fremde Eindringling machte ihr spürbar zu schaffen.

»Oh, schauen Sie sich bitte hier nicht um«, bat sie mich, »es ist ein bißchen unordentlich bei mir ... Und die Decke – sehen Sie, der Riß da oben, von dort rieselt der Putz runter, wir haben erst im letzten Jahr die ganze Wohnung geweißt, aber es hält nicht lange, das Dach ist nicht mehr dicht, und dann die Luft hier in Krakau ...«

Schnell sprach sie, wollte ihrer Verlegenheit entkommen. Erst jetzt fiel mir auf, daß das Zimmer wirklich so eingegraut war, als hätte es seit Jahren keinen Pinsel mehr gesehen. Auch das Fenster, an dem Awa rüttelte und zerrte, war trüb vor Schmutz.

»Das kommt alles von dieser Luft hier, der Wind bringt den ganzen Dreck von Nowa Huta rüber. Auch so ein Glanzstück dieser Kommunisten damals.«

Wir standen nebeneinander, in der engen Fensternische, Awa so zierlich und wenig in ihrem Jungmädchenkleid mit dem runden Kragen am Hals. Ihre nackte Schulter streifte meinen Arm. Rieseln über den Rücken, eine kalte Hitze. Streicheln – sollte ich sie streicheln, vorsichtig, wie aus Versehen vielleicht? Doch Awa war schon wieder weg, zurückgewichen, geflohen aus dieser Nähe unserer Körper, ließ mich allein mit dem Blick auf den Friedhof. Ich sah in den verwilderten Park hinab vor seiner hohen Mauer, lehnte mich weit hinaus – Gräber aber sah ich keine.

Awa mußte lachen. Worüber? Über mich? Nein: das falsche Fenster. Sie hatte das falsche Fenster erwischt.

»Dann hier vielleicht«, meinte sie. »Bestimmt, hier. Ich mache das Fenster so selten auf, wegen dem Dreck von draußen, wissen Sie. Deshalb ...«

Wir gingen in die andere Ecke des Zimmers hinüber, zum zweiten Gaubenfenster. Daneben ein Waschbecken, ein Spiegel.

»Damit ich nicht immer das Bad mit Mutter teilen muß«, erklärte mir Awa und blieb diesmal gleich stehen und überließ es mir, an dem sperrigen Fenster zu reißen. Es kostete einige Kraft. Erst als ich mir einen Hocker beiholte und, den Kopf eingezogen, mich so weit hinauslehnte, daß ich mich auf dem Dach abstützen mußte, sah ich sie: Stein an Stein, die schönen Stelen der Renaissance, die jahrhundertelang unter der Erde gelegen und nur so sich erhalten hatten, bei all dem Temperament der Menschen, die seither durch Kazimierz hindurchgegangen waren.

»Hängen Sie sich nicht so weit hinaus, sonst ...«, warnte mich Awa, die sich hinter mir in sicherer Entfernung hielt. »Zumindest meine Mutter würde – sie hat Sie wirklich ein bißchen ...« Und brach ab, ihr spöttisches Lächeln, schaute weg von mir, ins Zimmer hinein.

Leise: »Ich glaube, Sie müssen jetzt gehen.«

Und ging, ging weite Wege, um nicht so bald anzukommen bei mir. Und stand dann doch zu Hause, es war Nacht geworden, eine warme Sommernacht. Zu Hause in der Gästewohnung der Stadtbibliothek von Krakau, ja: Gast! Verließ die Zimmer sofort wieder, viel zu eng, setzte mich, direkt gegenüber, auf die Bank in den Planten, den Platz des Fremden vor mir – wie lange war das her, seit ich ihm hier begegnet war? Ließ die Menschen an mir vorbeigehen, einzelne, viel zu wenige Liebespaare, hatte die Wärme der Nacht auf der Haut, holte mir aus der Wohnung ein Blatt Papier und einen Stift und drei Flaschen Bier, polnisches Bier, kehrte zu der Bank zurück, meine Bank jetzt, atmete diese Sommernacht und trank das Bier und wurde schnell berauscht, das war keine Kunst zu dieser Stunde, und fing an zu schreiben, das Papier auf dem Knie, es ging sehr rasch und ohne Hemmungen, es floß dahin, die Hand so rund, kam ihr kaum nach, ich trank und schrieb und jubelte, vollkommen inwärts, das versteht sich, kein Parkbummler mußte nach mir den Kopf umdrehen, und nannte es hernach, mit einem kühnen Schwung, der mir fast schon entglitt, »Besoffene Klage an die Nacht«.

Ich habe mich jetzt doch dazu entschlossen, dieses Gedicht hierherzusetzen. Nicht weil ich es für übermäßig gelungen halte. Es müßte noch viel daran gearbeitet werden, damit es als ein Gedicht von mir gelten kann. Aber genau das will ich jetzt nicht – will keine Kunstzwingen anlegen, keine klanglichen Dressurakte daran vollführen – allzu leicht getan. Stelle es einfach hierher als Protokoll von Leben, als Momentaufnahme einer geglückten halben Stunde, meinetwegen auch verwackelt.

Allein unter der schwarzen Sonne sitzen
der Nacht und an Kastanien riechen
und fliederblau fließt Nacht um dich
in dieser guten späten Stunde
und Helle ist jetzt unterwegs zu andern Orten
Der Himmel violettblau in Kastanienhänden
wenn ich nach oben schau
da freu ich mich, daß ich noch Haare hab am Kopf
in denen Fliederduft sich fangen kann bis morgen
Und grüße dich, die Straßenbahn
grillengeäugtes Panzertier
das grell metallen in der Kurve schreit
So warm, so warm die Nacht, und weit –
allein und klaglos schön – Allein-
sein geht nun einmal nicht zu zweit

Und meine Sehnsucht zieht ins Weite hin
Kastanienbaum, du stehst und weißt
Was? Nichts weißt du natürlich -
Alleinsein ist die Kunst des Lebens
ist Kunst/ist sommerwarm
und schwarz und blau
und endet nie -

Ein bißchen amüsiere ich mich heute natürlich auch über die Tricks, die ein mehrfach trunkener Kopf in diesen Versen sich einfallen ließ – wie die Einsamkeit gefeiert wurde von einem, der gerade seinen ersten Heiratsantrag abgeleistet hatte – beinahe!

Endlich kam Leszek zurück in die Stadt. Seinetwegen war ich ja eigentlich nach Krakau gereist. Doch noch vor unserer ersten Begegnung in Krakau konnte er sich auf Grund irgendeiner Terminverschiebung für ein paar Tage freimachen und ist in die Berge gefahren, nach Zakopane, in ein Erholungsheim, eigens für Schriftsteller – seliger Kommunismus, wie gut warst du zu deinen Dichtern! Davon kann unsereins nur träumen. Mittlerweile aber hatte ich mich bereits so in Krakau eingerichtet, besser gesagt: hinein verwirrt, daß mich seine Rückkehr in die Stadt jetzt eher überraschte.

Leszek und mich verbindet Freundschaft. Ich muß das so förmlich sagen. Nein, wir sind nicht einfach befreundet, wir sind verbunden durch eine Sympathie, die ein Glücksfall des Lebens ist, den man sich am besten gar nicht erklären will.

Leszek Poniatowski war vor zwei Jahren nach Nürnberg gekommen, um Stoff für seinen neuen Roman zu sammeln – Krakau und Nürnberg unterhalten eine Städtepartnerschaft. Ich war als Schriftsteller gebeten worden, den polnischen Kollegen ein wenig herumzuführen, doch da ich gerade bis über beide Ohren in der Arbeit steckte, war mir diese Verpflichtung nicht gerade willkommen. Aber schon im Laufe des ersten Nachmittags, den wir gemeinsam verbrachten, mit einem Gang über den Nürnberger

Johannisfriedhof, wurde uns beiden damals klar – und verständigten uns mit den Augen darüber, beide gleichermaßen überrascht, erstaunt, erfreut –, daß wir einander entdecken sollten. Wir trafen uns einige Male, gar nicht zu oft, in den paar Wochen seines Aufenthaltes in Nürnberg, bis Leszek dann vor der Zeit abreiste – eine Freundin in Krakau war gestorben, und er wollte bei ihrer Beerdigung dabeisein. Seine Rückkehr nach Polen bedeutete damals noch, im Sommer 1989, ein Verschwinden für viele Jahre, möglicherweise sollten wir uns sogar nie mehr wiedersehen. Aber sie verband uns dann wirklich, diese Freundschaft, über die Entfernung und die rigide hochgehaltene Grenze der Weltpolitik hinweg. Da wir beide, als Schriftsteller, naturgemäß die unzuverlässigsten Briefeschreiber sind, kam keine größere Korrespondenz zwischen uns zustande, schon gar nicht eine literarische. Hin und wieder kritzelten wir auf Ansichtskarten ein paar Worte, aber das reichte uns vollauf. Die Fünf-Zeilen-Grüße Leszeks kamen so lebendig, so dicht bei mir an, daß ich beim Lesen seine Stimme hörte und seinen Mund sich bewegen sah, und es war tatsächlich so, daß unsere Karten sich immer kreuzten, Beweis genug, daß wir auch über die Ferne miteinander lebten – in Freundschaft verbunden.

Leszek Poniatowski ist ein angesehener Schriftsteller in Polen. Mit seinen sechzig Jahren hat er zahlreiche Romane und Theaterstücke geschrieben, Bücher von ihm sind verfilmt und für das Fernsehen bearbeitet worden. Ein großer stattlicher Mann, von sehr gerader Haltung. Das Gesicht, gerötet, großflächig angelegt. Die blauen Augen unter dichten Brauen quellen leicht hervor, sind eine Spur wäßrig. Geplatzte Äderchen darunter. Ein wuchtiger gerader Mund. Die Stimme, eine Mittellage, belegt, kann manchmal ganz hell aufspritzen, oft sogar, nicht nur im Lachen.

Ich hatte Leszek seinerzeit auf den Johannisfriedhof geführt, um ihm das Grab von Veit Stoß zu zeigen, denn die Gestalt des Bildschnitzers, der Jahrzehnte seines Lebens in Nürnberg und in Krakau gelebt, das heißt: gearbeitet hat, Nürnberger und Krakauer aus dem schwäbischen Horb, sollte das historische Rückgrat seines Romanes halten.

Hinterher, im Café des barocken Hesperidengartens, neben dem Friedhof, skizzierte er mir, in groben Umrissen, das Projekt seiner Erzählexpedition, auf die er sich begeben wollte. Die Heldin, ja, eine Frau, Fotografin aus Krakau, kommt nach Nürnberg, um für ihr Buch über Veit Stoß seine Skulpturen in den Kirchen der Stadt und im Germanischen Museum aufzunehmen. Während dieser Arbeit ergeben sich erneut Schwierigkeiten, die sie seit langem schon mit ihren Augen hat, diesmal schlimmer als sonst – ein Arzt stellt fest, ihre Sehfähigkeit sei gefährdet. Und sie begegnet einem Mann, zwanzig Jahre älter als sie ... eine Lebenskrise ... Krankheit und Liebe ...

Leszek lehnte sich zurück in der roten Plastikschale, blinzelte in die Junisonne, sehr zufrieden, und schmeckte den warmen Kirschen im Waffelteig mit geschulter Genußfähigkeit nach.

Oft hatte ich mir in den vergangenen Jahren diesen Nachmittag, unsere erste Begegnung, vergegenwärtigt, bis daraus, eines Tages, ganz ohne eigenes Drängen, der Gedanke sich löste, ich selbst könnte nach Krakau reisen, für einige Wochen ebenfalls, unter dem Patronat der Städtepartnerschaft, und dort, wenn das Glück es wollte, einem neuen Romanthema begegnen – warum denn nicht auch mit Veit Stoß im Hinterkopf? Sein Leben gäbe genug her für zwei Romane und mehr. Und ich könnte endlich Leszek wiedersehen.

Abermals stand die Sonne im Sommerzenit über uns, und abermals saßen wir in einem Garten jetzt, Leszek und ich, diesmal in seiner Stadt. Leszek war die Frische der Berge anzusehen. Sonnengebräunt sein Gesicht unter den grauen Haaren, die kurzgeschnitten und mit dem gleichen peinlich gerade gezogenen Scheitel von damals lagen und, ja: seine Grübchen – daß sie so tief gingen, wenn er den Mund zum Lächeln weit auseinanderzog, mußte ich erst wieder neu entdecken, obwohl ich sie eigentlich nicht vergessen hatte. Im Unterschied zu damals in Nürnberg, wo er immer sehr korrekt gekleidet gewesen war – in Flanell, oft in einem Blazer, immer mit Schlips –, gab er sich heute leger, ein offenes Hemd, hellgrau, weißes Haargewölle im Kragenwinkel, Sandalen an den Füßen, keine Strümpfe.

Wir trafen uns, wie verabredet, am Sitz des neugegründeten Schriftstellerverbandes, in einer der schönsten und ältesten Gassen von Krakau, der Ulica Kanonicza, wo sich einst die Kanoniker des Waweldomes niedergelassen hatten, in prächtigen Stadtpalästen, die jetzt zum Teil unbewohnt als eingerußte Gebäudewracks herumstanden, Fenster und Portale mit Balken verrammelt. Das Haus der Literaten, ebenfalls aus dem Besitz des Krakauer Erzbischofs, ist erst kürzlich renoviert worden, die Schönheiten der Renaissance wunderbar hervorgeholt. Der schmale Stadtgarten mit ein paar Tischen am Rand, wo wir saßen, schien dem besten Gärtner überlassen: sich selbst. Drei abgeblühte Fliederbüsche über dem magischen Sonnenmuster auf einer wilden Wiese.

Natürlich war ich am meisten darauf gespannt, wie Leszek in den zwei Jahren mit seinem Roman vorangekommen sein mochte.

»Selbstverständlich, ja ... doch – es geht voran«, Leszek strahlte. »Obwohl, in der Zwischenzeit ...« Er habe von einem Regisseur den Auftrag für ein Drehbuch bekommen, aus Warschau, von einem führenden Mann in Polen, sehr ehrenvoll also, und damit sei er momentan stärker beschäftigt. Aber die Geschichte um Veit Stoß – o ja, »du erinnerst dich?«, die sei nicht aufgegeben, um Himmels willen, aber schwierig, vor allem, wie immer, »du weißt das«, die Verschränkung von Gegenwart und Geschichte. Er wolle das reifen lassen, nicht übers Knie brechen, das entwickele sich.

Ich konnte schwer sagen, ob ich von dieser Eröffnung eher enttäuscht war oder erleichtert. Insgeheim hatte ich sicher gehofft, mich mit Leszek über meine eigenen literarischen Absichten austauschen zu können, begünstigt durch die Fremdheit unserer Sprachen, ja, hatte wohl gar geträumt von einer deutsch-polnischen Zusammenarbeit, im Zeichen von Veit Stoß, dem Wanderer zwischen Nürnberg und Krakau. Daraus sollte nun nichts werden. Das wurde mir schnell klar. Auf der anderen Seite lag dafür eine endlos freie Landschaft vor mir, eher die Vision davon, hinter ziemlich dichten Nebeln, die ich nun wieder, wie ich es gewohnt bin, allein erwandern sollte – müßte mir also die Geschichte ohne einen Weggefährten zusammenbuchstabieren.

Leszek zog die grauen Brauen in die Höhe, daß seine Augen hervortraten, groß, und mich in starrem Ernst bannen wollten. Schon früher, in Nürnberg, war ich nie dahintergekommen, inwiefern es ihm Ernst war mit dieser dramatischen Miene, die mich zum Lachen reizte, obwohl ich doch immer auch auf etwas Bestürzendes gefaßt war, das dann freilich, gottlob, nie eintrat – bisher jedenfalls nicht.

»Ich muß dir etwas erzählen, Walter, du wirst es mir nicht glauben«, fing er an, die Stimme gesenkt – wer weiß? –, so daß ich mich für eine gefaßte Miene entschied. Wie immer unterhielten wir uns auf Englisch, Leszek mit äußerst sorgfältiger Aussprache, bis an den Rand der Parodie um den hingetupften Oxford-Tonfall bemüht. (Agnieska kam mir für eine Sekunde in den Sinn.) »Walter« – das *o* von *Walter* schön lang ausgesungen – »du glaubst es einfach nicht, was mir heute morgen passiert ist, beim Radfahren.«

Teresa, seine derzeitige Geliebte, Tänzerin, eine gefeierte Ballettänzerin hier am Theater, die beste überhaupt, vielleicht von ganz Polen, Teresa habe in seinem kleinen Atelier, das er sich neben der Stadtwohnung halte, ihr Fahrrad abgestellt, damit es gleich griffbereit sei.

»Weißt du, mit mir radelt Teresa natürlich am liebsten.« Und kommt ins Plaudern. Aus irgendeiner Laune heraus, er weiß wirklich nicht warum, ist er heute, als er, wie jeden Morgen, seinen Körper bewegen wollte am Weichselufer, auf Teresas Rad gestiegen. Mit einem Mal, auf der Höhe der Brücke nach Podgórze etwa, hat er einen alten, weißhaarigen Mann vor sich gehen sehen, sofort wird er neugierig, alarmiert beinahe: irgend etwas an dem Mann kommt ihm bekannt vor, aber etwas an dem Mann behagt ihm nicht, irgend etwas ... Gefahr – Gefahr: das wäre sicher zu viel gesagt – nein: Unbehagen, ein Verdacht.

»Ich zögerte, fast wollte ich schon umkehren, aber neugierig war ich natürlich auch«, und dann hat er ihn überholt – und da erkannte er Ignacy, den Ehemann von Teresa, ein alter Mann schon, einer der bedeutendsten

Rechtsanwälte von Krakau früher, jetzt ist er im Ruhestand, »und ich sagte guten Tag zu ihm und fuhr an ihm vorbei, auf dem Fahrrad seiner Frau. Kannst du dir so etwas vorstellen?«

Leszek saß gerade auf dem Stuhl, hoch konzentriert, gespannt. Über sein Gesicht, mit der krausen Stirn, zog der Schatten eines kleinen Entsetzens. Würde er gleich losplatzen vor Lachen? Verbiß er es sich? Oder war es ihm wirklich ernst? Ich konnte nicht anders, als herauszulachen – über die Geschichte, über seine Mimik, über die Dramatik, die er seinem Leben zu geben verstand, Tag für Tag eine neue erotische Verwicklung, und wie er ihr nachschmeckte im Erzählen, voller Verwunderung über die Vielfalt menschlicher Existenz. Ja, daher rührte wohl auch sein Ernst.

Und ich erinnerte mich an unsere Begegnungen in Nürnberg. Auch da hatten wir – jetzt fiel es mir erst wieder ein – fast nur über Frauen gesprochen, über unsere Frauen, was mir sonst nur schwer unter Männern gelingt, selbst mit Freunden kaum. Irgend etwas sperrt da immer von Mann zu Mann. Entweder gerät dem andern das Gespräch über seine Frau zu einer Selbstrechtfertigung, die sich, zunehmend öder werdend, immer wieder um sich selbst dreht wie eine festgehakte Schallplatte, oder er gibt Liebesgeschichten wieder (wenn's denn welche sind), als seien Frauen Streitobjekte und nichts anderes sonst, soziologische, psychotherapeutische oder volkskundliche Studienobjekte beziehungsweise Problemgrundlagen – und am wenigsten das, was sie wirklich sind, Anlaß zu Genuß und Freude, der einzige Grund, warum ein Mann morgens überhaupt noch einen Fuß aus seinem Bett heben sollte.

Mit Leszek ging das anders, vom ersten Augenblick an, ohne Scheu bei ihm und mir, ohne Auftrumpfen, ohne Jammern, ohne mißachtete Größe und verletzten Stolz – ein Gespräch unter Beglückten, Überraschten, Freunden von Frauen.

»Ach Walter, glaub mir, ich bin so froh, daß du in Krakau bist. Jetzt kannst du sie kennenlernen, die polnischen Frauen. Sie sind das Wunderbarste, was es gibt auf der Welt. Weißt du, ich hätte oft ins Ausland gehen können, vor einiger Zeit hat mir die Solidarität den Posten eines Kulturattachés in London angeboten. Oh, das hat mich schon sehr gereizt, wirklich. Aber weißt du, warum ich hiergeblieben bin? Wegen der polnischen Frauen! Sie sind Geliebte, wie du sie nirgendwo mehr findest, so hingebungsvoll, vergessen sich so ganz und gar ... wie im neunzehnten Jahrhundert, ja, genau wie im neunzehnten Jahrhundert.«

Leszek tupfte sich mit seinem Taschentuch den Nacken trocken. Wieder mußte ich, ob ich wollte oder nicht, lachen, wie ich ihn da sitzen sah, unter dem schweren Joch der Liebe, das er sich tagtäglich selbst auferlegte. Er schaute mich an mit seinen wäßrigen blauen Augen, verstand mein Lachen nicht. Ein flirrender Augen-Blick der Irritation, ein Wimpernzucken – Fremdheit zwischen uns, Selbstzweifel bei mir – immerhin begegneten wir uns zum ersten Mal neu nach einer langen Zeit: war ich Leszek zu nahe getreten? Doch unsere Blicke verständigten sich wieder, als sie sich auf der weißen Bluse der Bedienung trafen, hängengeblieben in einer besonders schönen Falte – es war uns gerade frischer Kaffee an den Tisch gebracht worden.

Aber eine kleine Vorsicht blieb mir jetzt. Ich fragte Leszek nach dem Fernsehspiel, zu dem er in Warschau den Auftrag bekommen hatte, über das Thema, die Bedingungen, das Honorar.

Über Geld hätten sie noch kein Wort verloren, wehrte er ab und unterstrich das mit seinen kräftig modellierten Händen. Das sei nicht seine Art. Der Stoff allerdings – da sei ihm neulich ein Glücksfall widerfahren, was heißt neulich, vor einem Jahr oder zweien: da habe er einen Mann getroffen, nein, eher habe der ihn getroffen, der habe ihn gesucht geradezu, so sei es ihm vorgekommen, ein Mann seines Alters, ein bißchen älter vielleicht, Anfang Sechzig, ein Amerikaner. Er habe gleich gespürt, beim ersten Auftauchen dieses Mannes, daß ihn etwas Besonderes umgab. »Irgendein Zeichen war an ihm, verstehst du? Und wir sind uns nah gekommen, sehr nah manchmal – obwohl: Es ist auch eine Scham dabei gewesen, bei mir jedenfalls, und ist es auch jetzt noch, wenn ich dir davon erzähle: ein Sich-Ausliefern, eine Selbst-Gefährdung, eine Angst – die Angst vor dem Tod, genauer: vor dem Sterben.«

Er fühle sich gesund und sei es auch, hoffentlich, tönte Leszek von tief innen und wölbte seinen mächtigen Rumpf heraus. Dieser Fremde aber, in seinem Alter erst, habe bereits mit seinem Tod gelebt, habe damit leben müssen ... »Diese Krankheit, weißt du. Und er hat nur mir davon erzählt, und ich erzähle das natürlich keinem weiter, nur dir, weil du ein Schriftsteller bist und wir alles wissen müssen und damit auch noch leben.«

Zunächst sei ihm der Fremde gar nicht mal sonderlich sympathisch gewesen – so eine professorale Herablassung bisweilen von seiner Seite, und vor allem dieses schrecklich zerkaute Amerikanisch, das er gesprochen habe, und sie hätten sich zwischendurch lieber mit Deutsch beholfen –, zuerst habe er sich ihm verweigert, als ob er sich an ihm anstecken könne – diese Abwehr, die ganz aus dem Körper kam, jenseits des Willens: die habe er erst überwinden müssen. Aber dann, »dann sah ich ein Leben vor mir, das ich einfach verarbeiten muß, und als dann dieser Auftrag kam ... ein Glücksfall, wirklich, aber ich brauche es auch für mich selbst, verstehst du, es soll auch ein Licht werfen auf mein eigenes verworrenes Leben ...«

Leszek ließ sich gegen die Lehne sinken und nahm mit sehr feinen Bewegungen den Kaffee zu sich, ein leises Schmatzen auf den Lippen.

»Ein Mensch, der mit seinem Todesurteil lebt ...«, sagte ich langsam,«aber eigentlich leben wir alle damit. Nur der Zeitpunkt ist offen.«

»Mehr oder weniger«, entgegnete Leszek, »das hängt von deinem Alter ab, und auch ein bißchen, wie du gelebt hast. Der Amerikaner war ein Jude, jedenfalls ... »

Erst jetzt hakte es ein bei mir. So viele Übereinstimmungen konnte es doch gar nicht geben, daß es sich bei dem Mann, von dem Leszek sprach, nicht abermals um jenen Wohlgast handelte, auf den ich hier in Krakau schon ein paar Mal im Gespräch gestoßen war, mit Janusz, mit Frau Kuszlik – wo noch?

»Ich glaube, ich kenne deinen Fremden«, sagte ich, »was heißt kennen, das ist übertrieben. Ich habe gehört von ihm. Er heißt Wohlgast, nicht wahr?«

Leszek war nicht sonderlich überrascht von meiner Eröffnung. Die scheinbar großen Zufälle nahmen ihm viel weniger den Atem als die winzigen Sensationen des Alltags – wenn er etwa dem Gatten seiner Geliebten auf der Weichselpromenade begegnete.

»Du kennst ihn aus Deutschland?« wollte Leszek wissen, aber er antwortete sich selbst: »Nein, damals hast du ja noch gar nicht gelebt.« Und als sei ihm, durch meinen Einwurf, Wohlgast zu nahe gerückt, fügte er schnell hinzu, ihm gehe es natürlich nicht um die Biographie dieses Mannes, er sei an dem Modell interessiert, nur daran, und Wohlgast, der ja längst wieder nach Amerika zurückgekehrt sei und von dem er nichts mehr gehört habe seither, der sei inzwischen zur Figur geworden, zum Spielfeld seiner Phantasien ...

»Schade, daß ich kein Polnisch kann. Ich würde gerne lesen, was du über ihn geschrieben hast.«

Ach, das lebe und webe noch mehr in seinem Kopf, auf dem Papier stehe erst wenig. Er brauche nur einmal den dramatischen Aufhänger gefunden zu haben, dann schreibe es sich fast von selbst herunter, bei ihm jedenfalls.

»Es ist Wohlgasts Jugend, seine Kindheit eigentlich mehr, an der ich herumdenke. Er hat mir viel davon erzählt, weil wir gleichaltrig sind, weißt du? Irgendwo habe ich einmal geschrieben, und das glaube ich bis heute, ich bin fest davon überzeugt«, und Leszek drückte sein Kreuz durch, als wolle er seiner Überzeugung zusätzlich Halt geben, »›Das Kind ist der Vater des Erwachsenen‹ ... oder die Mutter, natürlich ... Du verstehst, was ich damit meine? Und darin liegt der Keim all dieser Generationskonflikte, die nach meiner Ansicht vollkommen überflüssig sind, allerdings wohl auch unumgehbar. Ich habe ja selbst mehrere Kinder aus meinen drei Ehen. Elzbieta ist gerade siebzehn geworden, die anderen sind längst erwachsen.«

Und fuhr plötzlich hoch, Leszek, schaute auf seine Uhr, faßte sich an den Kopf, war bereits aufgesprungen. Er hatte seiner Frau versprochen, sie vom Arzt abzuholen – »Dorota macht mir große Sorgen, Walter, wenn du wüßtest«, und wieder der dramatische Ernst auf seiner Stirn, die gestaute Bewegtheit von innen.

»Ach, es ist wirklich schön, daß du hier bist«, sagte er zu mir, als wir uns umarmten und ich noch an seinem Rasierwasser herumrätselte. »Wir beide brauchen niemals über die Frauen zu reden, weißt du. Das ist das Schöne bei dir. Mit anderen Männern muß man ständig über ihre Affären reden, alle haben Probleme und Sorgen mit Frauen, nur wir nicht, wir beide können schweigen darüber. Stimmt's?« Und zeigte seine Grübchen in ihrer ganzen Tiefe und ließ die Lippen schmatzen und eilte davon, der schwere Mann, mit ganz kleinen abgehackten Schritten, und sah dabei von hinten wie ein Kind aus – sein eigenes?

Wäre doch jeder sein eigenes Kind – dieser absurde Gedanke dachte mich und tauchte mich ein unter all die Erwachsenen und Kinder der Grodzka-Straße und trieb mich vor sich her, und ich war gespannt, wo er mich landen ließe dann am Abend.

Das also ist Krakau.

Barock ausschwingende Fassaden füllen die Straßenräume mit dem Klang des achzehnten Jahrhunderts. Stuck löst das Mauerwerk, biederen Backstein, auf, läßt es fließen, mal überbordend die Welle, verschwendungswild, von aufschäumender Kraft, dann eingedämmt, geglättet, gesammelt in die still hinflutende Beherrschtheit des Klassischen. Und du betrittst ein Haus und stehst, du faßt es nicht, unter einer mittelalterlichen Tonne, sie lastet auf dir, breit und flach, das Ideal barocker Flüchtigkeit widerrufen und eingepflockt in Material, schwere Mauerwucht, von Wille zur Dauer. Der Backstein der Tonne liegt meist bloß unter einer dünnen Schlemmschicht, seltener ist er stukkiert, aber hier kann der barocke Schwung sich nicht ausbreiten. Unten, am Boden der gotischen Eingangshalle, oft noch das Pflaster des Mittelalters, Klötze aus Eiche, wellig geworden, das derbe Mosaik, über die Jahrhunderte und immer noch dem Fuß eine Weichheit schenkend, die Sohle umschmeichelnd beim Gehen darauf durch Nachgiebigkeit, wird hochgeleitet in die Beine, das schöne Unebene, von Epochen geformt. Auf der Rückseite ziehen Balkone sich über die Häuser, im Karree mit den Nebengebäuden um einen engen Hof, etagenweise, hoch bis unters Dach, reich geschnitzte Gitter und Geländer davor, manchmal verglast und als Wintergarten genutzt. Die Wärme des Mittelalters, seine Solidität strahlten herab von diesen dunklen, filigran gearbeiteten Holzgerüsten, wenn du hochschaust zu ihnen und dich auf den obersten Balkon hinaufwünschst, als könntest du dort noch ein Stück Vergangenheit retten für dich ...

Du trittst zurück in die Straße, aus der Düsternis des Gewölbes hinaus in die Lichtfülle des Tags. Jetzt erst bemerkst du die Giebel über den Fassaden, auf Höhe getrimmt, in die Himmel gespitzt oder gestuft – Hinterlassenschaft aus dem Schmuckvorrat der Hansestädte, nordische Backsteingotik.

Und so tönt das Haus in Krakau in verschiedenen Zeit- und Tiefendimensionen: der bedächtig durchgezogene Baß des Mittelalters, in deutscher Tonart, umtanzt und gejagt und geneckt und gekitzelt vom Tenor einer opera buffa italiana. Beide Stimmen klingen zusammen, hoch und tief, dunkel und hell, ernst und verspielt, und du hörst sie als einen Choral des Abendlandes, als die Hymne Europas – Krakau wirkt wie ein Augenbacchanal unseres Kontinents, als er noch ungeschieden in Nationen lag, nicht aufgeteilt in diese Mißgeburten des neunzehnten Jahrhunderts, menschenfeindlich, todesträchtig. Wie möchte ein Mozart, von dem hier viel in den Straß en schwebt, sich totgelacht haben, hätte irgendein Tropf ihn einen Österreicher genannt ...

Beinahe wäre ich, in meinem kleinen Grimm, am Haus Nummer 39 der Grodzka-Straße vorbeigerannt. In seiner gotischen Halle – dunkel und ganz leer bis auf die Idee, daß in diesem Haus Veit Stoß seine zwanzig mittleren Jahre aufgebraucht habe – ein paar Augenblicke stehenzubleiben, zu schauen, zu warten, war mir doch fast schon zur Gewohnheit geworden.

Und stand hier, von finsterer Leere umstellt, bedrückt, Gedanken und Bilder mieden mich. Auch sein Meisterstück, das er der Stadt hinterlassen hat, zwölf Jahre Arbeit seiner Hände, der Marienaltar, hatte mich bisher nicht inspiriert – so beeindruckend das Werk war: in all seiner Großartigkeit blieb es kalt für mich und fern. Angewärmt hatte mich allein die Tatsache, daß Veit Stoß Zeuge des großen Brandes von Krakau war, im Jahr 1494, und seiner Folgen: als man die Juden der Brandstiftung bezichtigte und sie aus Krakau vertrieb, hinüber nach Kazimierz, wo sie dann für vierhundert Jahre ihre Heimat finden sollten, sterblich auch sie. Es wäre sicher reizvoll, dachte ich mir, nachzuforschen, wie Veit Stoß sich zu der Gewalt gegen Juden gestellt haben mochte, zumal ich wußte, daß er in seiner Nürnberger Zeit Nutznießer eines Pogroms dort geworden war – er hatte das Haus eines vertriebenen Juden gekauft, als Wohnung und Werkstatt, in der heute noch so genannten Judengasse.

Aber irgend etwas sperrte sich in mir, in diese abgestorbenen Zeiten hinabzusteigen und Reste von Leben aus ihren Schächten und Schluchten ans Licht zu fördern, sie wieder in Form zu bringen und zu polieren und neu hinzustellen im Wort – wozu? Möglich auch, daß ich doch ein wenig auf Leszek spekuliert hatte, auf eine produktive Auseinandersetzung mit ihm zwischen Geschichte und Heute. Diese Hoffnung war mit unserem Gespräch vorhin zunichte gemacht worden, meine Enttäuschung darüber spürte ich erst jetzt. Und, grundsätzlich gefragt: sollte ich mich denn wirklich schon wieder auf die lange Reise in einen Roman hineinbegeben?

Es war eine ähnliche Hemmung in mir wie bei meinem täglichen Dauerlauf. Jedes Mal, auf den ersten zweihundert Metern, wenn ich den Körper aus seiner Trägheit reißen muß und er sich mit seinem ganzen Gewicht dagegen sträubt, Schritt für Schritt, den Atem hochtreibt, weghetzt, ich hinterher, ihn einzuholen auf einer höheren Frequenz, und der Kopf die ganze Länge der Strecke vor sich denkt, dann fürchte ich immer wieder, jeden Tag aufs neue, heute niemals das selbstgesteckte Ziel zu erreichen, ehe ich dann, mit der Überwindung meines Verlangens aufzugeben, in die Bewegung des Laufs hineingekommen bin, sein Atem meiner geworden ist und es sich dann – beinahe – von selbst weiterläuft, nahezu ohne Einwirkung des Kopfes oder des Willens. Obwohl ich die Erfahrung von vielen Tausenden solch durchgestandener Läufe habe, ist ein Gelingen stets neu zu erwerben, muß ich jedes Mal wieder über eine Grenze gehen, in den Schmerz hinein. Die Tatsache, daß ich das tausende Male schaffte, auch gestern noch, ist nicht die mindeste Gewähr dafür, daß es mir auch heute, jetzt, gelingen wird. Und es gäbe doch keine ärgere Einbuße für meinen Kopf, meinen Körper und mich, als nicht täglich laufen zu dürfen.

So ähnlich geht es mir bei einem Roman. Es hilft mir wenig oder nichts, daß ich bereits durch ein paar hindurchgekommen bin. Was beweist das für die Zukunft? Und die Reise, die mich erwartet, jenseits der Schwelle aus Schmerz, sie dauert keine vierzig Minuten wie beim Lauf, sie geht über Jahre hinweg, verzehrt ein tüchtiges Stück meiner Lebenszeit. Und ich würde abermals ein anderer geworden sein danach. Sollte ich das wirklich wollen – oder doch nicht lieber die Stadt genießen, die Freunde und Bekannten, die ich hier gefunden hatte, und in den Cafés ein bißchen zeitgeistige Prosa pinseln oder ein paar Gedichte? Ich fühlte mich wohl in Krakau, von der ersten Stunde an: Europa, Alt-Europa, so unversehrt, wie man es sonst kaum noch findet, und dazu vollkommen verschont von der Seuche des Tourismus. Ja, Mozart war mir nahe, der italienische Barock – aber Veit Stoß, das Mittelalter, seine Frömmigkeit? Keine Zeile davon stand bisher auf meinem Papier, und, schlimmer noch: es war auch keine in Aussicht. Also abbrechen, abreisen – fort von hier? Zurück an den heimischen Schreibtisch, die sicherste Quelle der Inspiration?

Aber da war Awa.

Janusz wohnt mit seiner Frau und den beiden kleinen Töchtern in einem Wohnheim der Universität, obwohl er sein Studium seit zehn Jahren beendet hat. Ich fand mich jetzt, an diesem frühen Sonntagmittag, da die Junisonne die ersten Hitzepfeile setzte, in meiner Studentenvergangenheit wieder – ein schmaler Raum, das Wohn- und Eßzimmer, hier allerdings für vier Personen, Bücherregale, ein Arbeitsplatz, ein Sofa, der Eßtisch. Die räumliche Enge weitete sich durch die Herzlichkeit von Janusz und Krystyna, seiner Frau, die ich bei dieser Gelegenheit zum ersten Mal traf. Die beiden sahen wie Geschwister aus, und sie waren es ja auch beinahe – sie kannten sich von klein auf, waren in ein und derselben Kleinstadt aufgewachsen, hatten die gleiche Schule besucht, waren gemeinsam zum Studium in die nächste Universitätsstadt gegangen, Krakau, hatten hier geheiratet, wollten nicht mehr zurück.

»In Rozwadow ginge es uns besser, wir hätten keine Probleme mit der Wohnung, unsere Eltern könnten die beiden Mädchen beaufsichtigen«, sagte Janusz und streckte seine Hände von sich, wie wehrlos, »aber Rozwadow – ein ganzes Leben lang ...?«

»Krakau ist eben eine Stadt, groß ... und lebendig – die Menschen ... Wir sind gerne hier, auch wenn's sehr eng ist bei uns, Sie sehen es ja«, bestätigte ihn Krystyna. Sie war klein und beweglich wie Janusz, ihr hübsches Gesicht, von hohen Wangenknochen ins Breite gedrückt, wurde von einem runden dunklen Haarkranz gerahmt aus regelmäßig gelegten Dauerwellen.

Wir setzten uns zum Essen, alles war vorbereitet, Janusz hatte im letzten Augenblick für Krystyna einen Stuhl aus dem anderen Zimmer geholt. Die Kinder waren vorher abgespeist worden und spielten jetzt irgendwo draußen. Krystyna brachte die warmen Gerichte über den Flur, aus der Gemeinschaftsküche für die ganze Etage.

Janusz, im Sofa eingesunken, war hungrig. Er aß schnell und führte dabei noch das Gespräch.

Dieses Heim der Universität hier war eigens für junge Akademiker-Ehepaare errichtet worden, und seit ihrer Heirat lebten sie darin, Ende der siebziger Jahre – seit Ende der siebziger Jahre warteten sie auf eine größere Wohnung, und darüber sind ihre beiden Töchter geboren worden, die eine neun jetzt, die andere fünf Jahre alt.

»Aber nächstes Jahr, da ziehen wir um, bestimmt, in unsere eigene Wohnung endlich. Wir wissen schon die Hausnummer, die Etage, die Lage der Wohnung auf dem Gang – auf dem Plan allerdings erst. Ausgeschachtet wird im Herbst ...«

Janusz zog mit seiner Gabel voller Kartoffelbrei eine Schleife durch die Bratensoße und spießte vorne noch eine Gurkenscheibe auf. Er wirkte entschlossen bei seinen Worten, aber ich sah doch auch eine Vorsicht in seinem Gesicht, eine Nachgiebigkeit, um vor Enttäuschungen gewappnet zu sein.

»Wenn Sie uns im nächsten Jahr besuchen kommen, dann ...«, ergänzte ihn Krystyna und nickte mit dem Kopf dazu, »dann ... « Auch sie verließ im Reden die Zuversicht, war mein Eindruck. Doch es konnte auch sein, daß ihr die englische Vokabel für ihre Hoffnung von der Zunge gesprungen war, in letzter Sekunde. Sie äußerte sich in der fremden Sprache nur ängstlich, versicherte sich in meinen Augen, ob ich sie auch verstünde, schielte manchmal zu Janusz hinüber, der vergleichsweise ungezwungen drauflosplauderte. Dabei verfügt sie über den größeren Wortschatz als ihr Mann, aber ihr fehlt die Redepraxis und das Zutrauen. Krystyna arbeitet in der Universitätsbibliothek, nur deshalb dürfen sie überhaupt in diesem Wohnheim bleiben.

»Immerhin, es ist billig hier«, meinte Janusz. »Wir zahlen 200.000 Zloty, das sind bei euch ... bei euch sind das ...« – ich rechnete mit, aber Janusz war fixer – »ja, um die 35 Mark. Aber die neue Wohnung, die wird teurer.«

»Sehr viel teurer?« wollte ich wissen. Janusz hatte mir früher erzählt, daß er für seine Arbeit im Kulturamt der Stadt 1,4 Millionen Zloty monatlich ausgezahlt bekam, noch keine 250 Mark.

»Das wissen wir noch nicht. Jedenfalls müssen wir mit einer wesentlichen Mietsteigerung rechnen, und dafür sparen wir jetzt, wie verrückt ... sagt man das so?«

»Man muß Rücklagen haben bei uns«, erklärte mir Krystyna, ihre Kulleraugen groß auf mich gerichtet, »wenn wir uns auf der Bank etwas leihen wollen ... das ist ganz unmöglich: Wir müßten 80 Prozent Zinsen zahlen. Also sparen wir. Jeder hier in Polen spart ...«

»Und wie ist das bei euch in Deutschland?« fragte Janusz. »Hast du zum Beispiel ... wieviel hast du ... ich meine ...?«

Beinahe hätte ich mich verschluckt.

»Sparen? Meint ihr das im Ernst?«

Krystyna vergaß die Gabel in ihrem Mund.

»Um mein Guthaben anzugeben, müßte ich vorher das Farbband meiner Schreibmaschine wechseln ...«

Auch dieser Scherz kam nicht bei ihnen an.

»Im Westen ist das etwas anders als bei euch. Bei uns lebt man nicht von Rücklagen, sondern von Schulden, von roten Zahlen. Ohne rote Zahlen bist du nichts bei uns, ein armer Hund. Und dumm dazu!«

Krystynas Augen, braun wie Kastanien, immer noch weit aufgesperrt, lauerten lachbereit darauf, daß ich meine Späße widerriefe. Dann lockerte sich die Erwartung in ihrem Gesicht und weichte auf in Mitleid. Sie langte noch einmal die Bratenplatte vom Schreibtisch herüber und legte mir eine weitere Scheibe vor. Ich nahm sie gern. Ich hatte noch kein besseres Fleisch gegessen in Polen als heute mittag und sagte das meiner Gastgeberin auch.

Janusz schaute auf seinen Teller nieder, Blicke und Gedanken in eine Soßenlache versunken. Er schien darin nach einem Fingerzeig zu suchen, ob er mir glauben könne. Schweigen über den Speisen. Gabelschieben, Kauen, Schlucken. Keiner von uns dreien verspürte Appetit, das Thema Geld zu vertiefen.

Zufällig fiel mein Blick vom Gurkensalat auf das Kruzifix neben dem Bücherregal.

»Ihr seid katholisch?«

»Ja«, antwortete Janusz, »aber nicht sehr streng.«

»Geht ihr ab und an auch mal zur Kirche?«

»Jeden Sonntag gehen wir zur Kirche«, antwortete er mit hoher Stimme und lachte über mich. Krystyna machte sich ans Abräumen.

»Das ist bei uns in Polen eine Frage der Tradition.« Janusz lag jetzt zurückgelehnt auf dem Sofa, den Ellenbogen in ein Kissen gestützt. »Nicht nur«, fügte er hinzu, viel leiser.

Ich wollte nicht weiterfragen.

»Der Einfluß der Katholiken nimmt immer mehr zu bei uns«, blieb Janusz von sich aus bei der Sache. »Nach den Sejm-Wahlen, im Oktober ... wie es derzeit aussieht, wird Polen im Oktober die zweite Theokratie auf der Welt werden, nach dem Iran. Ja, ich fürchte, so weit wird es hier kommen ... »

Während Krystyna draußen den Kaffee zubereitete, trat ich vor die Bücher im Regal. Ich schaute mich um und zog einen Bildband heraus, Juden in Polen, blätterte ihn an, im Stehen.

»Sag mal, Janusz, du hast mir doch schon von diesem Wohlgast erzählt ...«

Krystyna, das Kaffeetablett in Händen, hatte den Namen gerade noch aufgeschnappt beim Hereinkommen. Ich sah, wie sich ihr Gesicht dabei verzog, verärgert, ja sogar ein bißchen gequält. Janusz reagierte nicht in seinem Sofa, ließ meine Frage einfach fallen.

»Ihr seid die beiden einzigen Menschen in ganz Polen, die nicht rauchen, stimmt's?« fragte ich, als wir den heißen Kaffee abschlürften.

»Doch, ich habe geraucht, früher, du weißt es ja, Krystyna, als Student, aber ab 1981, nach dem Jaruzelski-Krieg, habe ich mir das Rauchen wieder abgewöhnt«, sagte Janusz.

»War das denn damals auch verboten worden?« fragte ich einigermaßen entgeistert. Janusz lachte.

»Nein, es war eine reine Vorsichtsmaßnahme von mir, wie von vielen unserer Freunde auch. Wenn sie uns eingesperrt hätten damals wegen irgend etwas, wären wir erpreßbar gewesen, durch Zigarettenentzug, oder käuflich, mit einer Handvoll Tabak, verstehst du?«

Wieder die Verwendung des Begriffs *Jaruzelski-Krieg*, der hier den Menschen ebenso geläufig über die Lippen kommt wie *Zweiter Weltkrieg*. Zuerst hielt ich das noch für ein Stück politisches Kabarett, zur stehenden Wendung geronnen, aber ich mußte bald erfahren, daß es meinen polnischen Gesprächspartnern vollkommen ernst war mit der Bezeichnung Krieg.

»Ich will jetzt nur deshalb nicht großartig den Märtyrer herauskehren«, sagte Janusz und blieb bei seiner lockeren Sofalage. »Nein, man soll einen Strich darunter ziehen, unter damals. Der Kommunismus hat ausgedient, und das Leben geht weiter.«

»Es waren schwere Zeiten für uns damals«, erinnerte Krystyna sich und drehte das leere Glas in ihren Händen.

»Janusz hat sich seinerzeit geweigert, ein Treuebekenntnis zu General Jaruzelski abzulegen, den unumschränkten Herrn über Polen von Gnaden der Russen, und ist deshalb entlassen worden, von einem katholischen Verlag übrigens. Sie haben ihn dann in ein Archiv versetzt, an eine Arbeit, für die er gar nicht ausgebildet war, wieder entlassen und zum Militärdienst eingezogen, obwohl er bereits die Altersgrenze überschritten hatte.«

Janusz ließ seine Frau erzählen, ohne die geringste Regung im Gesicht, am ehesten noch eine kleine Ungeduld zwischen den Augen. Krystynas Stimme belebte sich und die Worte flossen ihr zu, je mehr die Vergangenheit über sie kam, die Sorgen damals, die Angst.

»Dann haben sie Janusz in einem Museum arbeiten lassen – immer nur kurze Gastspiele. Schoben ihn hierhin und dorthin, eine ganz gezielte Methode, ließen ihn nirgendwo Fuß fassen, zeigten ihm immer wieder den langen Arm, an dem sie ihn gepackt hielten, nach ihrer Willkür. Und diese Leute, die sich damals so benommen haben«, Krystyna geriet ins Stocken, ihr blasses Gesicht hatte sich gerötet, »dieselben Leute sitzen heute wieder ...«

»Ach, Krystyna«, winkte Janusz ab und rappelte sich vom Sofa auf, mußte dabei den Eßtisch von sich wegschieben. »Wir haben es überstanden, und es geht uns gut jetzt ... so weit ... besser jedenfalls, und es kann nur noch besser werden. Unsere Kinder wachsen in eine andere Zukunft hinein.«

Krystyna sagte nichts mehr dazu, aber in ihrem aufgelösten Gesicht stand nicht soviel Zuversicht geschrieben.

Ich wollte mich verabschieden. Die beiden Eheleute tauschten ein paar Worte auf polnisch, schnell und leise. Dann erfuhr ich, was in innerfamiliärer Regie offenbar vorher schon festgelegt worden war: Janusz würde mich hinausfahren zu einer Wanderung in die nahen Berge, Krystyna wollte sich in der Zeit um die Kinder kümmern. Ich fand es schade, daß wir uns trennen sollten, leistete aber keinen Widerstand, um die Planung der beiden nicht durcheinanderzubringen.

Das kleine Auto gab beim Startversuch keinen Ton von sich. Janusz drehte die Augen gen Himmel, fluchte wortlos.

Sein gelblicher Teint, diese tatarische Haut, wie ich sie für mich nannte, wenn ich Janusz ins Gesicht schaute, wurde noch eine Spur fahler. Endlich gehorchte der Fiat seinem Namen – es geschah. Er sprang an.

In einem Außenbezirk Krakaus kamen wir an einem Steinhaufen vorbei – riesige Quader am Straßenrand, behauen, aber durcheinandergeworfen, wie Spielzeug von Giganten, die ihren Übermut hatten schießen lassen.

»War das wohl mal ein Denkmal?« Ich reckte den Hals und konnte mich nicht losreißen von dieser merkwürdigen Steinhalde.

Janusz überhörte meine Frage, starrte weiter geradeaus, als müsse er sich voll und ganz auf den Verkehr konzentrieren. Dabei war der Fiat allein auf der breiten Straße.

»Ja, hier hat, früher einmal, das Denkmal von Konjew gestanden. Es ist abgebaut worden neulich.«

»Konjew, der Retter Krakaus im Zweiten Weltkrieg, Feldmarschall der Roten Armee?«

Der Blick von Janusz war immer noch geradeaus gerichtet.

»Der Russe, ja. Er stammte aus der Ukraine, und dort lebt noch eine Tochter von ihm. Und die fand, sein Denkmal wäre dort besser aufgehoben ... Na ja, diesem Wunsch mußten wir doch nachkommen ... Wir haben das Ding sehr feierlich abgeräumt und in die Sowjetunion verfrachtet. Uns sind allein die Sockelreste geblieben.«

Jetzt konnte er sich ein Lächeln doch nicht länger verbeißen, es war eher ein Grinsen nach innen weg, das nicht für andere galt.

Um eben diesen Konjew war es in den letzten Tagen in Krakau zu einer kleinen politischen Peinlichkeit gekommen, im Rahmen der Konferenz für Sicherheit und Zusammenarbeit in Europa, die hierher einberufen worden war, um das Thema »Kulturelles Erbe« zu verhandeln. Der polnische Premierminister Bielecki hatte bei seiner Eröffnungsansprache ein paar deutliche antirussische Worte fallen lassen – wegen der anstehenden Sejm-Wahlen im Oktober, Töne für den Wahlkampf bereits, wie Janusz jetzt vermutete. Daraufhin war der sowjetische Kultusminister,

Gubienko mit Namen, aufgestanden und hatte erbost eine Gegenrede gehalten. Wenn denn noch etwas zu bewundern sei heute von Krakau, von seinem großen euorpäischen Erbe – so Gubienko –, dann sei das der Roten Armee zu verdanken, die die Stadt unversehrt befreit habe von den deutschen Truppen – jener Feldmarschall Konjew vor allen Dingen. Und deshalb – so Gubienko weiter, einmal in Fahrt und noch an den alten Herrschaftsgestus gewöhnt –, deshalb müsse er alle Teilnehmer der KSZE-Konferenz jetzt ersuchen, sich von ihren Sitzen zu erheben, um diesem Mann ihre Reverenz zu erweisen, jawohl, richtig: aufstehen bitte. Wozu es dann auch kam. Manchem Polen saß der Unterwerfungsreflex noch gut trainiert in den Muskeln, bei anderen dauerte es etwas länger mit dem Aufstehen, einige wenige wollten gar ... aber dann, endlich, zuletzt waren sie doch alle gestanden.

»In der Ukraine ist dieser sowjetische Held wirklich besser aufgehoben als hier bei uns, viel besser«, meinte Janusz, als wir auf einem großen Parkplatz am Waldrand ausrollten.

Wir wanderten durch einen Mischwald, wie er nicht anders auch in Deutschland wächst. Weniger geregelt kam er mir vor, nicht so ausgeputzt und touristisch hergerichtet mit Bänken und Wanderzeichen. Janusz schritt viel zu schnell aus, mit der Hast des Städters, der kurze Wege gewohnt ist. Nach der ersten Anhöhe aber hatte die Landschaft ihn in ihren Rhythmus hineingenommen.

»Du wolltest etwas über Wohlgast wissen«, kam er von selbst auf meine Frage während des Mittagessens zurück. »Krystyna ist nicht gut auf ihn zu sprechen, zum Schluß hat sie, glaube ich, richtiggehend Angst gehabt vor ihm oder so«, und zuckte dabei, wie er es oft tat – für sich alles offen lassend – die Schultern. Wenn er es sich so überlegt, sagte er, auch an sich selbst gerichtet – jetzt, im Rückblick, erscheint es ihm so, als habe Wohlgast in ihm – ja, fast einen Sohn gesehen, gesucht jedenfalls.

1989 sei es gewesen, im frühen Sommer, kurz vor dem Umbruch hier in Polen, im frühen Sommer, daß er bei ihnen im Kulturamt auftauchte, ein gepflegter Mann, ein Herr mit grauen Haaren, im Anzug, sehr zurückhaltend, ungeheuer höflich – Wohlgast, habe sich vorgestellt als amerikanischer Bürger, Professor von Beruf, Professor für Literatur. Warum er ausgerechnet an ihn weitergereicht worden sei, weiß Janusz bis heute noch nicht so genau. Er hielt den Blick auf den Boden vor sich gerichtet, auf den Waldweg, gerade das Stück vor seinen Schuhen, und schaute weder auf mich beim Reden noch zeigte er das mindeste Interesse für die Natur.

Gut, er gehörte zu den wenigen im Amt, die ausreichend die englische Sprache beherrschen, aber der Mann habe in seiner ganzen Art bedeutender, von höherem Rang gewirkt, als daß er, Janusz, für ihn der angemessene Gesprächspartner gewesen wäre. Allerdings, Wohlgast sei, wie gesagt, wirklich sehr bescheiden aufgetreten, und sein Anliegen habe er auch nicht deutlich genug vorgebracht. Ja, was er eigentlich von ihnen wollte? Auf der einen Seite habe er Janusz gebeten, ihn mit Schriftstellern und Künstlern zusammenzubringen, ohne daß Wohlgast dabei bestimmte Namen genannt oder sonderlich bewandert gewirkt hätte in der polnischen Literatur der Gegenwart.

»Nur möglichst alt sollten sie sein, ja, merkwürdig, das war sein ausdrücklicher Wunsch: er wollte nur mit alten Schriftstellern reden. Da konnte ich ihm den einen oder anderen vermitteln, dafür war ich schon der richtige Ansprechpartner, und ich weiß, daß es dann auch ein paar Gespräche gegeben hat – wie es weitergegangen ist, davon habe ich keine Ahnung.«

Und dann habe Wohlgast noch ein zweites Problem gehabt, aber das sei zwischen ihnen nie zur Sprache gekommen, das hätten ihm die Kollegen zugesteckt, die längst über den komischen alten Amerikaner die Nase rümpften. Wohlgast habe nach Vorfahren von sich gesucht, in Kazimierz, die vor dem Zweiten Weltkrieg dort ... Und nur so, hinter seinem Rücken, ist er darauf gekommen, daß Wohlgast offensichtlich Jude sein müsse. Ihm gegenüber habe er das nie auch nur mit einer Silbe angedeutet, und ansehen konnte man es ihm auch nicht, er, Janusz, jedenfalls nicht, und so hat er sich nie getraut, Wohlgast darauf anzusprechen, ins Gesicht hinein.

Besonders um zwei Frauen müsse es dem Amerikaner gegangen sein, zwei imaginäre Frauen schwirrten um ihn herum, über die die Kollegen im Amt während der Kaffeepausen bereits ihre blöden Witze rissen, und es hat einige Zeit gedauert, bis Janusz herausbekam, daß es sich dabei um Wohlgasts Mutter und um seine Tante handeln mußte. Und irgendwann einmal sei dann auch der Name Mascha gefallen, Wohlgast habe sich gewissermaßen verraten vor ihm, er sei rot geworden, der alte Mann, bis in den Hemdkragen hinein, ja, besonders am Hals ...

»Ich wußte gar nicht, daß alte Leute auch noch erröten können«, meinte Janusz lächelnd, mit einem knappen Blick einmal zu mir herüber.

Ja, das ist schon so ziemlich alles gewesen an offiziellen Kontakten. Aber Wohlgast sei immer wieder zu ihnen ins Amt gekommen und bei ihm im Zimmer herumgestanden, reichlich unbeholfen, sich selbst im Weg, habe sich aber auch nicht hinsetzen wollen, bis Janusz ihm dann doch Kaffee anbot oder einen Tee, weil er spürte, daß der Alte irgend etwas nicht über die Lippen brachte oder einfach einsam war, ein bißchen plaudern wollte, und zwar mit ihm, warum nicht mit ihm – »Ich plaudere auch ganz gern« (Lachen) –, ja, Wohlgast sei immer nur zu ihm gekommen, und manchmal habe er auch schon morgens vor seiner Tür auf ihn gewartet. Oder ihn in der Mittagszeit abgeholt, und dann sind sie gemeinsam etwas trinken gegangen. Ja, so hat sich allmählich eine Freundschaft zwischen ihnen entwickelt – Freundschaft? Auf jeden Fall so etwas wie Sympathie. Dabei haben sie gar nicht viel geredet miteinander. Aber es ist für Janusz doch deutlich geworden, daß der Alte ihn ziemlich gerne mochte. Und irgendwann habe ihm Wohlgast dann auch gestanden, daß ihre Bekanntschaft sich keinem Zufall verdanke, sondern daß er sich lange umgeschaut habe im Kulturamt nach einem passenden Gesprächspartner, daß er sich Janusz tatsächlich ausgewählt habe.

»War dieser Wohlgast denn verheiratet?« wollte ich wissen. »Ich meine ...«

Janusz blieb abrupt stehen mitten auf dem Weg, schaute mir ins Gesicht mit braunen Augen von leidenschaftlicher Dunkelheit, und manchmal, nicht jetzt, las ich auch eine stille Traurigkeit darin.

»Komisch, Krystyna hat auch gleich so etwas vermutet, nachdem er uns beide zum Essen eingeladen hatte, ganz feudal, bei Wierzynek, am Marktplatz.«

Janusz blieb für ein paar Schritte mit seinen Gedanken für sich, dann schüttelte er den Kopf, schwieg weiter, bis er endlich »Nein!« sagte, ein abschließendes Nein.

»Nein, es war etwas anderes. Krystyna hat das auch nicht verstanden oder verstehen wollen. Zwei oder dreimal habe ich Wohlgast in der Stadt mit einer Frau gesehen, nein, öfter nicht, mit einer ganz jungen Frau, wie seine Tochter so jung, aber ich war ganz fest der Meinung, daß die beiden ... beide gleich groß übrigens, eher ... Nicht größer als ich ... angeblich sollen wir uns sogar ähnlich gesehen haben, Wohlgast und ich, die Kollegen zogen mich auf damit, und selbst Krystyna ...« Wohlgast habe sich eben für ihn interessiert, für seinen Beruf, für sein Studium, seine Vorstellungen und Ziele, er habe sich nach seiner Kindheit erkundigt, nach seinen Eltern in Rozwadow, nach seinem Vater vor allem.

»Und von sich – was hat er von sich erzählt, er hatte doch ein langes Leben hinter sich. Hat er vielleicht geschrieben?« fragte ich.

»Sieht man das jemandem an, ob er schreibt? Gesagt hat er jedenfalls nichts davon. Nein, ich glaube es eigentlich nicht. Von sich ... ja, du hast recht, von sich hat er wenig erzählt, von seinem Beruf, von der Universität, von seinem Leben in Amerika, so gut wie nichts, ich entsinne mich jedenfalls ... Er hat mich nach Amerika eingeladen, ja, er wollte, daß ich nach Amerika komme ...«

»Mit deiner Familie oder allein?«

»Zunächst einmal allein, auf Probe, ich sollte mich umschauen, ob es mir dort überhaupt gefällt, ob ich dort leben könnte mit den Menschen. Ja, er hat mich eingeladen zu sich, für ein paar Wochen, in seine Wohnung nach New York. Aber ich hätte auch sein Ferienhaus haben können, irgendwo am Meer, ganz für mich allein.«

»Und Krystyna hat das sicher nicht übermäßig gut gefallen, nehme ich an«, sagte ich. »Das kann ich schon verstehen – und wie ich ihr Gesicht gesehen habe heute mittag ...«

Wir gingen ein Stück schweigend nebeneinander her. Es tat mir leid, wie wenig wir auf die Landschaft um uns achteten. An einer Gabelung des Wegs hatte ich mich für die Talseite entschieden, und Janusz stapfte neben mir her, ohne den Kopf zu heben. Hin und wieder versuchte ich, etwas von dem dunklen engen Talgrund zu erspähen, der Bach bewegte kaum sein schwarzes Wasser, die Ufer ungeregelt und wild überwachsen.

»Ich habe mir natürlich auch meine Gedanken darüber gemacht«, sagte Janusz nach einer Weile, »das kannst du mir glauben. Ich meine manchmal, jetzt, danach: Wohlgast suchte vielleicht einen Erben oder so etwas. Ja, verrückt, nicht, aber etwas in der Art könnte es gewesen sein. Wohlgast hatte keine Kinder, und einmal sagte er, er wisse nicht, wie lange er noch lebe, es könne schnell gehen in seinem Alter, und dann ...«

»Er war sechzig, sagtest du? Mit Sechzig ans Sterben denken?«

»Oder er war krank. Davon hat er mir nichts gesagt, aber es kann doch sein ...«

»Eine spannende Geschichte, Janusz. Da bist du ja in was hineingeraten. Vielleicht war es auch wirklich eine Chance für dich. Die Amerikaner haben manchmal so Ideen, und wir Europäer ...«

»Davon hat er auch immer gesprochen. *Die Chance Amerika* – das war eine stehende Redewendung von ihm, das sagte er immer wieder zu mir, als wollte er mich beschwören. Über Amerika selbst, wie gesagt, schwieg er sich aus, er hat weder geschimpft noch geschwärmt, aber die *Chance Amerika* – davon bekam er immer wieder glänzende Augen.«

»Weil's wohl die Erfahrung seiner Jugend war, nehme ich an, und das hat ihn dann nie mehr losgelassen«, dachte ich laut nach. »Obwohl es ihn dann doch auch wieder nach Europa zog. Irgendeine Rechnung muß noch offen gewesen sein. Und warum hast du seine Einladung nicht angenommen, Janusz, für ein paar Wochen, nur so als Abenteuer ...?«

»Meine Eltern in Rozwadow, weißt du – und auch die Familie von Krystyna – wir haben zu Hause nie eine gute Meinung über die Juden gehört. Die kamen aus Rußland nach dem Krieg und waren Kommunisten, richtige Kommunisten, die Juden, und arbeiteten, viele jedenfalls von ihnen, in den Organisationen des Staatsschutzes, gegen uns hier, gegen die polnische Bevölkerung – das war mit genialer Gemeinheit eingefädelt von Stalin, wie mein Vater immer sagte, damit die alten Empfindlichkeiten zwischen Polen und Juden ... Du hast ja sicher schon davon gehört. Und darüber kommen wir so schnell nicht weg, und wenn ich dann so einem einzelnen Menschen gegenüberstehe, obwohl der aus Amerika kommt und ein ganz anderes Leben geführt hat und gar nichts dafür kann ... trotzdem ... »

Das Tal lag hinter uns. Nach einem reinen Fichtenwald auf der Anhöhe schloß sich der Bogen wieder, den wir geschlagen hatten. Von weitem war unten schon die Lichtung zu sehen mit dem Parkplatz, auf dem unser Auto stand.

»Und unsere Situation damals ... Mein Paß war immer noch eingezogen von den Behörden, ich wollte es nicht darauf ankommen lassen, jetzt noch etwas zu riskieren, mich zusätzlich verdächtig zu machen mit einem Reiseantrag, und ausgerechnet nach Amerika. Krystyna hat dir ja einiges erzählt beim Essen. Und vergiß nicht, es war 1989, und der Umbruch war schon abzusehen, so nah, wir waren voller Hoffnung, wir alle in Polen, daß sich doch noch einmal etwas bewegen könnte in unserem Land, von Grund auf, endlich war die Gelegenheit da, schien es jedenfalls zu sein. Und in diesem Augenblick hätte ich gehen sollen ...«

Janusz war ganz verblüfft, als er wieder vor seinem Fiat stand. Er richtete sich auf, atmete tief durch und schaute mir fest in die Augen.

»Wir Polen sind gute Patrioten. Wir lieben unser Land, mit Herz und Blut. Du siehst, wie herrlich es hier überall ist ...«, sagte er und blinzelte in die Sonne dabei und nickte mit dem Kopf über den Parkplatz hinweg.

Obwohl wir die einzigen Wanderer waren weit und breit, der kleine graue Fiat ertrank geradezu in der Weite des Platzes, standen an seinem Rand drei oder vier Menschen mit Erfrischungen und hofften auf ein Geschäft: Obstsäfte und Limonaden aus deutschen Großmarktketten, zum Teil noch in ihren Originalkartons. In einem Imbißwagen wurden heiße Wurst und Kaffee angeboten.

»Siehst du, es geht aufwärts bei uns«, sagte Janusz anerkennend, »die Leute zeigen endlich Initiative ...«

»Laß uns doch mal eine Wurst probieren«, schlug ich vor.

Ohne auch nur eine Wimper zu heben, öffnete Janusz mir den Wagenschlag.

»Oder ein Glas Kaffee ... Hast du keine Lust auf Kaffee?«

Scheppernd fiel die Tür ins Schloß.

»Wir sind gleich zu Hause!«

Das war mit solcher Endgültigkeit gesagt, daß ich mich beinahe schämte für meine dumme Gier.

Beim Gehen durch den frühsommerlichen Mittag, am Ufer der Weichsel, die Rückseite von Kazimierz vor Augen, mit seinen Kirchen, Klöstern, Wehrmauern, Türmen, mit seinen Mietshäusern, Gärten und Höfen dazwischen – aufgereiht lag die Geschichte vor mir da, europäische Geschichte. Doch mein Schauen zielte höher heute. Der Himmel war's, der meinen Blick ansaugte, hineinzog in Tiefen, fernere – Blicke, die in feinem, hellem Blau endeten. Dort aber würde es erst spannend ... Das Blau war zusammengedrängt von Gewölk – Wolkengeschiebe von unterschiedlicher Dichte. Sein Grau lag eng an der Welt und ihren Dingen, zum Fassen nah, es bestimmte das Licht, die Farben der Erde unten. Denn nur über die Ränder der blauen Löcher ins Tiefe floß die Sonne herab. Sie färbte die Säume der Wolken gelb, gab ihnen dies Leuchten, das weiter nach unten drang. So kam es, daß die Welt wie ein Schachbrett um mich lag – mit hellen und mit dunklen Feldern. Eine solche Erscheinung hatte ich noch nie so erlebt, glaubte ich – ein neues Sehen? Oder war der Himmel über Polen ein anderer als der über meinen Breiten sonst?

Schachbrett – ja, annähernd, aber es traf doch nicht genau genug. Es war weniger der Kontrast von hell und dunkel, es ging eher um den Unterschied zwischen leuchtend und matt, den dieser Himmel aus unseren Farben lockte – *unsere Farben*? Das mußte ich mir selbst erklären. Wer ist denn das Wir, das da Farben besitzt? Wir Menschen doch – *Menschenfarben* – die Farben, die wir uns geben, unseren Dingen, unseren Häusern, den Städten. Und sah, mit meinen Augen, daß diese Farben, diese Menschenfarben, blind blieben ohne Beleuchtung von oben. Sie brauchten die Illumination des Himmels, in allen ihren Abstufungen, und die mußte man dann wohl die »anderen Farben« nennen – oder, warum denn nicht, ohne jeden hymnischen Anklang, ganz nüchtern gemeint: *Himmelsfarben*. Die Menschenfarben lebten nur durch das andere Licht, von oben, das Himmelslicht.

Meine Augen tasteten die Schachbrett-Welt von Kazimierz ab und sahen es klarer jetzt: sobald ein Haus unter die Wolken geriet, schliefen die Menschenfarben. Die Anstreicher und Verputzer, die Architekten, die Dachdekker, die Stukkateure – alle hätten sich ihre Mühen sparen können. Alle ihre schönen Tricks versanken im Trüben, mir wäre es schwer gefallen, eine Farbe zu nennen – und nebenan, ein Haus weiter, da strahlte es, nur weil die Himmelsfarbe es erleuchtete von diesem aufgerissenen Oberlicht herab, zu diesem Augenblick: ein Gelb blühte auf, Ocker entfaltete seine Wärme, selbst das Grau des Rußes wurde fett und reich – von Gnaden des Lichts da oben. Auf der Erde voneinander nur wenige Meter entfernt, am Himmel gerade durch den Wimpernschlag eines Lichtstrahls getrennt, unmeßbar gering und unvorstellbar weit jenseits der Wahrnehmungsgrenze unserer plumpen Sinne.

Von Gnaden des Lichts da oben – nachträglich erschrak ich über das Wort, die Belastung unseres Sprechens durch Religion. Alles Nennenswerte im Leben ist bereits mit religiösen Formeln belegt, und wir Menschen kommen ohne sie nicht aus, wenn wir nur leidlich genau sein wollen und beschreiben, was sich vor unseren Augen erfüllt (schon wieder so ein Wort!) – auch wenn der religiöse Hintergrund längst abgesunken ist. Allein den eigenen Sinnen zu trauen – durch sie und über sie an die Dinge zu kommen, unverfälscht von den Einordnungen und Festlegungen des Kopfes – unsere Welt wahrzunehmen, wortwörtlich: für *wahr* zu nehmen.

Ich saß jetzt wieder auf meiner Bank in den Planten, das Dominikanerkloster im Rücken. Neben mir offen ein Buch, es lispelte im leichten Juniwind, entfaltete sich in seinem Rhythmus, ganz überlassen seinem Takt. Mal fraß der Wind – wisch! – halbe Kapitel weg, auf einen Stoß verschlungen, dann blätterte er noch einmal um, kostete nach, genießerisch, wie ich fand, streichelte das Blatt von beiden Seiten, daß es lotrecht stand, geliebkost in der Schwebe zitterte, der Wind war sich unschlüssig, ob es ihn mehr nach der Vor- oder der Rückseite gelüstete – und überflog es dann kaum, wellte weiter durch die Weiße, hakte sich drei Seiten später fest, oder sieben, schlug zurück, Blatt für Blatt, hielt ein – eine solche Lesart konnte sich jeder Text nur wünschen.

Jedenfalls war der Wind zu dieser Stunde ein viel besserer Leser als ich. Es war das einzige Buch, das ich auf die Reise mitgenommen hatte, und war ein Mißgriff, der Roman gefiel mir nicht – und ließ mich doch auch nicht los. Während der Wind weiterlas, malte ich mir aus, wie ich das Buch gefunden hatte, vor fast vier Jahren (»August 87« stand auf dem Vorsatzblatt), eine handliche Dünndruckausgabe, in Leinen gebunden, mit flexiblem Deckel, ohne jede Lesespuren, ohne Schäden, vollkommen neu ein Vierteljahrhundert nach seiner Neuauflage. Es war der Name des Autors gewesen, weswegen ich seinerzeit das Buch aus einem Turm alter Schwarten herausgezogen hatte und für mich besitzen wollte, genauer gesagt: der Tod des Autors. Jan Graf Potocki, polnischer Aristokrat, ein weitgereister Mann des 18. Jahrhunderts, hat, als er auf seine Güter zurückgekehrt war, jahrelang am Deckel des Samowars herumgeschnitzt, mit seinem Messer, Tag für Tag – oder ließ er manche Tage aus, wenn er das Leben liebte? –, er schnitzelte und schabte und kratzte einen Span von der Verzierung des Samowars herunter, kaum wahrnehmbar der feine Silberfaden, manchmal auch etwas

Staub nur, es lohnte kaum ihn wegzublasen, diese Nichtigkeit – oder schnitt er manchmal auch heftiger, riß eine Kerbe hinein? So wie ich es verstehe, war es eher das Gleichmaß des Täglichen, das den Grafen voranbrachte. Warum war sein Auge gerade an diesem Zierknauf seines Samowars hängengeblieben, eines Tages? Hatte er wirklich die ganzen Jahre über seine ideale Form im Kopf und wollte das Gerät auf eigene Faust edler machen, leichter – oder wirksamer, und das Messer leistete ihm dabei den Dienst der geringen, der kaum spürbaren Nuance, der Verschlankung, des Verschönerns, näherte es mit jedem Tag dem inneren Bild vom ideal geformten Knauf an? Und dann, über Jahre hin, war das Werk vollendet – in einem Augenblick erfüllte sich's. Ob Potocki zögerte zuletzt, ob er ungeduldig war, die letzte Vollkommenheit zu schaffen und zu sehen? Aus dem Knopf am Deckel des Samowars, der ihm jeden Tag den Tee gespendet hatte, war eine Kugel herausgewachsen, schlank blitzte sie in der Sonne jetzt, nein: es war November – muß trüb gewesen sein, ein langer trüber galizischer Nachmittag. Er brach sie ab, die formvollendete Kugel, endlich! schob sie in den Lauf seiner Pistole, zur Schläfe hoch, drückte ab – und aus. Der Edelmann war am Ziel, mit vierundfünfzig Jahren.

Wegen dieser Geschichte des Autors hatte ich vor Jahren sein Buch gekauft, und seither war es in meinen Regalen verschwunden. Auf meinem Weg nach Krakau fand ich es wieder. Und las es hier, an den Abenden, und wurde enttäuscht. Es war nur ein Roman, wie alle anderen auch. Zu selten fand ich darin den noblen Müßiggang wieder, der sich in einem selbstgesetzten, einem selbstgefertigten Tod erfüllte – kaum Spuren darin von einer Poesie, die kein Dichter je erreichen, schon gar nicht überbieten kann. Ich wußte ja, daß ich höchst ungerecht war, das Buch des Grafen an seinem grandiosen Tod zu messen – aber was half mir das? Doch wenn ich auch nur selten darin las: immer wieder nahm ich es zur Hand, trug es oft mit mir herum durch die Straßen von Krakau. Es war mir Trost, und es war eine Warnung – ich hielt mit ihm ein Stück meines eigenen Todes in Händen, jedes Umblättern brachte mich ihm näher, einer der unbemerkten Atemzüge dabei würde mein letzter sein. Das Sterben täglich – schierer Materialverschleiß, und selbst vollzogen: indem du lebst, bist du der Richter über deine Frist.

Den harten Stahl an Silber reiben, mit eigener Hand – wenn ich das Buch des Grafen Potocki bei mir hatte, fühlte ich mich sicherer geborgen in meinem Tod und offener für das Leben, seine unendliche Erotik.

Wie nur mich Awa nähern?

Jede Stunde war sie bei mir, und ich erreichte sie doch nicht. Das Telefon in der Wohnung ihrer Mutter. Frau Kuszlik würde abheben, das war klar. Einige Male schon hatte ich bei ihr angerufen, von einem der wenigen öffentlichen Fernsprechautomaten aus. Hatte mich durch lange Schlangen hindurchwarten müssen, während Spannung in mir wuchs, und war doch nie durchgekommen, oder niemand hob ab. Und doch auch Erleichterung danach. Hingehen? Das war ganz unmöglich in einem Land, in dem sich der Mann über die Hand der Frau beugt, jung oder alt, und ihr zum Gruß einen Kuß auf die Fingerspitzen haucht. Ich wollte nicht derb erscheinen mit meinen westlich-umstandslosen Lebensformen, nicht die Zartheit des polnischen Umgangs verletzen, Awa gegenüber schon gar nicht. Vielleicht konnte mir der Genius des Ortes ja einen kleinen Fingerzeig geben? Vielleicht ließe er sich bestechen durch meine Geduld?

Nach dem Rechten sehen – so nannte ich nach dem dritten oder vierten Besuch auf der Verkehrsinsel am Rondo Grunwaldzkie meine Aufwartungen bei Robinson und gab ihnen dadurch vor mir den Anstrich einer Mission, nicht täglich zu erfüllen zwar, aber doch oft genug, daß ein Abstecher dorthin jetzt zu meinem Aufenthalt in Krakau dazugehörte. Nach und nach lernte ich Robinsons einzelne Näpfe unterscheiden und den Rhythmus seines Kostgangs. Manchmal standen sie noch halbvoll in der Sonne, und Spatzen stahlen sich etwas weg davon. Oder ich sah ein Volk Ameisen den Topfrand innen umkreisen in zielstrebig frommer Gier. Weiß blühte der Klee um die Futterstellen. Das Gras schon hoch genug, daß Robinsons Fährten zu lesen waren, die er auf den Runden durch sein Reich hinterließ.

Näher kamen wir uns auch weiterhin nicht, der Hund und ich. Es dauerte immer annähernd gleich lang, bis ihn meine Anwesenheit aus dem Schlaf hob und er sich auf die Beine machte, Mal für Mal träger und nachlässiger, so schien es mir jedenfalls. Natürlich war mir der Gedanke gekommen, auch ich könnte etwas zu fressen mitbringen, aber ich verwarf diese Idee schnell wieder. Das müßte unser Verhältnis stören, eindeutig machen, trivial – zu dieser gewöhnlichen Abhängigkeit zwischen Herr und Hund. Ich aber hoffte auf irgend etwas anderes hier, etwas Unerwartetes. Bis dahin wollte ich wieder kommen.

Um uns die Renaissance, in ihren strengen Proportionen – die Wände gegliedert von sorgfältig gearbeiteten Sopraporten, schlank geschnitten die Türen und Fenster. Unter der Decke altersgedunkelte Balken, überzogen von farbig gefaßter Schnitzerei – zum Augen verlieren. Gottlob war der gelungene Raum nur mit dem Notwendigsten möbliert.

Wir saßen zu fünft, bei Kaffee und Tee, außer mir noch zwei Damen und zwei Herren, im ersten Stock des Schriftstellerhauses, in dessen Garten Leszek und ich uns vor Tagen getroffen hatten, in der Straße der Kanoniker Nummer sieben. Auf ihn ging auch diese Einladung hier zurück. Selbst aber konnte er nicht dabeisein, da er sich für ein paar Tage in Warschau aufhielt, wegen seines Fernsehfilms.

Es war etwas unbequem für mich, daß einige der Kollegen nur englisch, andere nur deutsch sprachen, so daß ich beim Reden immer jemanden ausschließen mußte. Für das Anwärmen des Gesprächs opferte sich ein Mann, in seinen späten Fünfzigern, rund und rosig und munter, mit einem lachgeprägten Gesicht, der sich als Lebensgenießer und Weltenbummler vorstellte, vielleicht auch, um damit einer genaueren Kennzeichnung seines literarischen Schaffens enthoben zu sein. Mit solchen Menschen plaudert es sich angenehm.

Temperamentvoll die Lyrikerin Jadwiga, Dichterin christlich inspirierter Verse. Unter einem wuchtigen, vielfach verschlungenen Haarturm dankte sie heftig und häufig in verstaubtem Englisch dem Himmel für die veränderten Zeitläufte und ließ dabei einfließen, wie sehr sie und ihre Familie unter dem alten Regime gelitten hätten. Ihr Mann übrigens sei Professor, Akademiker auch ihre erwachsenen Kinder, sogar die Tochter – unter wie großen Opfern, das könne einer, der diese Zeiten nicht selbst miterleben mußte, wohl kaum ermessen. Als Gast aus Deutschland sei ich ihnen selbstverständlich allen willkommen. Tintenschwarz nickte der gigantische Dutt dazu.

Während ich bemüht war, dem expansiv fröhlichen Lebenskünstler wie der hochgetriebenen Hymnen-Dichterin mit annähernd gleich dosierter Freundlichkeit gerecht zu werden, sprang mein Blick immer wieder weg auf einen massigen, fast quadratischen Schädel, vollkommen kahl, die untere Gesichtshälfte von einer mächtigen Kinnlade in die Zange genommen – und dabei hielt der Mann sich ganz im Hintergrund.

Erst nachdem der Darstellungsdrang seiner Kollegen sich fürs erste ausgetobt hatte, richtete der Mann – er mochte die Sechzig gerade überschritten haben – seine Fragen an mich, nach meiner Arbeit, nach meinen Plänen in Krakau. Er sprach ein bedächtiges, sehr korrektes Deutsch, und da er leise redete, wurde es gleich still im Raum. Kein Zweifel, daß er die unbestrittene Autorität zumindest innerhalb dieser Gruppe von Schriftstellern war.

Ich erzählte von meiner Absicht, hier in der Stadt, auf den Spuren von Veit Stoß, Stoff für einen neuen Roman zu sammeln. Um ein wenig Butter an die Fische zu geben, erwähnte ich, daß Veit Stoß ja zweimal, mindestens zweimal, Zeuge eines Pogroms gegen Juden gewesen sei: zunächst in Krakau, gegen Ende seines Aufenthaltes hier, und später, nach der Rückkehr nach Nürnberg, dort – da liege eine Parallele vor, der ich ...

»Entschuldigen Sie«, unterbrach mich Frau Jadwiga, und ihre Haarkartaune wippte mir dräuend entgegen, »habe ich Sie richtig verstanden, Mr. Hornung? Sagten Sie – Pogrom in Krakau ...?«

Ich sollte also wohl genauer werden.

»Ja, 1494 ... ich meine das Pogrom des Jahres 1494, als die Krakauer Juden ...«

»Verzeihen Sie, ich will gewiß nicht unhöflich erscheinen – Sie sind Gast in unserer Stadt –, aber in Krakau hat es nie ein Pogrom gegeben!« Die Lyrikerin hatte ihre Stimme sehr klar erhoben und war so erfüllt von sich, als deklamiere sie ein katholisches Madrigal von eigener Hand.

»In ganz Polen nicht, das kann ich bestätigen«, sprang ihr der Weltenbummler bei mit opulent dröhnender Entrüstung, die aber doch auch ganz fröhlich klang, und bot mir gleichzeitig einen Wodka an. Sie hätten Wodka hier nebenan im Büro, ausgezeichneten polnischen Wodka, den besten, den es überhaupt gäbe, ja den einzigen, der diesen Namen verdiene. Alles andere sei ja bloß ...

»In Krakau ein Pogrom? Niemals!« Frau Jadwiga fiel seinem listigen Friedensangebot erbarmungslos in den Rücken.

Es war Bewegung in die Gruppe gekommen. Der ganze Gefühlsreichtum der schreibenden Zunft lag bloß. Nur der Caesarenschädel hielt sich heraus und schwieg. Seine kleinen Augen hinter den Brillengläsern machten scheu die Runde, von einem Gesicht zum nächsten.

»Aus ganz Europa haben sich doch die Juden zu uns geflüchtet, nach Polen, zu König Kazimir ...« Die Lyrikerin psalmodierte immer noch in den hohen Frequenzen außerordentlicher Aufgewühltheit, die mir fast schon gedichtträchtig schien.

»Wo haben Sie das denn gehört?« fragte mich eine Dame mit kräftigen roten Backen und grauen Zöpfen um die Stirn, bis dahin ein Monument verbindlichen Lächelns. Sie war nicht empört, sondern vollkommen ratlos.

Wie konnte ich schnellstens diese Flammen wieder löschen? Ich verwies darauf, daß immerhin auch in der polnischen Literatur das Krakauer Pogrom von 1494 nicht strittig sei. Und es habe im Mittelalter doch schließlich überall in Europa Judenverfolgungen gegeben ...

»Bei uns in Polen nicht, da sind Sie leider einem Irrtum erlegen.« Pani Jadwiga blieb ihrer feierlichen Strenge treu.

Ein Loch, ein schwarzes Loch hatte sich jäh aufgetan zwischen uns, wie wir da saßen in dem schmucken Renaissance-Gehäuse. Es schien kaum überbrückbar zu sein. So ließen wir, bedachte und wohlerzogene Menschen, die wir alle waren, den Streitgrund hinabsinken, indem wir schwiegen.

Als Gast fühlte ich mich bemüßigt, die Wogen der Erregung, die ich vollkommen ungewollt hochgepeitscht hatte, zu glätten und unser Gespräch wieder auf ruhigere Gewässer zu lenken. So erzählte ich ein wenig von der Situation der Literaten, der aktuellen Kultur überhaupt in Deutschland, doch ich spürte bald, daß ich nicht auf das mindeste Interesse damit stieß, bei niemandem von ihnen.

Ob er mir etwas über die Hintergründe erzählen könne, wandte ich mich jetzt, als letzte Hoffnung, direkt an den schüchternen Caesaren, wie es zu der Gründung dieses Schriftstellerverbandes hier gekommen sei, mit dem Ende des Kommunismus, in Konkurrenz zur weiterhin bestehenden, ehemals von der Partei beherrschten Organisation.

Doch, die Abgrenzung von den Mitgliedern des alten Verbandes sei deutlich, das könne man schon so sagen, stellte er fest. Selbst in der spröden Nüchternheit dieser Worte, jedes mit Nachdenklichkeit gesetzt, in der Stimme des Mannes, in seiner Mimik, war eine tiefsitzende Bitterkeit nicht zu überhören.

»Haß?« fragte ich. »Gibt es Haß zwischen den beiden Verbänden?«

»Nein, Haß wohl nicht. Wir Polen sind ein tolerantes Volk, und wir haben viel erlebt in unserer Geschichte, und erlitten ... Wir haben gelernt zu verzeihen und miteinander zu leben. Aber«, setzte er nach einer Pause hinzu, »wir hier in dieser Runde sind ältere Menschen, wie Sie sehen. Das, was einmal war, wird sich erledigen mit der Zeit. Schlimmer ist es bei der mittleren Generation. Ja, da ist manchmal wohl auch Haß geblieben. Doch in unserem Alter ... Sehen Sie, ich bin Kritiker. Es hat acht Jahre gedauert, bis ein Buch von mir erscheinen durfte, damals, ein Buch über die zeitgenössische polnische Literatur, acht Jahre lang habe ich gewartet und mußte das Manuskript immer wieder umarbeiten, Urteile abmildern oder ganz weglassen, sonst wäre es nie erschienen. So etwas vergißt man nicht ...« Er sei, wie gesagt, Kritiker, und außerdem Professor an der Jagellonen-Universität, für polnische Literatur. Und, was ihn am meisten mit Hoffnung erfülle zur Zeit, das seien seine Studenten: die Stimmung unter den jungen Leuten auf der Universität. Bei ihnen gebe es keine Ressentiments, keinen politischen Fanatismus, keinen Haß ... »und«, sagte er, noch leiser, noch mehr um seine Worte besorgt, er hob die Brauen, nahm mich fest dabei in seine Augen: »und es gibt auch keinen Antisemitismus unter ihnen. Früher, vor dem Zweiten Weltkrieg, ist das anders gewesen – leider ...«

Ob Jan Adamczewski denn auch zu ihrem neuen Verband gehöre, wollte ich wissen. Sein eben erst herausgekommener Reiseführer für Krakau leistete mir gute Dienste, und in jeder Buchhandlung der Stadt lagen diese Bücher im Fenster und türmten sich innen dem Käufer entgegen, neben der polnischen Ausgabe auch in englischer, französischer, russischer und deutscher Übersetzung. Wo auch immer es Bücher zu kaufen gab, konnte man ihm nicht entgehen.

Schweigen in der Runde, auch bei dem von mir direkt Angeredeten. Da hatte ich also offenbar wieder einmal einen polnischen Namen ungenügend ausgesprochen. So reichte ich dem Professor mein Exemplar über den Tisch. Er blätterte darin herum, ohne hineinzusehen.

»Adamczewski ... wissen Sie, er hat seinerzeit ein Buch über Lenin in Krakau geschrieben ...«

Der Satz war als abschließendes Urteil über diesen Autor gesprochen.

Da weder Frau Jadwiga noch der Weltenbummler noch die Dame mit dem grauen Zopf begehrten, sein Buch auch nur anzufassen, ließ ich es wieder in meiner Tasche verschwinden.

Ja, an zwei Häusern der Innenstadt hatte ich imposante Tafeln entdeckt, die vom Absteigen des großen Wladimir Iljitsch Lenin hinter ihren Mauern kündeten – wie lange sie wohl noch hängen werden? Das frühere Lenin-Museum, in einem eleganten klassizistischen Palais, war mittlerweile umgerüstet worden in ein Haus für wechselnde Ausstellungen – hier hatte vor ein paar Tagen eine Lesung vor

Krakauer Schulkindern stattgefunden, im Rahmen der Konferenz für Sicherheit und Zusammenarbeit in Europa, mit polnischen, ukrainischen, litauischen, estländischen Autoren, und gerne hatte ich ein paar Zeilen von mir vorgelesen, um den Kindern auch den Klang der deutschen Sprache zu Gehör zu bringen.

Als der Professor das Wort nahm, schrumpfte das Gespräch zu einem Dialog zwischen ihm und mir, und nur Frau Jadwiga verriet hin und wieder mit einem pathetischen Atemschöpfen, wie schwer es ihr fiel, die christliche Tugend der Geduld zu üben. Die Achtung jedenfalls, die diesem zurückhaltenden, ja scheuen Mann in seinem groben Wollhemd und den Turnschuhen hier entgegengebracht wurde, empfand ich als eindrucksvoll.

»Ich habe Sie beobachtet«, sagte er jetzt und lächelte mit seinen Augen, »Ihnen gefällt unser Domizil hier, nicht wahr?« Ja, sie liebten es alle sehr, dieses schöne alte Haus, aber es sei gefährdet. Keiner wisse zu sagen, ob der Verband es halten könne. In den siebziger Jahren, in der Ära des Edward Gierek, habe man es den Literaten übergeben, nach einer aufwendigen Renovierung, doch sein ursprünglicher Besitzer, das sei nach wie vor die katholische Kirche, wie aller Gebäude hier in der Ulica Kanonicza. Ein paar Häuser weiter, auf den Wawel zu, habe Karol Wojtyla gelebt, als er noch Priester gewesen sei, bevor er in den Bischofspalast zog, stadteinwärts, auf seinem langen Weg nach Rom. Nein, ich glaube, ich irrte mich nicht: die wuchtige Kinnlade des Professors verriet bei diesen Worten so etwas wie Respekt vor der historischen Leistung des Krakauer Landsmanns – so nüchtern und trocken wie möglich. Und nun, nach dem Zusammenbruch des kommunistischen Systems, poche die Kirche wieder auf ihren alten Besitzstand, und selbst wenn sich der Schriftstellerverband mit dem Bischof arrangieren könne: auch die derzeitige Miete von umgerechnet 250 Mark überfordere seine finanziellen Möglichkeiten. Natürlich wollten sie alle – und alle bestätigten das jetzt mit Nicken und Murmeln –, natürlich wollten sie sich das Haus erhalten, wenn immer es nur ginge, doch ...

Die Dame mit den gesunden roten Wangen und den Zöpfen als Stirnband schenkte uns allen noch einmal

Kaffee nach. Jetzt, fand ich, hätte der Weltenbummler durchaus noch einmal an den Wodka drüben im Sekretariat erinnern dürfen, aber nun schwieg er. Und ich war doch, als ich in meinem Kaffee rührte, heilfroh, daß die Pogrom-Geschichte von vorhin keinen Schaden angerichtet hatte zwischen uns allen, dank des Professors, mit seiner Ruhe und Autorität. Er hatte gerade sein Glas abgestellt. Unsere Augen trafen sich.

»Im Wahlkampf«, nahm er noch einmal das Wort, so leise und behutsam artikuliert wie immer, »da hat der spätere Präsident Walesa zwei Bemerkungen gemacht, die ich ihm nicht verzeihen kann, zwei eindeutig antisemitische Bemerkungen. Zum einen solle jeder, der etwas zu sagen habe, zuallererst erklären, wer er sei, hat Walesa im Wahlkampf gefordert, und dann – dann hat er noch gesagt, er sei stolz, ein reiner Pole zu sein ... Ein reiner Pole ... Wie Walesa dazu kam, zu diesen antisemitischen Tönen – wo es doch kaum noch Juden gibt in Polen, ein paar wenige Tausend allenfalls, alte Menschen, die sehr viel durchgemacht haben in ihrem Leben ... Ich weiß nicht, wie Walesa darauf kam. Er hat sich später damit herausgeredet, diese Worte seien ihm von seinen Beratern zugesteckt worden, aber das halte ich für Ausflüchte – schließlich sind ja genug Juden in seinem Stab.«

Wozu also die jugendlichen Schreihälse und Schmierfinken anfeuern, die noch nie einen Juden leibhaftig gesehen haben, die Juden nur vom Hörensagen kennen: Antisemitismus ohne Juden?

»Er hat ein Gespür für Stimmungen in der Bevölkerung ... das Talent eines Volkstribuns hat Walesa auf jeden Fall – sein einziges Talent vielleicht ... aber diese beiden Äußerungen vergesse ich ihm nicht.«

Wieder war die vollkommene Unaufgeregtheit des Professors in Stimme und Gestik der glaubwürdigste Ausweis für seine Worte. Auch bei ihm also, wie bei jedem, den ich bisher in Krakau gesprochen hatte, die Ablehnung Walesas, die Furcht vor seiner demagogischen Ader, seiner Skrupellosigkeit, seinen emotional aufgeladenen nationalistischen Kraftgebärden, mit denen er ablenken will von den Schwierigkeiten und Nöten der Menschen, die aber die breiten Massen offenbar gerne schlucken – statt eines anständigen Stücks Fleisch auf dem Teller. Natürlich kam mir dabei auch wieder Agnieska in den Sinn, mit ihren so weitreichenden Folgerungen.

Auf seine spröde und beharrliche Art war der Professor also am Ende unseres Treffens doch noch einmal auf das schwarze Loch zurückgekommen, das sich eingangs geöffnet hatte zwischen uns, hatte es mit einem sehr schmalen, gefährlich wippenden Steg zu überbrücken versucht. Aber wie anders sollte man sich denn näherkommen können? Man müsse sich die häßlichen Flecken auf der polnischen, auf der deutschen Seele einander eingestehen. Nur auf dieser Grundlage gediehe Freundschaft.

Sofort nach dem Treffen im Schriftstellerverband eilte ich zu Janusz ins Rathaus, um mich bei ihm nach dem Mann mit dem Caesarenkopf zu erkundigen.

»Oh, das war Mazurkiewicz, Professor Juliusz Mazurkiewicz ...«, erklärte Janusz mir und zupfte dabei voller Achtung an seinem Lippenbärtchen. »Er ist ein bedeutender Polonist, vielleicht der angesehendste Mann seines Faches in Polen, und vor allem ein vollkommen integrer Mann. Er hat wirklich den Kommunisten die Stirn geboten, immer wieder, und seine Studenten gedeckt, wo es nur ging. Da hast du Glück gehabt. Das ist einer der besten Männer in der Wissenschaft, tatsächlich, die wir haben zur Zeit ...«

Ehe Janusz uns einen Tee aufbrühen lassen wollte, schlug ich ihm vor, drüben in der Kawiarnia Europejska doch lieber einen Wodka trinken zu gehen, den mir die Kollegen vorhin schuldig geblieben waren – schließlich habe er mich im Namen der Stadt Krakau zu betreuen und sei für mein Wohlergehen verantwortlich.

»Auch für deine Leber?« fragte er und schob seinen Drehstuhl nach hinten weg. »Ein paar Semester habe ich bei Mazurkiewicz reingehört, so nebenbei – als guter Pole.« Den staubtrockenen Humor von Janusz mochte ich sehr, sein tatarisches Pokergesicht dabei. Es seien glänzende Vorlesungen gewesen, und er zehre davon immer noch.

»Heute behaupten es ja so viele von sich, gerade auch auf der Universität, aber Mazurkiewicz ist einer der wenigen –

er war tatsächlich nicht in der Partei. Sein Vater übrigens war Berufsoffizier und ist im Zweiten Weltkrieg von den Russen erschossen worden, in Stalins Lagern. Und einen Bruder von ihm, den haben die Deutschen in Auschwitz umgebracht – kein seltenes Schicksal in polnischen Familien.«

Wir saßen vor dem Café auf den wackeligen Stühlchen, Janusz einen Tee vor sich, ich bei meinem Wodka.

»Übrigens, Walter, ich habe noch einmal nachgedacht. Unser Spaziergang neulich, das Gespräch über Wohlgast: mir ist da noch etwas eingefallen. Jetzt nach zwei Jahren – es liegt ja schon zwei Jahre zurück. Er ist mir wieder richtig lebendig geworden, der Mann ... Ja, da war noch so eine Merkwürdigkeit von diesem Amerikaner ...« Auf Janusz' Stirn, in den Augenfalten ein Nachhorchen in sich hinein, für jedes Wundern offen.

»Diese Sache mit dem Friedhof damals ... »Er schüttelte den Kopf und verzog seine Lippen spöttisch. »Er suchte ein Grab dort, auf dem Friedhof von Rakowice, ein Grab, das es schon längst nicht mehr gab, er hat es mir selbst gesagt, Wohlgast ...«

»Das Grab wird wohl schon noch existieren, nur neu belegt«, widersprach ich. Bei Gräbern und Friedhöfen bin ich immer sofort hellwach. Das Wort »Umtopfen« kam mir in den Sinn, aber die englische Vokabel dafür blieb aus – Pech für Janusz.

Mein Grinsen irritierte ihn.

»Warst du denn schon mal auf dem Friedhof von Rakowice?! Aha! Ein ganzes Stück jenseits des Bahnhofs, oder hinter dem Polytechnikum genauer, wenn du weißt ... Ein riesiges Gelände – Gräber, Gräber, was sonst? Und da finde mal ein Grab, ein einzelnes Grab, und noch dazu eines, das schon lange aufgelöst worden ist, eines noch von vor dem Krieg.«

»Vor dem Krieg Jaruzelskis?« fragte ich mit harmloser Miene.

Janusz grinste dünn, deutlich gegen seinen Willen. Die Augen blieben dunkel, lachten nicht mit. Weiteten sich für einen Wimpernschlag.

»Vor dem Ersten Weltkrieg, oder gleich zu Beginn des Kriegs, ist hier ein deutscher Dichter gestorben, in

Krakau – Polen gehörte ja damals zu Österreich ... Ich glaube, der Dichter war auch eher ein Österreicher, vielleicht ein Militär – wahrscheinlich. Jedenfalls suchte Wohlgast hier das Grab von ihm, und mit dem gleichen Atem erzählte er mir, die Reste des Dichters seien bald nach dem Krieg in seine Heimat geschafft worden – obwohl: Heimat? Wenn jemand tot ist ...?«

Unruhe in meinen Gedanken – welcher deutsche Dichter denn? Müßte ich doch kennen ... 1914, gleich zu Beginn des Kriegs, da waren einige von ihnen gefallen, das stimmt. Aber an der Westfront. Dagegen hier im Osten ... und ein Österreicher?

»Ich habe ihn ja auch nicht gekannt«, tröstete mich Janusz, der scharfe Beobachter. Wohlgast müsse den Friedhof von Rakowice abgesucht haben, tagelang, nach diesem Grab, das es seit Jahrzehnten nicht mehr gab – und verfiel dann noch auf die Idee, wir könnten ihm helfen dabei, im Amt, und wollte tatsächlich von uns wissen, wo ...«

»Sein Name ... Hat Wohlgast dir seinen Namen genannt?«

»Ja, natürlich, nicht nur einmal – er muß wirklich wichtig für ihn gewesen sein, der Dichter. Wenn ich Wohlgast richtig verstand, hat er seine Gedichte übersetzt, in Amerika, oder ein Buch über ihn geschrieben oder so etwas, jedenfalls ...«

»Ja, und wie hieß er denn?«

»Walter ...«, Janusz schaute mich an, vollkommen ernst, fast traurig. »Eure deutschen Namen ... du weißt doch selbst!«

Um mich abzulenken von meinem Ärger über mich – wenn denn Janusz nicht etwas durcheinanderwarf in seiner Erinnerung oder dieser Wohlgast einfach ein Verrückter war – was sprach dagegen? –, redete ich über etwas anderes, eine Weile schon.

»Und er soll so gut wie allein gewesen sein auf seinem letzten Weg, wenn dir das etwas hilft.«

»Wer? Ach so, der Dichter von deinem Wohlgast ...«

»Ja, so gut wie allein, nur ein einziger Mensch sei dem Sarg gefolgt, ein Diener oder so, damals, draußen in

Rakowice. ›Immerhin‹, sagte Wohlgast damals, ja, ich erinnere mich jetzt wieder, ›immerhin‹, sagte er mehrere Male, und seine Stimme klang ziemlich bitter dabei, ›immerhin einer‹, sagte Wohlgast, ›und wenn's auch nur sein Bursche war‹ ...«

»Ja, du hast recht, Janusz – merkwürdig ... ein bißchen merkwürdig war dein Wohlgast schon.«

»Das war nicht *mein* Wohlgast«, wehrte sich Janusz, so streng, als säße ihm mindestens Krystyna im Nacken.

Wieder Abend über dem Hauptmarkt, dem Luft- und Licht- und Sonnenloch inmitten der engen mittelalterlichen Stadt. Aufgereiht an seinen Seiten die Hausfassaden des Barock, alle eigentümlich geformt, ihr Schmuck der Stuck von den Meistern Italiens, darauf berechnet, von den darüber hinwandernden Sonnenstrahlen abgegriffen zu werden und Stunde um Stunde eine andere Schrift aus Helle und Schatten zu erfinden und wieder und wieder eine immer neue Legende des Hauses damit zu erzählen, die nur für diese Minuten gilt, und Rätsel, immer neue Rätsel der Form zu stellen, die letztlich dann so einfach aufgehen – man muß nur lange genug hingeschaut haben, ein ganzes Leben lang vielleicht, um die Einfachheit des Schönen zu sehen – und anzuerkennen.

Ich saß vor meiner Kawiarnia Europejska, an der Ecke des Marktplatzes, und studierte, das Lexikon in der Hand, die Sprache dieses Landes. Und freute mich daran, wie das Polnische angereichert worden ist mit Sprachgut der Nachbarn, aus allen Richtungen des Himmels, genoß die Fülle kulturellen Gutes, die diese Entlehnungen in sich bergen, versteckt oder offenliegend. Und war vollkommen einverstanden damit, daß der Stukkateur aus Venedig oder Siena den Polen nicht nur den höchsten Begriff von Kunst, sondern auch das Wort dafür gegeben hat – sztuka. Der Verdacht, ich möchte Volksetymologie betreiben, beschwerte mich nicht unter diesem Licht des Abends. Und blätterte und suchte weiter in jener guten Stunde, wie sie einem nur selten gelingt, und sah den Kaufmann im Kaftan in seinem schmalen Haus in der Szeroka-Straße von

Kazimierz, wie er seine Tuche ausbreitet und streichelt, mit hageren Händen, fein vom Umgang mit der Schrift, wie er beim Handeln das jiddische Wort Penunze in den Mund nimmt, von weit her, aus der römischen Antike herübergerettet, und es als pieniadze ins Polnische einpflanzt. Und ich war auch zufrieden damit, daß ein deutscher Beitrag zur polnischen Kultur jedem Kellner täglich mehrmals über die Lippen kommt, jeder Hausfrau, jedem Metzger: volkstümlich und von nahrhafter, sättigender Art – *sznycel*, das man, schwarz auf weiß, schwerlich nur als unser gutes altes Schnitzel erkennt, gesprochen aber sofort versteht, ohne jede Einbuße an Klang.

Und reiste weiter, auf meinem Stuhl, durch die Länder, die in dem kleinen gelben Wörterbuch ausgebreitet lagen, und weiter wanderte dabei die Sonne über Krakau hin.

VORLÄUFIGE ANORDNUNG. IM AUFTRAGE DES CHEFS DER ZIVILVERWALTUNG WIRD ANGEORDNET: ALLE JÜDISCHEN GESCHÄFTE WIE RESTAURANTS, KAFFEES USW. SIND BIS ZUM 9. SEPTEMBER 1939, 17 UHR, ALS JÜDISCHE GESCHÄFTE ZU KENNZEICHNEN. DIE KENNZEICHNUNG ERFOLGT DURCH DIE DEUTLICH SICHTBARE ANBRINGUNG EINES DAVIDSTERNS AN DER FENSTERSCHEIBE, BEI OFFENEN VERKAUFSSTÄNDEN DURCH AUSHANG EINES ENTSPRECHENDEN PLAKATS. ALS JÜDISCHE GESCHÄFTE SIND ALLE GESCHÄFTE ZU BETRACHTEN, DIE SICH ENTWEDER GANZ ODER MEHR ALS 50% IN JÜDISCHEN HÄNDEN BEFINDEN ODER MIT JÜDISCHEM GELD BETRIEBEN WERDEN. ZUWIDERHANDLUNGEN WERDEN STRENGSTENS BESTRAFT. KRAKAU, DEN 8. SEPTEMBER 1938. DER CHEF DER SICHERHEITSPOLIZEI E. GR. I. RUCKENBACH, SS-BRIGADEFÜHRER

»No, damals wurde überall in Krakau gesprochen deutsch, außen jedenfalls«, sagte Frau Kuszlik und hatte ein Verwundern darüber in ihren Bäckchen sitzen: wie unwirklich das alles inzwischen geworden war.

Und was für ein Deutsch! Ich nickte nur und übertrug die Worte weiter von diesem alten Fetzen Papier in mein

Notizbuch. Auch wenn das Plakat bereits in irgendeinem Buch dokumentiert sein sollte – ich wollte es sichern durch meine eigene Schrift.

Frau Kuszlik hatte es zusammen mit allerlei anderen Papieren dieser Zeit aus einer Schublade geholt. Wir saßen wieder am Tisch in ihrer Küche, in der Szeroka-Straße. Schließlich hatte ich keinen anderen Weg mehr gesehen, als mich bei ihr telefonisch zum Tee einzuladen.

»Oh, wie Sie dasitzen und schreiben ... Wissen Sie, es erinnert mich ... Ich habe Ihnen erzählt doch von diesem Professor aus Amerika, damals, no, als wir über die Gemälde hier ...« – und hob den Kopf flüchtig hin zur Geburt der Venus neben dem Küchenschrank. »Ihm habe ich auch hier meine Schätze gezeigt, no ja«, sagte sie und hob die Arme dabei, als hätte sie sich zu entschuldigen. »Viel ist es nicht. Ich stamme ja nicht von Krakau ... Und so wie Sie jetzt, genau so hat er damals dagesessen, auch, hier an diesem Tisch, und sich die Plaketten abgeschrieben ...«

Sie schlug die Augen nieder, Frau Kuszlik, um ganz bei ihrer Erinnerung zu sein, und strich mit ihrer Hand mehrmals die Tischdecke vor sich glatt. Wieder einmal mußte ich meine Aufmerksamkeit teilen bei Frau Kuszlik, so reich war sie, und gebefreudig. Natürlich machte mich die Erwähnung dieses Wohlgast, der fast schon zu meinem stummen Begleiter durch Krakau geworden war, neugierig. Ich wollte Näheres über ihn erfahren von dieser Frau, die – so meine Witterung – zu ihm in einem näheren Verhältnis gestanden hatte, da sie beinahe gleichaltrig waren. Doch ebenso stark hielten mich die alten, fleckigen, verdreckten Papiere in Atem, diese Blätter zwischen Altpapier und Reliquie, diese kaum mehr verstehbaren Zeugen, Reste einer schlimmen Zeit, mit der ich immer noch verbunden war, ob ich wollte oder nicht – und mittlerweile wollte ich es ja. Ich horchte auf ihre fernen Stimmen wie in den Nachhall eines Echos hinein, das fast völlig abgeebbt war zur Stille. Die aber war von einem beunruhigenden Klang und ließ einen nie mehr an Stille glauben.

Und dann saß da schließlich noch Frau Kuszlik selbst, die ein Recht auf meine Aufmerksamkeit hatte – und es auch einforderte mit ihren wachsam pfeilenden Augen, die keine Regung von mir ausließen. Ich hatte ihr einen Strauß violett-roten Phlox mitgebracht – ausschließlich für sie bestimmt, wie ich noch einmal betonte. Ein leises Zucken um ihren Mund legte dabei die Irritationen bloß, die sich zu Ende unseres letzten Treffens ergeben hatten, und ich mußte mich schon bemühen, die kleine Kühle, eine Befremdung mir gegenüber zu überwinden. Zum Glück dauerte es aber nicht allzu lange, bis wieder mütterliche Wärme – oder die einer Frau? – von ihr ausging als die ihr eigentümliche Temperatur.

Über Awa verloren wir bei diesem Besuch kein Wort. Beide waren wir bemüht, sie auszusparen aus unserer Unterhaltung. Kein Wort von ihr über das Theaterstück – und hatten doch so lange an seiner Verdeutschung gesessen damals. Mir war's sehr recht. Mit Worten, mehr aber noch mit Blicken, gab ich der Mutter zu verstehen, daß dieser Besuch ihr galt, nur ihr. Natürlich wollte ich die Adresse von Awas Arbeitsplatz herausbekommen, doch war ich auch interessiert an Frau Kuszliks Leben, an ihrer Kindheit und Jugend unter der deutschen Besatzung in Polen, und vor allem: Ich mochte diese Frau.

»No, so viel kann man doch gar nicht mehr erzählen von damals«, wehrte Frau Kuszlik meine Erwartungen ab. »Man hat auf viel vergessen, Gott im Himmel.« Es ging mir nah, wie liebevoll sie diese fremde Sprache pflegte, die sie als junges Mädchen aus dem Mund von Feinden kennengelernt hatte. Die Vorstellung, daß sie, wenn sie mit mir redete, damit auch die Sprache eines Heinrich Himmler ehrte, schien sie keine Sekunde lang zu beengen.

An einen regulären Unterricht war im Dritten Reich nicht zu denken, natürlich. Die Deutschen hatten im Warthegau, wie sonst in Polen auch, alle Schulen und Universitäten und Kirchen geschlossen.

»Sie wollten uns Polen dumm machen« – geriet sie in ihre Erinnerungen hinein: Aber alles habe bestens funktioniert im Untergrund, von der Volksschule aufwärts über das Gymnasium bis hinauf zur Universität – heimlich habe man sich getroffen, gegen das Verbot der Deutschen. Man wollte lernen: lesen, schreiben, rechnen –

Mensch bleiben. Man sage den Polen ja nach, daß sie nicht organisieren könnten, und manchmal – Frau Kuszlik lachte offen –, beim Einkauf vor allem, da habe sie wirklich das Gefühl, daß das so falsch nicht ist ... Aber das Schulwesen im Untergrund seinerzeit während des Krieges – das habe geklappt wie ... »wie am Schnürlein?« fragte sie mich mit ihren Augen und wiederholte befriedigt, »no, wie am Schnürchen. Es war prima organisiert. Das Schulzimmer, in einem Privathaus, hat oft gewechselt, ständig haben wir müssen umziehen, von einer Wohnung zur nächsten, und immer nur drei Leute haben die Adresse wissen dürfen, damit wir vor Verrätern sicherer waren – wir waren ja noch Kinder damals. Dieser Krieg, die Angst täglich, und der Hunger, das Leben im Untergrund, als Kind – wenigstens habe ich dabei ja Deutsch gelernt, also ...«, und sie spitzte kokett ihr Mündchen, »jawohl, im Untergrund! Oder wenn jemand von uns gefaßt worden wäre ...« Ein Junge, der neben ihr auf der Schulbank saß, sei den Deutschen in die Hände gefallen und gefoltert worden, um Namen aus ihm herauszupressen. Aber er habe geschwiegen, kein Wort sei ihm über die Lippen gekommen, auch als die Nazis ernst machten und ihn totschlugen.

»Ja, sie haben ihn totgeschlagen wirklich, den Buben, aber er hat sich verschwiegen – bis auf den Tod.«

Jetzt, nach einem langen Leben dieser Frau, hörte ich eher Genugtuung und Stolz aus ihrer Stimme, und auch ein Ausdruck von Würde lag auf ihrem weich gepolsterten Gesicht, eine Würde, die erlitten war und deshalb galt. Frau Kuszlik ging jetzt zu einer Kommode und legte mir die Rolle mit den alten Blättern hin, ich zog vorsichtig die verschiedenen Erlasse heraus, mit der drohenden Sprache von Besetzern, die von der SS in Krakau, dem Verwaltungssitz des Generalgouvernements Polen, überall in der Stadt angeschlagen worden waren.

Frau Kuszlik brühte noch Tee auf, eine Gelegenheit, mich ohne Ablenkung ganz in die 46. Bekanntmachung des Stadthauptmanns zu vertiefen.

... WIRD ZUR SICHERUNG EINES REIBUNGSLOSEN STRASSENBAHNVERKEHRS MIT SOFORTIGER WIRKUNG

ANGEORDNET. AUF ALLEN LINIEN, AUF DENEN TRIEBWAGEN ANHÄNGERWAGEN BEIGEGEBEN SIND, IST DEN JUDEN DIE BENUTZUNG DES TRIEBWAGENS VERBOTEN. DIE JUDEN SIND AUF DIE BENUTZUNG DES IHNEN IM ANHÄNGERWAGEN ZUGEWIESENEN HINTEREN ABTEILS BESCHRÄNKT. AUF ALLEN LINIEN, AUF DENEN DEN TRIEBWAGEN KEINE ANHÄNGERWAGEN BEIGEGEBEN SIND, WERDEN IN DEM HINTEREN TEIL DER TRIEBWAGEN JUDENABTEILE EINGERICHTET. SOWEIT DIE WAGEN NICHT ZWEITEILIG GEBAUT SIND, GESCHIEHT DIE EINRICHTUNG DER JUDENABTEILE IN DEN TRIEB- UND ANHÄNGERWAGEN DURCH BEWEGLICHE VORRICHTUNGEN, DIE VOM SCHAFFNER NACH MASSGABE DES ERFORDERLICHEN RAUMBEDARFS ANGEBRACHT WERDEN. DIE ABSONDERUNG DER JUDEN VON DEN ÜBRIGEN FAHRGÄSTEN IST DURCH ENTSPRECHENDE AUFSCHRIFTEN KENNTLICH GEMACHT. ES WIRD ERWARTET, DASS DIE FAHRGÄSTE BEI DER DURCHFÜHRUNG DIESER ANORDNUNG DISZIPLIN ZEIGEN WERDEN.
KRAKAU, DEN 1. MÄRZ 1940. DER STADTHAUPTMANN SCHMID

Das stark eingegraute Papier dieses Plakates, jetzt ein halbes Jahrhundert alt, war besonders brüchig und an mehreren Stellen tief eingerissen, in den Text hinein. Lateinische Blockbuchstaben übrigens, nicht die gotische Schrift, die so viel besser zu diesem Deutsch gepaßt hätte – sie glaubte man wohl an den slawischen Untermenschen nicht verschwenden zu sollen. Doch keine Silbe fehlte. An zwei Stellen waren noch die Rostspuren der Heftzwecken zu erkennen. Wie lange würde dieses Dokument noch halten? Das brachte mich auf die Idee, es abzuschreiben, und dabei spürte ich: Es tat mir gut, für mich und andere ein Stück Geschichte zu retten.

Dabei erfuhr ich von meiner Gastgeberin, daß ein anderer vor mir den gleichen Gedanken hatte, vor kurzem erst – dieser amerikanische Jude deutscher Abstammung namens Wohlgast. Mit welchen Gefühlen hatte er wohl das peinlich akkurate Bestimmungs- und Aussonderungsdeutsch aufgenommen, eine Sprache, durch deren

Pedanterie die Mordlust zuckt und zittert, auf daß endlich Blut gesoffen werde? Mochte er, das entkommene Opfer dieser Straßenbahnverkehrsanordnung, davon persönlicher betroffen sein als ich, der anonyme Sohn dieses Verwaltungsprosaisten mit Namen Schmid?

»Herr Jesus, ich hab auf den Gebäck vergessen!« Frau Kuszlik sprang noch einmal hoch vom Tisch, lief zum Schrank – in Flammen der Aufregung, wie es ihr gut stand, vielleicht wußte sie das ja auch – und stellte dann Plätzchen in einer Schale von angelaufenem Silber hin. Es war nicht mehr das schwere Schokoladengebäck vom letzten Mal, aber wieder selbstgemacht und wieder ausgesprochen köstlich.

Frau Kuszlik saß, die Hände gefaltet, nah am Tisch, und beobachtete mich, wie ich ihre Plätzchen kaute. Kurze dicke Finger, die durch mehrere Ringe noch gedrungener wirkten. Die vollen Lippen kräftig mit Farbe belegt – hatte sie die beim Teeaufbrühen noch einmal mit dem Stift nachgezogen? Ihre Wangen, vorgetrieben von einem fest gewordenen Lächeln zu Backenhäubchen – das satte Lächeln einer Muttergottheit, die zufrieden ist mit ihrer Schöpfung und darüber wacht, daß alles in seinem Gleichgewicht bleibt, und doch auch Gefahren ahnen läßt an seinen Rändern. Die matronenhafte Büste hinter einer Rüschenbluse ragte bei dieser Sitzhaltung jetzt noch imposanter hervor. Ihr Lächeln, dieser Blick, mit dem sie mich festhielt, das Schweigen zwischen uns, über uns – ich hatte es eiliger plötzlich mit dem Kauen, um meinen Mund wieder freizubekommen.

»Wohlgast?« fragte ich, wohl auch, um von mir abzulenken.

Der Name traf sie unerwartet. Ein Rot über ihre Wangenpolster. Die Augen schweiften ab von mir, nach innen, trübten sich. Sie langte nach ihrer Teetasse, trank, schwieg, sammelte sich, sagte dann: »No, der Professor, was wollen Sie noch wissen von ihm?« Sie mußte sich räuspern. »Ich hab Ihnen doch alles erzählt...« Das Zittern ihrer Lippen verriet etwas anderes.

»Sie waren so bescheiden«, lockte ich sie, »Sie haben so wenig von sich erzählt bisher ...«

Ein Strahl von dunklem Glanz in ihrem Blick.

»Sie meinen ... wirklich? Ich bin doch eine alte Frau für Sie.« Dabei kam sie sich wieder näher und kuschelte sich in ihre Erinnerungen hinein.

Ob er wohl noch lebe, der Professor, frage sie sich, oft, fast jeden Tag. Sie sprach mit einer Intimität jetzt, die mich einschloß. Er habe sich doch bei ihr melden wollen aus Amerika, fest habe er ihr das versprochen, auch, daß er wiederkomme, nach Krakau, hierher nach Kazimierz. Die Wohnung sei doch groß genug, irgendwann werde die Tochter ja auch einmal gehen. »Die Tochter ...«, sagte sie, »eine so schöne große Wohnung, und ich ganz allein ... Doch nie mehr ...«

»Warum ist er denn damals weggegangen, zurück nach Amerika?« wollte ich wissen. »Beruflich hatte er ja wohl keine Verpflichtungen mehr drüben, und familiär ...«

Von einem Brief sei die Rede gewesen, einem Brief seines Arztes oder einer Klinik, er habe nicht deutlich mit ihr darüber sprechen wollen, aber sie sehe und höre mehr, viel mehr, als man offen zu ihr sage. Es sei nach diesem Brief eine Angst in ihm gewesen, eine große Angst, die ihn vollkommen verändert habe. Er habe nichts davon wissen wollen, es sogar vor ihr abgestritten – aber sie habe es gespürt, untrüglich, diese tiefe Angst von innen. Ganz ausgehöhlt habe die ihn, und sie natürlich mit. Und er habe ihr noch mehr erzählt von sich, noch eindringlicher, von seinem Vater, in der letzten Zeit vor der Abreise – alles sei dann so schnell gegangen, so plötzlich, fast über Nacht sei er mit einem Mal davon gewesen.

Dieser Vater! Frau Kuszliks Brust ging auf und nieder und rieb an den aufgestützten Armen dabei. Das Flüstern der Bluse lief mir als Schauer unters Hemd. Wie ein Alp – »Ja, sagt man *Alp* dazu?« , wie ein Alp habe der Vater auf dem Professor gelegen, immer noch, bis in diese Tage noch, und das bei seinem Alter ... No, Henry sei nicht alt gewesen, so alt wie sie, vielleicht ein bissel jünger – Trotz der Selbstbehauptung in Frau Kuszliks Mundwinkeln –, vom Alter hätten sie gut zueinander gepaßt, ohne weiteres. Und deshalb, wegen der Nähe ihrer Generation, habe er sich so gerne mit ihr unterhalten, nur mit ihr, sonst sei es ganz einsam um ihn gewesen, sie habe es riechen können nahezu. Aber zu ihr sei er oft gekommen, ja regelmäßig. »Hierher, hierher in diese Küche!« Sie hob die Stimme und schaute um sich. Und wie wohl er sich gefühlt habe bei ihr! Das spüre eine Frau doch, und sie spüre das besonders, sie habe einen Sinn mehr als die meisten Frauen – sie spüre so etwas.

»Meinen Vater liebe ich, ich verehre ihn, bis heute, je älter ich werde, desto mehr.« Frau Kuszlik schluckte und tupfte sich tatsächlich mit dem abgespreizten kleinen Finger eine Träne aus der Augenrinne. Dagegen der Professor! Aber warum sei er denn auch fortgelaufen seinerzeit von ihm, fort nach Amerika? Frau Kuszlik rümpfte ihre Stummelnase, als würde sie gleich niesen. Nein, das sei auch nicht recht gewesen, den eigenen Vater zu verlassen und wegzulaufen nach Amerika. Und alle seine Erfolge dort, im Beruf, Professor, das sei doch etwas, und all das viele Geld, und Ehren und Auszeichnungen – aber was wiege das alles gegenüber dem Glück in einer Familie? Er sei nie verheiratet gewesen, der Professor, keine Frau, keine Kinder – allein sei er durchs Leben gegangen, bis zuletzt, und das alles nur – nur, weil er fortgelaufen sei damals, als junger Mensch, und den Vater im Stich gelassen habe. Und der Vater habe auf ihn gebaut, auch später noch. Einen Verlag habe Henrys Vater wohl gegründet, irgendwo in Deutschland, nach dem Krieg – er sei ein normaler Deutscher gewesen, nur die Mutter Jüdin, von Krakau eben, hier, aus Kazimierz. Sie sei umgebracht worden von den Nazis, in einem Lager, und diesen Tod habe der Professor seinem Vater wohl nie verziehen, niemals, bis zuletzt nicht, und vielleicht habe er es auch den Deutschen nicht verziehen. Ihr habe es immer sehr kühl geklungen, was Wohlgast zu Deutschland gesagt habe, seine Heimat doch, so ganz weit weg von sich – und er habe doch ... »No, was denken Sie? Natürlich hat er deutsche Literatur unterrichtet in New York – Goethe! Schiller! Beethoven! Schubert!« Frau Kuszlik hatte die Arme in die Höhe gehoben, der Stimme nach, die diese Namen sang, wie ein Tedeum. »Die deutsche Kultur! Damit bin ich schließlich auch groß geworden, in Posen, damals, und ich liebe sie bis heute, und diese Sprache ...« Aber das sei nicht alles gewesen. Da müsse noch etwas anderes gewesen sein, eine tiefere Störung zwischen Vater und Sohn, die den Professor fortgetrieben habe aus Deutschland, in die Fremde. Doch in diesem Punkt, da sei sie ihm nicht auf die Schliche gekommen.

Frau Kuszliks Sätze hatten sich ins Ratlose gesenkt, sie konnte sich sein Weggehen immer noch nicht verzeihen, sich oder Wohlgast – warum nannte sie ihn eigentlich immer nur *Professor*?

Es müsse etwas mit der zweiten Heirat des Vaters zu tun gehabt haben. Was hätte der arme Mann denn aber auch machen sollen, nachdem ihm die Nazis seine Frau ermordet hatten? Und daß es die Schwester seiner ersten Frau gewesen sei, das sei doch verständlich, sie jedenfalls verstehe das gut. Die neue Frau werde ihr ähnlich gewesen sein, der Schwester, äußerlich und in ihrem Wesen – sie selbst sähe eher einen Akt von Treue darin, über das Grab hinaus, daß der Vater Wohlgast seine Schwägerin und nicht irgendeine andere, völlig fremde Frau geheiratet habe. Mascha habe sie geheißen, übrigens – einmal sei ihm dieser Name aus dem Mund gerutscht, er sei darüber ganz erschrocken gewesen, der Professor, und habe sofort sein Erzählen abgebrochen und sei nie mehr darauf zurückgekommen, nie mehr. Alles, wirklich alles habe sie versucht, um mehr von ihm über diese Mascha zu erfahren. Mit List und Güte, offen und versteckt, von vorne und von den Seiten und aus dem Hintergrund habe sie sich an diese Mascha heranpirschen wollen, einmal habe sie ihm sogar gedroht, sie werde ihn nicht mehr empfangen, wenn er solche Geheimnisse habe vor ihr. Vor ihr brauche er keine Geheimnisse zu haben, niemand brauche das.

Hielt Frau Kuszlik jetzt wirklich meine Augen so fest, oder bildete ich mir das nur ein? Jedenfalls war sie erregt: Ihr Gesicht war in Aufruhr geraten durch die eigenen Gefühle, die hochgestiegen waren in ihr. Die dicklichen Hände zerrten ein Taschentuch hin und her.

Bei ihr hätte er Ruhe finden können, der Professor, an ihrer Seite, und nicht in diesem scheußlichen Amerika. Hierher habe er doch gehört, nach Kazimierz, wenn ihm die

Mutter tatsächlich so wichtig gewesen sei, wie er immer behauptet habe. Die tote Mutter vergöttern, aber den eigenen armen alten Vater im Stich lassen! Sie könne das nicht verstehen, und das habe sie auch immer dem Professor einreden wollen, zu seinem Besten. »Mein eigener Vater ist ein so herzensguter Mensch gewesen, der beste Mensch auf Erden, der mir jemals begegnet ist, und besser jedenfalls als alle Männer, die mir ...« Sie winkte einfach ihre Erinnerungen weg und holte noch einmal Atem für einen neuen Gedanken.

Vater Wohlgast habe dem Professor nach Amerika geschrieben, als er in Not geraten war und Geld brauchte, wegen irgendeiner Verlagsgeschichte. Er habe um ein wenig Geld gebeten, nein gebettelt: Das seien die Worte des Professors gewesen, jawohl, den eigenen Vater habe er als Bettler hingestellt. Am Geld habe es nicht gelegen, Geld habe er ja genug gehabt in seinem reichen Amerika da drüben. Aber in dem Brief habe ein Wort gestanden, das den Professor offenbar rasend gemacht habe – immer noch habe sie seine Wut gespürt, wenn er ihr davon erzählte: *Mein eigen Fleisch und Blut* habe der Vater den Sohn genannt in diesem Bittschreiben. »Finden Sie denn etwas an dieser Wendung, hat sie im Deutschen vielleicht eine Bedeutung, die ich nicht kenne? *Mein eigen Fleisch und Blut.*« Frau Kuszlik schmeckte silbenweise diese folgenschweren Worte nach. »Bei uns in Polen versteht jeder, was das heißt, vor allem mit seinem Herzen.« Frau Kuszlik blies die Backen auf.

Diese paar Worte jedenfalls, sie hätten den Professor damals bewogen, nach langen Kämpfen, den Brief unbeantwortet zu lassen, und damit sei wohl, so habe sie das jedenfalls verstanden, die Verbindung zwischen Vater und Sohn abgerissen, ein für allemal.

»Was, bitte, sagen Sie dazu? Sie sind ja ein Stück jünger als der Professor, aber die Gefühle eines Sohnes kennen Sie doch auch, das ist doch immer das gleiche, über die Generationen hinweg, seit Adam und Eva, oder etwa nicht? Oder empfinden die Deutschen das anders? Manchmal habe ich wirklich den Eindruck, daß in Deutschland die Gefühle ...

Ich erklärte Frau Kuszlik, daß ich gar keinen Vater habe, sondern nur einen Erzeuger – durch ihn bin ich ja schließlich am Leben und konnte so jetzt mit ihr Tee trinken und von ihren leckeren Plätzchen kosten. Der Vater aber sei mir abhanden gekommen, kurz nach meiner Geburt, in den letzten Tagen des Kriegs – untergegangen bei der Verteidigung von Breslau, verschollen seitdem.

»Oh, wie schrecklich!« Die Polster in ihrem Gesicht lösten sich abwärts, und die Augen, ihre grauen Augen, standen schlagartig in Gefühlsgewässern. Ich war vollkommen sprachlos.

»Da, essen Sie noch ein Gebäck!« Und schob mir die Silberschale näher und kam gleich hinterher, stand an meinem Stuhl, drückte mir einen Kuß an die Schläfe, und um mein Schulterblatt ging ein sachtes Beben.

Nur vor den Jeansläden der Stadt, wenn gerade wieder frischer Nachschub eingetroffen war, herrschte dichteres Gedränge. Sonst waren es die Beichtstühle in den Kirchen Krakaus, dunklen Kirchen, bei denen ich den größten Zulauf beobachtete. Auch an Werktagen, zur besten Arbeitszeit: eng aneinander auf Bänken zu Seiten des Beichtstuhls warteten die Menschen, alte und junge, mehr junge als alte. Mal von links, mal von rechts kommend, im Reißverschlußverfahren, das vorzüglich klappte, wie sonst im Alltag kaum, lösten sie einander ab, Schlag auf Schlag. Den Priestern in ihren schmalen Holzkerkern wurde keine Sekunde zum Atemschöpfen gegönnt. Deshalb gaben sie, wenn ihre Schicht beendet war, in fliegenden Röcken ihren Lauschposten an nachkommende Kollegen ab – keine Sekunde ging dabei verloren.

Nicht alle Beichtwilligen nahmen auf den Bänken Platz, Arm an Arm, Bein an Bein aufeinandergeschoben. Manche blieben im Seitenschiff stehen, bußfertig in jenes Buch mit schwarzem Deckel versunken. Andere, meist Frauen, knieten auf den kalten Kirchenfliesen. Das Mütterchen, das an diesem Vormittag die Kirche der Dominikaner aufwischte, beschrieb mit seinem Feudel geduldig einen Bogen um die Knienden. Bei den gerade aufgereihten

Schuhpaaren vor den Bänken hätte es die Zeit leicht wieder aufholen können, wenn Zeit nicht gar so sichtbar in jeder seiner Bewegungen so vollkommen gewichtslos gewirkt hätte im Angesicht des Herrn.

Die Unterredungen im Beichtstuhl dauerten nicht länger als zwei oder drei Minuten, wobei ich den Eindruck hatte, daß sich die alten Frauen ein wenig mehr Zeit ließen. Vielleicht hörten sie ja nicht so gut mit ihren straff gebundenen Kopftüchern, und der Priester mußte ihnen mehrmals seinen Lösungsspruch zumurmeln, oder sie schoben, nach Art der Einsamen, einen Plausch mit dem Gottesmann ein, versuchten es jedenfalls – möglicherweise. Das blieb dem Mutmaßen überlassen, denn in das Sakrament der Ohrenbeichte drang meine Neugier dann doch nicht ein. Die Augen aber bekamen das meiste mit: die Beichtstühle waren an beiden Seiten offen. So konnte ich sie knien sehen, den Kopf gegen das Holzgitter geneigt, die Hände gefaltet unterm Kinn. Etwas Störendes ging von ihren Schuhen aus: die Stöckelschuhe der Frauen oder die Turnschuhe der jungen Männer – weit abstehend von ihren Trägern, wie fremd im Raum bei dieser Haltung, die augenfälligste Erinnerung an das Leben draußen, aus dem die Menschen gerade gekommen waren und in das sie gleich wieder hinausgehen würden – seine ganz andere Art. Barfuß müßten sie sein, dachte ich, das wäre für ihren Versuch einer Umkehr das glaubwürdigere Bild. Sie rappelten sich hoch, sobald sie ihr Gewissen erleichtert hatten. Die Anstrengung der Alten, ihren Schmerz dabei sah ich über das halbe Kirchenschiff hinweg. Die Kleider gerichtet, den Mantel, den Rock, die violette Schärpe geküßt, die vorne aus dem Versteck des Priesters herausschaute, dann schoben sie ihm Geld zu und traten, auf unsicheren Beinen, mit steifen Knien, gleich in die nächste Kirchenbank hinein, um Buße zu tun im Gebet.

Mein Blick verfing sich im kupferrot gefärbten Schopf einer jungen Frau. Sie hatte es hinter sich, kniete in der Kirchenbank und schaute eine andere junge Frau an, die mit diesem rosig strotzenden Kleinkind auf dem Arm, gemalt in Öl. Der Mann, der sie abgelöst hatte im Beichtstuhl vorhin, rückte jetzt neben sie, beide steckten die

Köpfe zusammen, flüsterten einander ins Ohr. Ein Paar also, Mann und Frau, verheiratet – sonst hätte es wohl länger dauern müssen mit dem Beichten –, auch hier bei ihnen war nur der Durchschnittswert zu beobachten gewesen. Was mochte es in diesem Augenblick für die beiden zu bereden geben? Gestanden sie einander ihre heimlichen Wünsche ein, die verborgenen Leidenschaften, die jeder für sich in seinem Herzen trug, öffneten sie sich, da sie hier nun einmal, so nahe bei Gott in der hohen Weite dieses Hauses und seiner abgedunkelten Heimlichkeit, füreinander weich geworden waren, in diesem aus dem Alltag herausgehobenen Moment? Oder verglichen sie nur das jeweilige Sühnemaß, das ihnen der Preister eben, ein Mann doch immerhin, auferlegt hatte, für etwas, das sie miteinander ausgeheckt hatten? Was immer sie jetzt auch austauschten, dieser junge Mann und diese junge Frau – ihr Miteinander an einem Ort, der zum Schweigen verpflichtete, hatte plötzlich etwas sehr Inniges für mich, ich sah Nähe, ich spürte Wärme und Vertrauen. Und malte mir ein ganz anderes Bild dazu aus, wie sich bei uns, in Deutschland, ein Paar nach gemeinsam absolvierter Eheberatung leer gegenübersteht auf der Straße vor der Sozialstation und eine halbe Sekunde lang unschlüssig wartet, wohin es sich nun wenden soll – und jeder für sich oder zu zweit?

Lange genug hatte ich mich jetzt bei den Dominikanern aufgehalten und meinen Kopf beschäftigt mit Schauen und den losen Gedankenfäden, in die sich das Beobachten auflöste zwischendurch. Von Janusz wußte ich, daß die Dominikaner von Krakau als liberal gelten und besonders beliebt sind, gerade bei den jüngeren Leuten. Nirgendwo sonst als in ihrer Kirche darf man auch schon einmal ungestraft einen kleinen Schwatz mit dem Nachbarn halten oder sich auf den Boden setzen, wenn kein Platz mehr ist in den Bänken.

Beim Verlassen der Kirche ging ich noch einmal die Seite mit den Beichtstühlen ab. Immer noch warteten dort an die zwanzig Menschen, und waren inzwischen doch so viele schon befreit worden von ihrem Gewissensdruck, und immer neue Leute drängten nach, ich sah kein Ende. Es war genug. Stark trieb es mich an die frische Luft, hinaus zur Sonne.

Draußen, in Blicknähe der Dominikanerkirche, einen Steinwurf von ihr entfernt, ein prächtiger Palast aus dem Barock, frisch hergerichtet – das Generalkonsulat der Vereinigten Staaten von Amerika. Auf seiner ihm gegenüber liegenden Straßenseite, im Schatten, sah ich ebenfalls Menschen stehen und warten. Standen und warteten dort zu allen Tageszeiten, in aller Frühe schon, lange vor Öffnung der Palasttüre, die in einem großen Portal verschwindet. Dreißig oder vierzig Menschen, sie stehen und warten auf ein anderes Paradies. Die Pforte empfand ich immer wieder als das Inbild der Verschlossenheit. Ganz selten sah ich ihre Tür sich öffnen, und dann nur für einen Spalt, durch den der Atem der Ablehnung aus dem Inneren des Palastes herauswehte, ein feiner, eisiger Hauch, und die Menschen eilten hin zu diesem Spalt, als würde dort die Verheißung selbst ausgegeben – das bessere Leben noch im Diesseits.

»Sie wollen lediglich für ein paar Jahre fort von hier, diese Leute«, spöttelte Janusz, »dann hoffen sie zurückzukommen, mit vielen Dollars in der Tasche.«

Beide mußten wir darüber lachen, ein beschämtes Lachen – als wollten wir diesen Menschen ihr Glück vorab mißgönnen. Wer aber wüßte von uns denn etwas zu sagen über die Seligkeit hier oder dort oder anderswo?

Weit ragte Leszeks italienischer Slipper in den Gang des Cafés hinein, und wenn jemand daran stieß, ging ihm unwillkürlich eine Augenbraue hoch. Ich sage unwillkürlich, weil sein Gesicht sonst keine weitere Regung hergab. Beides: Er nahm die Störung durch die Berührung *wahr*, wie der feine Reflex über dem Auge verriet, und er nahm sie *hin*. Weder ein Zeichen von Ungeduld noch Anlaß, seine Sitzhaltung ein klein wenig zu verändern.

Ebenso großzügig gab Leszek sich den Männern gegenüber, wenn sie einen Blick in den Wandspiegel warfen, der bei unserem Tischchen hing, ihren Kopf zwischen uns schoben, den Kamm zückten und über unserem Kaffee ihren Scheitel neu zogen, alte, verbrauchte Gesichter darunter, vom Leben, von der Arbeit, vom Alkohol gezeichnet.

Dieses Ungezwungene war es, dieses Nachlässige, das mir an Leszek so gut gefiel und das ich auch zu einem gewissen Grad bewunderte.

Er war glänzend gelaunt an diesem späten Vormittag, zu dem wir uns in der Kawiarnia Europejska verabredet hatten. Die Tage in Warschau seien sehr erfolgreich gewesen, hatte er gleich bei der Begrüßung strahlend verkündet, so daß er jetzt erst einmal für einige Zeit kürzer treten könne.

Er habe den Auftrag mitgebracht, für den Funk eine Folge von Szenen zu schreiben, jeden Monat ein paar Minuten, Geschichten aus dem Alltag, eine Spur über der politischen Tagesaktualität. Leszeks helle, wäßrige Augen mit dem leichten Basedow wirkten weit aufgesperrt und schauten doch eher nach innen, als er mir seine Vorstellungen dazu entwickelte. Eine Art polnischen Jedermann wolle er erfinden, einen Menschen wie dich und mich, oder den legendären Mann auf der Straße ... und wie er ihn in jeder Sendung etwas für unsere Tage Typisches erleben lasse, der eigenen Zeit dicht auf den Fersen, ein Don Quijote der Gegenwart, das auch ... Leszeks Begeisterung für sein neues Projekt wuchs zusehends beim Reden.

»Ist dir schon einmal aufgefallen, Walter, wir Polen – ich meine die polnischen Männer ... wenn sie einander die Hand geben: sie schauen sich nie in die Augen dabei. Sie murmeln irgend etwas vor sich hin, die Hand des einen in der des anderen oder umgekehrt – wie ist das eigentlich? – und gucken weg, nach unten meistens, oder an den Augen des Gegenübers vorbei – immer am Blick vorbei ... Ja, und solche Beobachtungen macht mein närrischer Herr Jedermann und räsoniert dann ein bißchen darüber, na, das können wir doch ...« Tief die Grübchen, die Leszeks langer, schmaler Mund beim Grinsen in seine Wangen riß.

Ich erkundigte mich nach dem Stand des Fernsehfilms, dessentwegen Leszek ja nach Warschau gefahren war. Da ich mit diesem Film Wohlgast in Verbindung brachte, interessierte er mich natürlich um so mehr, vor allem auch seit meinem letzten Besuch bei Frau Kuszlik.

Ein großer Blick auf mich, als erinnere ich ihn an etwas lang Vergessenes. Abwehrende Hände. Der Regisseur war inzwischen nach Frankreich gefahren, um dort einen anderen Film zu drehen: eine Einladung aus Paris. Leszek zog seine Brauen in die Höhe, voller Anerkennung. Er hatte mir also nicht zuviel gesagt – der Regisseur ist ein international gefragter Mann. Und diesen Auftrag in Paris verstand er auch als eine Auszeichnung für die polnische Kultur überhaupt, wie hoch sie geschätzt werde in aller Welt. Deshalb war Leszek gar nicht einmal traurig darüber, daß aus seinem Fernsehfilm vorerst nichts werden sollte – der Wohlgast-Stoff müsse sowieso noch reifen in ihm, alles brauche seine Zeit, besonders beim Schreiben. Und er hatte dann einen alten Bekannten aufgesucht im Sender, nur um sich wieder mal ein bißchen auszutauschen unter Freunden, einfach so, und dabei hatten sie, gemeinsam in der Kantine, den Plan mit dem polnischen Herrn Jedermann ausgebrütet – so geht es eben ... etwas verlieren, etwas gewinnen – die Summe unterm Strich bleibt sich gleich, in der Kunst, im Leben.

Eigentlich hatten wir uns am Telefon hier in der Kawiarnia verabredet, weil Leszek mir noch ein paar persönliche Worte sagen wollte, von Gesicht zu Gesicht, wie er sich ausdrückte, bevor er mich zu sich nach Hause einladen und mir Dorota vorstellen wollte, seine Dorota, von der er mir in Nürnberg vorgeschwärmt hatte wie ein Kreuzritter von seiner edlen Dame am anderen Ende der Welt.

Seine hochgestimmte Verehrung Dorotas war mir damals etwas altmodisch vorgekommen, doch zu meiner Beruhigung vertrug es sich damit ohne jede Störung, in Leszeks aristokratischer Lässigkeit, daß er durchaus auch die Schönheiten des Frankenlandes zu schätzen wußte, besonders eine.

So gut kenne ich ihn doch inzwischen um zu wissen, daß er niemals über seine Frauen rede, niemals! – faßte Leszek sich tatsächlich ans Herz dabei? – schon gar nicht über Dorota, seine Liebste. Aber in diesem einen Fall, ausnahmsweise, müsse er es doch tun, um Dorota zu schützen. Und da wir beide, was Frauen angehe, ohnehin einer Meinung seien ... Kurz gesagt, er wolle mich nicht ganz unvorbereitet kommen lassen. Auf Leszeks Gesicht dabei ein so pompöser Ernst, daß mir der meine schwer wurde.

Dorota, das wisse ich, sei beinahe zwanzig Jahre jünger als er, eine Pianistin, er habe sie seinerzeit nach einem ihrer Konzerte kennengelernt, eine großartige Künstlerin, anerkanntermaßen die beste Pianistin Polens, in ihrem Alter jedenfalls, damals. Aber sie habe nun mal ein schwaches Herz, das liege in ihrer Familie. »Und vor zweieinhalb Jahren, nicht lange, bevor wir beide uns in Nürnberg trafen, hatte Dorota diesen Anfall, einen Infarkt ... und die Ärzte behaupten ... Ach, ich liebe Dorota, Walter, zärtlicher als je zuvor. Ich habe sie gerettet damals, ohne mich lebte sie schon gar nicht mehr.« Er hatte sie am Boden liegend gefunden, ohnmächtig, keine Spur von Leben mehr, war sofort aus dem Haus gestürzt, auf die Straße, um Hilfe zu holen, und ein Wunder – »ein Wunder, Walter!« – gerade war ein Sanitätswagen vorbei gekommen mit den modernsten Geräten bestückt – »weißt du, wie lange es bei uns dauert, normalerweise, bis ein Krankenwagen kommt, und wie schlecht er ausgerüstet ist?«

Dorota konnte im Wagen, der zur Klinik raste, künstlich beatmet werden und kam so dort überhaupt noch lebend an. Wurde auf der Bahre vor die Ambulanz geschoben, sterbensblaß lag sie unter dem weißen Laken, regungslos, er hielt sich an ihrer Seite, starr vor Schreck, gelähmt, Frost bis ins Herz hinein ... Und wie er so auf dem Korridor steht und wartet, auf wen? auf was? – da sieht er eine elegante Frau, wie sie in ihrem Pelzmantel vorüberschwingt, dem Ausgang zu ... »Ein Gang, Walter, ein Gang! Ein wundervoller sibirischer Silberfuchs, und eine Kappe, eine ganz flache Kappe aus dem gleichen Fell auf dem Kopf, und darunter quillt das herrlichste blonde Haar hervor, das du dir vorstellen kannst, Walter, gelb wie Weizen – es war Danuta, eine Geliebte von mir, von früher, Kardiologin, die erste Kraft in Krakau in ihrem Fach, wenn nicht in ganz Polen, eine Koryphäe, auf allen internationalen Kongressen vertreten, selbst in Amerika ... Sie sieht mich, sieht uns, eilt herbei, erfaßt sofort die Situation, reißt sich, wo sie steht, den Mantel von den Schultern, läßt ihn auf den Boden gleiten, ohne sich darum zu kümmern ... Ich hob ihn auf und roch daran, heimlich, hinter dem Rücken der anderen ... Sie beugt sich über Dorota, nein sie wirft sich beinahe über sie, erteilt den Sanitätern ein paar knappe Befehle, und Dorota wird rasend schnell in ein Behandlungszimmer gefahren, an ein Gerät angeschlossen, alles macht Danuta selbst, routiniert und schnell, jeder Handgriff sitzt bei ihr, wie blind – und ich fasse Mut, mein Herz taut auf, Hoffnung: ich spüre wieder Hoffnung ... Und Dorota ist tatsächlich durchgekommen, für dieses Mal. Ja, ich habe ihr das Leben gerettet, gleich zweimal, ohne mich wäre sie gar nicht mehr ...«

Wochenlang hat sie danach in der Klinik bleiben müssen, und langsam – wie langsam ist es mit ihr vorangegangen! Jeden Tag hat Leszek sie in der Klinik besucht, jeden Tag ihre Hand gehalten, ihr Mut zugesprochen, sie beredet – vielleicht ist er nie mehr Dichter gewesen als in dieser Zeit, nur um sie auf Dauer ins Leben zurückzulocken.

»Und jetzt ist Dorota so, wie sie ist. Du wirst sie ja sehen. Sie ist nie mehr so geworden wie früher.« Ihre Fröhlichkeit, ihr Übermut, ihre zauberhafte Jugend – dahin. Und auch für die Liebe ist sie gestorben; als erinnere sie sich gar nicht mehr daran – »und das bei einer Frau von zweiundvierzig Jahren! Ich verehre sie, ich vergöttere sie, ich liebe sie, inniger als je zuvor – nur ... wie eine Schwester. Manchmal, an schönen Vormittagen, wenn die Sonne in ihren Salon scheint, ist sie wieder bei Laune und scheint die alte zu sein, ganz die alte: sie tanzt durch das Zimmer, dreht sich im Kreis um ihren Flügel, sie schwebt dahin, als wäre es wie früher.

Und dann: Ein Griff ans Herz, ihr schwindelt, sie fällt in den nächsten Sessel, blutleer im Gesicht – und ich trage sie auf ihr Bett hinüber, wie einen kranken Vogel, und es dauert Tage, bis sie wieder aufstehen kann. Du wirst sie ja sehen, Walter. Es ist traurig.«

Das großflächige Gesicht Leszeks zeigte keine Veränderung. Ein Wundern, am ehesten war es noch Verwunderung, was sich in seinen Zügen ausdrückte. Ach ja, das mußte ich noch wissen, unbedingt: Danuta, Dorotas Lebensretterin, neben ihm: sie arbeitet jetzt in Hamburg, leider. Sie ist auch dort überaus erfolgreich, leitet eine große Klinik – verfügt über Geld in Hülle und Fülle.

»Neulich hat sie mich angerufen, aus Hamburg, spät abends, ich glaube, sie war etwas betrunken. Und flüsterte in den Hörer hinein, wir hätten zusammenbleiben sollen, damals, so wie mit mir sei es mit keinem Mann sonst gewesen, vorher nicht und nachher nicht. Wir hätten heiraten sollen, Kinder haben ...«

Leszek ließ seine Lippen leise schmatzen. Mir war nicht ganz klar, was er damit sagen wollte.

Gefühlsproletarier nenne ich diese Leute.

Es ist keine Frage der Schicht oder des Geldes, das Gefühlsproletariat ist wahrhaftig international.

An einem herrlichen Junisonntag sah ich seine Vertreter am Ufer der Weichsel, jenseits der Böschung, zur Autostraße hin, Picknick machen. Im Angesicht und im Stinkkreis ihrer eigenen Blechkiste und der vieler anderer, hatten sie sich direkt vom Autositz aus niedersinken lassen auf dem einen Meter zertretenen Grases neben der Autotür, vor sich die Öllache vom Vorgänger, neben sich den überquellenden Abfalleimer, dem Dreck und dem Müll verbunden, wie ihre öden Seelen, und saßen so nieder zur Mahlzeit in der Natur, dicht an dicht mit ihresgleichen. Und hätten nur zehn Schritte weitergehen müssen, die Böschung hinauf – dort breitete sich eine weite Wiese aus, sacht abfallend zum Flußufer hin, im vollen Grün dieses verspäteten Frühsommers, zur freien Auswahl einige Bäume, die Schatten spendeten, und der Blick ging auf den Fluß, der weich vorüberzog, und stieg ins Weite, die Umrißlinie von Bergen, in Silber gezogen, und kaum ein Mensch dort, außer mir, und ich hätte mich in ein Arkadien träumen können, in eine Hirtenlandschaft, wenn da meine Wut nicht gewesen wäre. Ich saß und stampfte innerlich auf vor Zorn, daß unter meinen Schuhsohlen – ich spürte ihn genau – giftgelber Schwefeldampf entwich in Richtung der Gefühlsproleten hinter meinem Rücken. Dann packte mich wortloser Ekel. Schließlich schob mich die Verzweiflung einfach weg von hier, schwer wie eine Portiere aus Beton.

Willkommen in Arkadien, in Krakau oder anderswo! Dies sind die Menschen, mit denen du zu leben hast.

Kaum ein Erstaunen in Awas Gesicht, mich hier zu sehen vor ihrer Schule. Legte leicht den Kopf zur Seite, maß mich von oben bis unten und zurück, als sei ich ein verbummeltes Kind ihrer Klasse, kostete, mit strafender Langsamkeit, jede Sekunde aus, ehe sie sagte: »Es wurde aber auch Zeit ...«

Kleine Schulkinder wimmelten um uns, Ranzen auf den Rücken, einander schiebend und drängelnd und jagend, riefen *Do widzenia*, ganz artig geworden für zwei Atemzüge, wenn sie auf Tuchfühlung an Awa vorbeikamen, drehten ihre Stimmen wieder auf, schrien womöglich greller als vorher, stürmten weiter.

»Ich nehme nicht an, daß sie hier stehenbleiben wollen ... Oder brauchen Sie für Ihren Roman noch ein paar polnische Schulkinder?«

Awa gefunden – tatsächlich, sie stand vor mir, jetzt, ich hatte kaum noch damit gerechnet – stand da in ihrem blaßblauen Kleid, glatt fiel's herab, nur oberhalb der Hüften ein wenig gerafft. So klein und so zierlich: ein Schulmädchen eher als eine Lehrerin. Im Ausschnitt lagen unter milchweißer Haut ihre Schlüsselbeine bloß. Nirgends schien sie verwundbarer zu sein als an dieser Stelle.

Wir gingen ein paar Schritte, vor uns und hinter uns noch immer die lärmigen Wichte, die Awa in ihren Stücken in Gnome und Feen verzaubert hatte – da waren sie mir lieber. Sollte man hier seine eigene Stimme verstehen? Ich holte Luft und gestand ihr, wie ich über einen Bekannten im Kulturamt an die Adresse ihrer Schule gekommen sei, nachdem mein Versuch, sie von ihrer Mutter zu erfahren, gescheitert war.

»Gescheitert?« Awa blieb stehen und verspottete mich mit ihren grünen Augen. »Das dürfen Sie aber nicht meiner Mutter sagen! Sie hat es mir doch hingerieben neulich, daß Sie bei ihr waren, den ganzen Nachmittag lang – und in ihrer Stimme ... da klang etwas mit: das hätten Sie hören sollen! Und wie prächtig Sie sich mit ihr unterhalten haben. Worüber, das hat sie mir natürlich nicht erzählt ...«

Nach ein paar Schritten meinte sie, so leichthin, wie sie ihre Füße setzte:

»Sie sind kein Thema zwischen uns, mein Lieber. Bilden Sie sich das bloß nicht ein!« Das helle Gesicht Awas, die weiße durchscheinende Haut – für eine Sekunde sah ich aus seiner kindlichen Weichheit die allerschärfsten Klingen blitzen. »Kein Thema ...«, wiederholte sie und schaute vor sich auf den Weg.

»Es tut mir leid, wenn ich zwischen Sie und Ihre Mutter ...«

»Da braucht Ihnen gar nichts leid zu tun. Erstens käme sie reichlich spät, Ihre Reue, und zweitens: zwischen Mutter und mir ...«

»Ich weiß. Aber eigentlich wollte ich mit Ihnen nicht über Ihre Mutter reden.«

»Ach wirklich nicht? Schade eigentlich ... worüber denn?«

Ich stellte mich ihr in den Weg, hielt sie fest. Meine Hände an Awas Armen. Wassergrüne Augen, eng geworden für ein Wort. Ihr Blick glitt ab, sie sagte leise: »Ja, ich habe auf Sie gewartet. Ich dachte schon, Sie wären abgereist, einfach so ... wie ...« Und drehte sich weg und fragte, mit nüchterner, fester Stimme: »Wo sind wir hier eigentlich?«, vergaß diese Frage sofort wieder, konzentrierte sich, dachte nach. Ich gab ihr Zeit.

»Gut ..., heute nachmittag, um vier, beim Drachen, ja?« Sie ließ die Schultern sinken und atmete durch, als habe sie eine lange Rede gehalten. »Ich muß jetzt nach Hause«, und lachte, »ja, richtig: zu Mutter. Ich weiß, daß Sie das dachten...«

Und ich schaute ihr nach, sah sie weggehen, die blaue Gestalt, gehen mit zielstrebigen Schritten, sehr aufrecht, den Kopf erhoben, sah, wie sie immer weniger wurde, verschwand, ohne sich noch einmal umzudrehen.

Pünktlich war ich zur Stelle am Nachmittag, obwohl ich mir vollkommen sicher war, daß Awa mich warten lassen würde. Ja, es hätte mich enttäuscht, wenn sie beizeiten aufgetaucht wäre – Prinzessinnen kommen nie pünktlich, sonst wären sie keine. Der Drache am Fuß des Wawelhügels, eine monströse Metall-Plastik aus den siebziger Jahren vielleicht (kann sogar Feuer speien!), war wie zu jeder Stunde des Tags auch jetzt von Touristenschwärmen umdrängt. Ich ließ ihn im Rücken und ging die Weichselpromenade auf und ab, mit Linden, Linden vor der Blüte. Bog einen Zweig zu mir herab und prüfte die Kügelchen, in denen die gelben Blüten sich heranbildeten. Sie waren noch ganz fest, es konnte gut noch seine drei Wochen dauern, bis sie aufbrächen, und vorher waren noch die Akazien fällig: würde ich die Lindenblüte überhaupt in Krakau erleben? Oder wäre ich da schon weitergereist nach Breslau, oder gar zurück in Deutschland?

Eigentlich hatte es keine Eile. Ich fühlte mich wohl hier in der Stadt, auch wenn sich mein ursprüngliches Arbeitsvorhaben nicht hatte verwirklichen lassen. Das Romanprojekt um Veit Stoß war – ja, das konnte ich jetzt mit Bestimmtheit sagen –, es war gestorben. Und keine andere Perspektive hatte sich an seiner Stelle eröffnet, nicht der mindeste Verdacht einer Werkidee war in meiner Witterung – buchstäblich nichts. Normalerweise hätte mich dieser Zustand bedrücken müssen, aber das war nicht der Fall. Ein wenig hielt ich mich an der leisen Hoffnung fest, doch noch mit Leszek etwas gemeinsam auf die Beine stellen zu können, möglicherweise im Rahmen der Städtepartnerschaft zwischen Krakau und Nürnberg, womit wir uns dann doch immerhin auf den Spuren von Veit Stoß bewegt hätten. Aus dem Goethe-Institut, das erst vor kurzem in Krakau eröffnet worden war, im Palais einer Gräfin Potocka, direkt am Großen Marktplatz, war mir die Bereitschaft zugesichert worden, ein solches Projekt zu fördern. Wenn ich nur einmal mit Leszek in ein vernünftiges Gespräch über solche Berufsfragen hätte kommen können, wenn er sich nur nicht immer gleich nach drei Sätzen wieder in einer seiner nächsten Weibergeschichten verstrickt hätte.

Vordringlich waren solche Überlegungen jetzt natürlich alle nicht. Ich ließ sie mir eher durchgehen, um mich nicht völlig im Warten zu verlieren. Genoß es aber doch gleichzeitig auch wieder, das Warten auf diese Frau, und war mit allen Sinnen auf dem Sprung, wollte sie unbedingt als erster erspähen, mich nicht von ihr, sollte sie aus einer anderen Richtung kommen, überrumpeln lassen und so den Vorsprung meines ganzen Wartens und Ausschauens verspielen. Und sah sie dann den Uferweg entlangkommen, direkt aus Kazimierz offenbar, von ihrem Zuhause, mit genau jener Verspätung von zwanzig Minuten, die ich einer Prinzessin einräume – nicht weniger, aber auch nicht wesentlich mehr (ab dreißig Minuten wird die Prinzessin zur Despotin). Auch der Anschein, sie habe sich noch fürchterlich beeilt, ja eine vorgespielte kleine Atemlosigkeit gehörte zu dieser Rolle. Daß ich dann tatsächlich etwas Schweiß auf Awas Nasenwurzel entdeckte, überraschte mich und rührte mich auch.

Ihr Gesicht war gelöst vom Gehen in der Wärme dieses Nachmittags., die Haut erhitzt. Sie schien doch eben für eine Sänfte geschaffen, wie sie da vor mir auftauchte, abermals in einem Kleid – irgend etwas Zartes, Rosa- und Grautöne ineinanderfließend, knöchellang, die flachen schwarzen Ballettschuhe darunter, zum Schweben eher denn zum Gehen.

Wir umarmten uns, die Gesichter abgewandt, schlossen die Augen wohl beide, sagten kein Wort. Meine Hände spürten zum ersten Mal ihren Körper – erhitzt auch er und so leicht –, ich mußte achtgeben, daß ich Awa nicht versehentlich anhob bei der Umarmung.

Es war ihr Vorschlag, über die Grunwald-Brücke hinüber zum Hotel Forum zu gehen, auf die Café-Terrasse oben im sechsten Stock, Panoramablick über die Stadt hinweg auf die Industriezone von Nowa Huta und auf die Berge zu. Selbst dieser Zauberin also fiel nichts Besseres ein.

Immer noch haftete diesem Ort offenbar ein Nachglanz jener begehrten westlich-internationalen Lebensart an, galt den Krakauern immer noch als ein Stück kommunistischer Exterritorialität sozusagen, wie es in der Zeit eisern geschlossener Grenzen verständlicherweise besonders kostbar gewesen war, obwohl die Stadt aus meiner Sicht diese Erinnerung jetzt wahrhaftig nicht mehr brauchte, wie mich mein Weg durch den mittelalterlichen Kern der Stadt jeden Tag aufs neue lehrte – oft genug waren es bittere Lektionen.

Als wir den Rondo Grunwaldzkie streiften, die betonumgürtete Insel meines Robinson, wollte ich natürlich wissen, ob Awa über diese Geschichte im Bilde war.

»Ach Gott«, meinte sie, »wie denn nicht? Alle Krakauer kennen doch mittlerweile diesen Hund, auch meine Kinder. Vielleicht schreibe ich sogar mal ein Stück über ihn, wer weiß.«

Wir hatten den Kreisel hinter uns, auf dem Robinson sein Leben verschlief, wenn er nicht gerade fraß, und schauten von der Höhe des Brückenkopfes auf den Wiesengrund und den Fluß hinab, wie er in einem weichen Bogen um Kazimierz herum in Richtung Podgórze sich wand. Awa war stehengeblieben und fuhr sich mit einer Hand durch ihre schulterlangen brünetten Naturlocken. In ihrer Achsel, der weißen Höhle, kräuselten sich schweißnaß gedunkelte Haare.

Ja, dieses Fabeltier aus grauer Vorzeit, der gefräßige Drache, am Fuß der Burg, der einstmals jede Woche mehrere Rinder gefordert habe von den Bürgern Krakaus, bevor ihn der tapfere Schuster Skuba so listenreich betrog und unschädlich machte – jedes Kind in Krakau sei bis auf den heutigen Tag mit diesem Ungeheuer vertraut. »Na ja, vertraut«, lachte Awa, daß die Goldsplitter auf ihren Zähnen in der Junisonne blitzten, »vertraut ist vielleicht ein bißchen übertrieben. Aber irgendwie kennt jeder Krakauer diesen Drachen, irgendwie lebt er weiter in unserer Phantasie. Und, schauen Sie: Der Hund und der Drache, nur ein Wasser zwischen ihnen, der Fluß, sie haben Blickkontakt miteinander, beinahe jedenfalls. Und besonders bei Nacht, wenn's dunkel geworden ist, da reden sie miteiander, die beiden, so wie Tiere eben reden. Man muß es nur hören können. Nach Mitternacht, wenn Vollmond ist, besonders dann, läßt der Drache Feuer, so eine Lohe aus seinem Maul herausfahren, und der Hund antwortet ihm, mit hohem Geheul. Worüber sie reden, das habe ich noch nicht herausgefunden. Aber ich werde den beiden schon noch auf die Schliche kommen, verlassen Sie sich darauf. Ich muß sie erst noch ein paarmal belauschen, in meinem Kopf. Verstehen Sie, was ich meine?«

Wir hatten fast das Hotel Forum erreicht, diesen breit hingelagerten Betonklotz auf Stelzen, als Awa noch einmal stehenblieb. »Der Hund dort hinten, er kommt mir jedenfalls so vor ... wie ein Bruder unseres Drachen, wie ein Fabeltier von heute, auch er fordert täglich sein Freßopfer von den Bürgern. Eine Art Wiedergänger.«

Ich muß sie wohl groß angeschaut haben wegen dieses Wortes, als wir durch das Foyer zum Fahrstuhl gingen.

»Sie wissen bestimmt nicht, was das ist, ein Wiedergänger, stimmt's? Sie wirken doch so vernünftig ...« Ihr spöttisches Lachen wieder. Weil es ihr so gut zu Gesicht stand, ließ ich mich gerne aufklären.

Die Winda war blendend in Form. Polens Weg nach Europa bereitete uns heute keinerlei Mühe.

Oben das Luftbild Krakaus: ein jäher Hauch Agnieska, die Frau, die viel zu klug für mich gewesen war ... Awa war sofort verschwunden. Sie hatte den Blick auf die Weichsel, die Stadt, Kazimierz, Nowa Huta im Rücken gelassen, war mit ziemlicher Entschlossenheit auf die gegenüberliegende Seite losgesteuert und stand dort jetzt, hatte nur Augen für die Berge, suchte wohl etwas dort.

»Irgendwo da hinten ... Hinter dieser Kuppe muß es doch sein«, sagte sie für sich und schaute weiter mit einem Blick voller Unruhe, denn sie fand nicht, was sie suchte: ein Kloster, oben in den Bergen. Awa wollte mir etwas erklären, ich sah, wie ihre Gedanken arbeiteten hinter den Schläfen mit ihrem bläulich schimmernden Untergrund. Sie setzte an, stockte, kehrte sich abrupt um, ging in das Café hinein.

Es war uns beiden ja längst klar geworden, daß wir uns verliebt hatten ineinander, und auch Awa war alt genug (obwohl ich ihr Alter immer noch nicht in dem Gesicht erkannte), um sich nicht zu verstecken. Gleichzeitig wußten wir beide, daß uns nicht viel Zeit bleiben sollte. Unserem Gefühl füreinander saß von Anfang an der Abschied auf der Schulter.

»Hat es Sie denn gar nicht überrascht?«, fragte mich Awa, sobald sie sich für einen Tisch entschieden hatte, »ich meine, daß ich so schnell ... heute mittag, vor der Schule .. ich meine, daß wir jetzt hier sitzen?« Sie plauderte sofort weiter, als wolle sie doch mit ihren flinken Worten etwas verdecken, was ja längst nicht mehr zu leugnen war. »Natürlich hat es mich gereizt, das Spiel ... dieses Hinhalten und Verzögern auszukosten. Das liebe ich sonst, wie alle Polinnen übrigens. Aber da Sie ja schon so viel Zeit haben verstreichen lassen, aus welchen Gründen auch immer, ob meine Mutter dabei eine Rolle spielt oder nicht – ich habe mich eben entschließen müssen, unsere Begegnung zu beschleunigen, obwohl das sonst wirklich nicht meine Art ist. Du hast also Glück«, sagte Awa und legte mir ihre Hand aufs Knie, so leicht, daß ich sie kaum spürte – und um so zärtlicher annahm. Gleichzeitig wehrte sich etwas in mir. Vielleicht war mir nur das Wort Glück zu groß. Die Versprechungen der Liebe konnte ich schon lange nicht mehr ernst nehmen, sie klangen in meinen Ohren wie die allerverbrauchtesten Zitate, aus einem bemerkenswert dürftigen Wortschatz geschöpft. Und doch war ich wohl wieder einmal in solch einen lächerlichen Zustand hineingeraten, der diese Sprache nötig machte.

So ähnlich versuchte ich Awa meine Gefühle zu beschreiben.

»Das hört sich sehr bitter an«, flüsterte Awa und ließ mich nicht aus ihren Augen. »So kann ich nicht denken, so nicht. Und leben schon gar nicht, um Gottes willen.«

»Ich kann's auch keinem empfehlen«, meinte ich lachend, »es sei denn, man schreibt lustige Sachen darüber ...«

»Wenn du mich als Stoff für deine Bücher mißbrauchst, das sag' ich dir, dann werd' ich einen bösen Zauberer aus dir machen, gleich in meinem nächsten Stück!«

»Aber mit einem langen, spitzen Zauberhut, nachtblau, und Sternen drauf, ja? Und mit einem dünnen Tatarenbart am Kinn, bitte ...«

Vor ein paar Jahren noch wäre ich nicht in der Lage gewesen, so distanziert auf ein Gefühl zu schauen und ihm gleichzeitig doch ausgeliefert zu sein, vollkommen hilflos, wenn ich in Awas Augen einsank, in das Teichgrün mit den bernsteingelben Inseln darin, wenn ich unterging und nie mehr auftauchen wollte. Awas Blässe hatte sich belebt, und auch unter meiner Haut spürte ich diese Wärme wie bei Fieber. Wir hatten beide schon viel erlebt und hinter uns gelassen, wußten so manches – und saßen wieder da, buchstäblich mit roten Ohren, Händchen haltend, wie damals, mit siebzehn, achtzehn Jahren, bei den qualvoll peinigenden Annäherungen ans andere Geschlecht. Und selbst unsere Gespräche hier in dieser Standard-Moderne eines ambitionierten Krakauer Hotel-Cafés schienen nicht weitergekommen seither.

Wir redeten – ja, tatsächlich: über Gott. Das heißt, es war Awa, die von ihrer katholischen Taufe vor anderthalb Jahren erzählte, als ich sie fragte, warum ihre Familie in Kazimierz wohnt, obwohl sie doch keine Juden sind.

»Meine Eltern waren immer schon Atheisten, sie sind es wohl heute noch. Aber so genau weiß ich es nicht, darüber wird bei uns nicht gesprochen, und es interessiert mich auch nicht, ehrlich gesagt, nicht mehr jedenfalls. Ja, beide, Vater und Mutter, sind früher überzeugte Kommunisten gewesen, ich weiß nicht, wie lange, und deshalb haben sie uns auch nicht taufen lassen, weder mich noch meinen Bruder.«

»Protest?« fragte ich, »war's Protest vielleicht gegen dein Elternhaus, daß du dich zur Taufe entschlossen hast, so spät, mit dreißig Jahren?

»Nein«, erwiderte sie und setzte ihre Worte zögernd hin, »nein, wohl nicht. Das Verhältnis zu meinem Vater ist jetzt wieder gut geworden. Er hat ja auch die Familie verlassen, schon vor langem. Und Mutter, die darf gar nicht wissen, daß wir uns hin und wieder treffen, Vater und ich, auch seine neue Lebensgefährtin ist manchmal dabei. Aber Mutter – naja – also Mutter nehme ich nicht mehr ernst, in diesen Dingen schon überhaupt nicht.«

»Dabei reibst du dich ständig an ihr und ärgerst dich über sie, obwohl sie ...«

»Obwohl sie eine so bezaubernde, kluge, tüchtige Frau ist, ich weiß, ja, du brauchst es nicht zu wiederholen. Nein«, Awa wurde wieder ernst, »es war eine eigene Entscheidung, die Taufe vor anderthalb Jahren – meine Entscheidung. Es ist ganz aus mir gekommen, im Laufe der Jahre, und es hatte eigentlich auch gar nichts mit einem religiösen

Erweckungserlebnis zu tun oder so etwas, du brauchst also keine Angst vor mir zu bekommen, ich bin keine fanatische Katholikin geworden, wahrhaftig nicht. Ich habe mir nur, ganz schlicht eigentlich, bestimmt nicht weltbewegend, eine Art von Bindung geben wollen. Und glaub' ja nicht, daß ich regelmäßig zur Kirche renne. Aber es ist doch wichtig für mich, oder einfach nur schön, ab und zu, freiwillig, wenn ich dazu in der Stimmung bin, in die Kirche zu gehen, zum Gottesdienst, und dort, in einer feierlichen, konzentrierten Versammlung, verstehst du, Freunde zu treffen, Bekannte, Nachbarn, mit ihnen zu sein, in einer Gruppe, die zusammengehört für eine kurze Zeit, die mir Schutz gibt und Geborgenheit, ein gutes Gefühl zum Leben, und die ich wieder verlassen kann, wenn ich mag. Ja, es ist wohl, glaube ich, der Versuch gewesen, mir ein Stück Heimat zu geben, und das Alleinsein, diese Isolierung in mir selbst, zu überwinden, aus eigener Kraft.«

Awa nahm ein paar kleine Schlucke von ihrem Tee und nickte diesen Worten hinterher, nach innen. »Weißt du, ich habe mich damals lange mit einem Freund beraten ...« – sie blieb an dieser Erinnerung hängen, das Rot der Bögen unter ihren Augen vertiefte sich – ihr Freund damals, er habe ihr zugeraten zu diesem Schritt, obwohl er selbst Jude gewesen sei – immer noch sei, fiel sie sich schnell ins Wort, kein richtiger Jude, gläubig, meinte sie damit, nein, er lebe ohne Religion, aber er habe ihr Bedürfnis nach Bindung sehr gut verstanden und sie darin bestärkt.

»Und ihr habt euch getrennt?«

Sie sei sich nicht sicher, gab sie zur Antwort. Vielleicht. Jedenfalls sei er nicht mehr hier, er habe Polen verlassen. Aber sie wisse, daß er noch lebte.

»Wieso? Ist er denn krank?«

Er sei sehr krank, ja, und vor allem ... älter als sie, viel älter, so alt wie ihr Vater. Sie glaube nicht, daß ich sie verstehen könne ...

»Wo habt ihr euch eigentlich getroffen, ich meine ...« fragte ich und mußte lachen, als ich den Hintersinn meiner Frage entdeckte. »Ich meine, bei euch zu Hause geht das wohl schlecht, oder?«

Awa lachte nicht. Sie beschäftigte ein anderer Gedanke. »Bei Mutter?« Ihr Gesicht wurde spitz und klein, wieder dieser harte Zug um den Mund. »Sie erfährt nichts davon, wenn mir etwas wichtig ist. Auch über dich verlieren wir kein Wort. Seit dem Abend, als du bei uns warst, an meinem Geburtstag, bist du tabu, und ich möchte dich wirklich bitten, wenn du noch einmal meine Mutter treffen solltest ...«

»Das stimmt doch gar nicht. Neulich habt ihr noch über mich geredet.«

»Sie, sie natürlich, weil sie mir eins auswischen wollte mit deinem Besuch bei ihr und den phantastischen Blumen, die du ihr mitgebracht hast, und wie du sie angehimmelt hast, angeblich, oder stimmt's sogar?« Awas Gesicht entspannte sich wieder im Lachen. »Ja, wenn es nicht so traurig wäre ... Du kannst dir ja nicht vorstellen, wie ich unter dieser Frau gelitten habe, wir alle haben gelitten, Vater vor allem. Man sieht es ihr vielleicht gar nicht an, wenn man sie nicht näher kennt, aber sie ist wirklich ein Biest, glaub mir's nur. Mein Gott, was hat die für ein wildes Leben geführt! Immer tauchten Männer bei ihr auf, seit ich mich erinnern kann, angeblich Kollegen und Bekannte und was weiß ich nicht alles, wenn Vater unterwegs war, und als er dann die Konsequenzen zog und wegging, da stürzte für sie eine Welt zusammen, und sie wurde noch unerträglicher. Jetzt hat sie sich wieder erholt, in der letzten Zeit. Als hätte ich es nicht gemerkt ... In der Zeit, als ich mit Henry zusammen war, hatte sie wieder ... ja: Herrenbesuche. Ich habe das natürlich sofort gespürt, trotz all ihrer Heimlichkeiten und ihres kindischen Versteckspiels, und nicht nur wegen ihrer überspannten Reden damals: Auch ihr Leben kann sich noch einmal verändern, lag sie uns allen ständig in den Ohren, und sie überlegte, ob sie Krakau verlassen soll, zurück nach Posen gehen oder noch weiter weg, was hält sie denn hier ... und lauter solchen Unsinn. Ständig ist sie zum Friseur gelaufen, obwohl angeblich kein Geld da war, und ist von morgens bis abends an der Nähmaschine gesessen und hat sich aufgetakelt wie ... Und sie ist sogar so weit gegangen, damit sie diesen Aufwand treiben konnte, ja wirklich: Sie hat unsere Bilder verhökert – Vaters Bilder! –, natürlich ohne vorher mich oder den Bruder zu fragen ... Ich hätte sie ja leicht ausspionieren können, aber es hat mich – ja, es hat mich regelrecht angeekelt, wirklich ... Was hast du?« fragte sie und schaute mir von unten ins Gesicht.

Ich war tatsächlich innerlich ein Stück von Awa abgerückt, saß da für mich, überrascht, bestürzt, mußte mich erst wieder fassen. Bodenlos! Mehrmals wiederholte ich das Wort im stillen. Bodenlos ... hallte es nach. Wohlgast allewege – da hatte ich mich also in Wohlgasts Geliebte verliebt.

Aufgeblüht war jetzt der Klee und dichter, und auch das Gras stand höher seit meinem letzten Besuch auf der Insel. Tief zogen sich die Spuren durch Robinsons Reich. Ein neuer Topf fiel mir auf, rotbraunes Email außen, innen hellgrau marmoriert, am Deckelrand abgestoßen. Er stand im Dreieck zwischen Sommerpalais, bevorzugtem Schlafplatz und Straßenbahngleisen. Um ihn herum das Gras frisch heruntergetreten. Reisreste unten in der Rinne. Robinsons Reaktion auf meinen Besuch – langsam sich aufzurappeln, den Rumpf durchzustrecken, zu gähnen, seitwärts abzutraben – schien sich im Vergleich zu früher zu verzögern. Er kannte mich mittlerweile gut genug und wußte, daß von mir nichts zu befürchten war, aber auch nichts zu erwarten. Und genauso beiläufig nahm auch ich ihn jetzt zur Kenntnis. Der Tiegel, den ich hier noch nicht gesehen hatte, beschäftigte mich fast mehr als Robinson.

Als ich wieder am Rand der kleinen Wiese stand und aufpaßte, daß ich irgendwann einmal durch das eng gezogene Blechband des Kreisels hindurchschlüpfen könnte, war mir gar nicht mehr gewärtig, ob ich Robinson eben gesehen hatte oder nicht. So konnte es auf keinen Fall weitergehen mit uns. Es mußte etwas geschehen. Wie, wenn ich ihn, der so nachlässig geworden war, überfiele beim nächsten Mal – mich ihm wie gewohnt näherte, um dann auf ihn loszustürzen mit Geschrei und Gefuchtel? Ob er sich vertreiben ließe von der Insel, oder ob er einen Gegenangriff riskierte, um sein Reich zu retten? Oder sollte ich ihm etwas zu fressen mitbringen und mir damit seine schwanzwedelnde Freundschaft sichern?

Versunken in diese Überlegungen, ohne mich auf die Richtung zu konzentrieren, in die ich gehen wollte (zurück zur Stadt nämlich, über die Brücke), war ich, in instinktivem Ausweichen vor den Autos, zur Straßenbahnhaltestelle abgekommen und inmitten einer Gruppe Menschen gelandet, wartenden Menschen – und sah mich von allen Seiten begutachtet. Ja, sie musterten mich ganz offen, so als hätten sie ein Recht dazu – schließlich hatte ich mich mit meinem Besuch bei Robinson vor ihnen exponiert. Die Blicke der Männer verschleierten eher ihr Interesse. Sie wirkten kühl, abschätzig. Spinner, Wichtigtuer, las ich in diesen Mienen. Was macht der hier überhaupt, in unserer Gegend, und auch noch zu Fuß? Ein Ausländer, bestimmt so ein verrückter Kerl aus dem Westen ... Böser, ja geradezu feindselig kamen mir die Blicke der Frauen vor, ganz gleich, ob sie alt waren, älter oder jung. Diese Frauen, so jedenfalls meine Einschätzung, witterten den abseitigen Triebtäter in mir, den Fremden Mann, der ihnen und ihren Töchtern und hilflosen Katzen und herrenlosen Hunden Gewalt antun mochte und das vermutlich auch noch wollte. Dieser Blick könnte einen fast reizen ... Doch als mir – ich hatte gerade eine Lücke erspäht und sprang ab aus der bedrückenden Runde – ein betrunkener Alter mit der Faust drohte und zur Insel herüberfuchtelte und mir irgendeine zerlallte Verwünschung nachschickte, kam mir die Einsicht, ein Überfall auf Robinson wäre doch keine so gute Idee. Dann bringe ich ihm eben doch etwas zu fressen mit. Vielleicht Kekse? Ja, am einfachsten Kekse.

Andrang, Hektik, laute Stimmen, ja Geschrei in der Schalterhalle der Bank von Krakau, am Großen Marktplatz. Und ausgerechnet kurz vor Feierabend schüttete ein stämmiges Mittelalter Münzen auf den Schaltertisch, Pennies, Centimes, Groschen, Pfennige: wirklich volle Hände kleinster Geldstücke. Die Frau hinter dem Tresen schimpft die Häufchen an, als trügen sie die Schuld. Ihr Besitzer poltert dagegen, mit unbeirrtem Trotz. ›Mein Recht‹, verstehe ich,

›mein gutes Recht ...‹ Wo er das nur alles gehamstert hat, versuche ich mich abzulenken: ein wahrer Brautschatz. Aber hochzeitlich gestimmt ist keiner in diesem Augenblick, unmittelbar vor Kassenschluß, schon gar nicht die wartenden Kunden.

Am nächsten Schalter staut ein anderer den freien Abfluß des Geldes. Abgerissen steht er da mit seiner Plastiktüte, in der geknickten Haltung eines Menschen, dessen Dasein auf Niederlagen geeicht ist. Er will nur einen einzigen Schein gewechselt haben, einen riesigen bunten Lappen – auf die Entfernung hin kommt er mir vor wie Operettengeld ... oder die Währung von Transsylvanien ... oder eines karibischen Staates kurz nach der Sklavenbefreiung. Der Schein wandert zwischen den Bankangestellten von Hand zu Hand, wird um und um gewendet, schade, daß er bei all seiner Pracht nur zwei Seiten hat. Die Damen in ihren braven Blüschen strömen stumm Ablehnung aus, der Filialleiter, der jetzt hinzugezogen wird, lüpft nur die eine Braue – das geballte Schweigen wirkt schlimmer als das Gezeter drüben beim klimpernden Brautschatz. Die Ruhe, die sich hier staut, ist voller Gift.

Ungerührt läßt der Uhrzeiger über der Tür Minute für Minute durchfallen.

Ich habe mich mit meinem Coupon herausgezogen aus dem Geflatter von allen Seiten, sitze auf einer Bank vor dem Fenster, den Paß, die Devisenbescheinigung, das Geld geordnet, griffbereit. Neben mir, am anderen Ende der Bank, ein Junge, sechs Jahre vielleicht, dicklich, der mit seinen Händen spielt. Er klappt die Finger nach innen, einzeln, mal zwei, mal drei, spreizt den Daumen darüber, faltet sie wieder auf, mit beiden Händen macht er das so, sehr gelenkig, er ist geübt darin, es geht ihm flink von der Hand. Er rechnet, denke ich. Kein Wunder, daß er hier aufs Zählen kommt. Der Junge spürt, daß ich ihn beobachte. Ich lache ihn an. Rot zieht vom Hals aufwärts über seine dicken Backen, auch er lächelt, aber verschämt, wendet sich weg von mir, lächelt zur Seite, formt andere Figuren mit seinen Fingern, verrenkt sie vor dem Mund, an den Wangen, vor der Brust, noch einmal an den Lippen – bis ich erkenne: er spricht mit mir, will mir etwas sagen. Lächelt mich an, von unten, versteckt, immer noch rot über und über, lugt von der Seite, ob ich ihn verstehe. Ich verstehe nur so viel, daß er nicht sprechen kann. Der Junge ist taubstumm. Er hat also eben ein Selbstgespräch geführt, mit seinen Händen, und ich habe ihn belauscht dabei mit meinen Blicken. Seine Mutter kommt vom Schalter zurück, nimmt den Jungen bei der Hand, mustert mich kurz. Er geht, ohne mich noch einmal anzuschauen, aber immer noch das Lächeln um den Mund, als sei ihm gerade ein toller Streich gelungen, für den er sich aber auch ein bißchen schäme.

Beinahe hätte diese Geschichte noch ein böses Ende für mich genommen.

Meine Nummer wird aufgerufen, offenbar schon zum zweiten oder dritten Mal. Ungeduld bei der nonnenstrengen Hemdbluse am Schalter, aber auch in der Schlange der wartenden Kunden – bebende Körper, vereisendes Durchatmen – ja, es gilt mir, um Himmels willen, rasch! Ich springe auf, haste zum Schalter, lege meine Papiere hin, den Paß, die Devisenbescheinigung vom Zoll, den Geldschein ... Wo ist der Schein? Blättere mit fliegenden Fingern den Paß durch. Nichts. Noch einmal, von hinten nach vorne. Nichts. Fahre die Taschen ab, innen, außen, nichts. Drehe mich um, Schweiß tropft von der Achsel – ein Blick hinüber zur Bank, auf der ich saß, eher verzweifelt als suchend. Da liegt er, Gott sei Dank! Der Schein, ein Bild elektrisierender Verlassenheit. Jede Sekunde konnte zu lang gewesen sein, als daß ich noch »Mein« sagen durfte zu einem herrenlos herumliegenden Stück Geld in der dichtgefüllten Schalterhalle eines Bankinstituts kurz vor Toresschluß – bei all der Fingerfertigkeit der Menschen heutzutage.

Dorota Poniatowska saß auf dem Biedermeiersofa, sein Chintz im Ton ausbleichender gelber Rosenblätter. Sie saß sehr gerade, in der Mitte, ohne sich anzulehnen, und hielt das Teeglas in der Hand, als habe sie es vergessen. Wenn ich sage: Dorota Poniatowska war bildschön, meine ich: schön wie auf einem Bild, und ebenso leblos. Ihr perlmutthellerTeint lag unter einer Puderschicht, makellos verteilt, das volle starke aschblonde Haar wurde hinten zu einem Knoten gefaßt. Ihrer feinen Haut war ich nahegekommen beim Handkuß zur Begrüßung – diese Huldigung des weiblichen Geschlechts, die in Polen einem achtzehnjährigen Mädel ebenso zukommt wie dem Großmütterchen, hatte ich mir mit dem Vergnügen an Ironie längst selbst zu eigen gemacht. Dorotas Hände, die Hände einer Pianistin – schmal, von hohem Geäder durchzogen. Das wenige, das sie sprach, kam ihr merkwürdig verzögert von den Lippen. Mit zeremonieller Höflichkeit stellte sie ihre Fragen an mich, bevor wir uns niedersetzten in dem lichten, weiten Salon: wo ich wohne hier, wie mir die Stadt gefalle, bis wann ich bleiben wolle. Pelzig wirkte ihr Mund beim Reden. Wenn sie lächelte, kamen große gelbe, nicht sehr schöne Zähne zum Vorschein. Wie sie jetzt so dasaß, in ihrem beigefarbenen Batistkostüm, und mit freundlich abwesenden Augen ins Leere schaute, zwischen Leszek und mir hindurch, wirkte alles an ihr gedämpft, ja sogar stillgelegt. Auch wenn Elzbieta etwas sagte, die Tochter, streifte ihr Blick diese nur obenhin, wie eine Fremde, mit leisem Verwundern. Elzbieta trug ihr rötliches Haar zu einem Bubikopf geschnitten, schüttelte es sich gern um die Ohren. Die Blässe des Teints hatte sie von ihrer Mutter, darin ein Beet von Sommersprossen, ebenso die großen gelben Zähne, die viel zu kräftig wirkten für dieses noch kindliche Gesicht. Mit seinen siebzehn Jahren war darauf weder die Schönheit der Mutter noch die des Vaters zu ahnen – das Mädchen würde also später einmal ihre eigene finden können. Elzbietas Englisch war begrenzt, aber sie sprach es mit der behutsamen Artikulation des Vaters und wurde jedesmal heftig rot dabei. Zu Leszek gewandt, sagte sie bald etwas auf polnisch, das ziemlich unwillig klang, stand abrupt auf und entschuldigte sich bei uns allen, wieder ganz artig englisch geworden: sie müsse zu ihrer Reitstunde jetzt.

Leszek in seinem Gehäuse, umrahmt von seiner Familie – so lernte ich ihn jetzt erst kennen. Ein großbürgerlich zugeschnittener Salon. Hohe schmale Fenster um einen Runderker. Parkett, darauf der Flügel, geschlossen. Möbel des letzten Jahrhunderts, ausgesuchte Stücke. Unter einem Fries italienischer Fayencen die Porträts urgroßväterlicher Poniatowskis – die Linie der Gelehrten, der Reisenden, der Schriftsteller. Und doch: Niemals war Leszek mir unbehauster vorgekommen als in seiner häuslichen Umgebung – und weniger er selbst. Als ich ihm in Nürnberg begegnete und ihn jetzt in Krakau wiedertraf: für sich allein wirkte er voller, runder, auch selbstbewußter. Doch es wurde mir klar, als ich meine Blicke durch den Raum schweifen ließ: die Außenwirkung Leszeks verdankte sich eben diesem familiären Hintergrund. Der Rückhalt war ihm notwendig für das Leben, das er führte, auch sein Leben nach außen – und machte es ihm erst möglich, so rund und voll und selbstbewußt auf Frauen und Männer zu wirken, die dann seine Geliebten wurden oder seine Freunde.

Ein Blick Dorotas zu Leszek, ein stummes Zeichen. Sofort stand er auf, half ihr vom Sofa, ganz behutsam, der schwere Mann über der Zerbrechlichkeit, und führte sie mit ihrem verlorenen Lächeln hinaus.

Dorota müsse sich ein wenig ausruhen, das sei ihre Stunde, sie lasse sich entschuldigen bei mir. Sherry oder Wodka zum Tee? Leszek stellte beides auf den Tisch und erzählte mir, wie er vor zehn Jahren diese Wohnung hier entdeckt habe, in der Ulica Wielopole, um näher an der Stadt zu sein, damit Elzbieta, der Kindheit entwachsen, in Kultur gedeihen könne. Die alte Wohnung draußen habe er behalten als Atelier, dort arbeite er, nicht hier – natürlich, setzte er hinzu, als müsse er sich verteidigen.

Wir hatten uns für Wodka entschieden. Ich erzählte Leszek von den Problemen, die ich mit meiner Arbeit hatte: Das Romanprojekt, mit dem ich hier angereist war, hatte sich als undurchführbar erwiesen, es fehlte mir an der Lust, mich ins ferne Mittelalter zu vertiefen – es war mir nicht gelungen, wie ich erhofft hatte, lebendige Spuren in die Gegenwart hinein zu finden. Ob das an der Stadt oder an mir lag, wußte ich nicht. So viele Fragen und Zweifel ... Ich wünschte mir, sagte ich Leszek, daß wir uns in meinen Tagen hier ein wenig über unsere Arbeit austauschten. So wüßte ich zum Beispiel gern, wie es mit seinem Drehbuch weitergehe, in dem dieser Wohlgast, sein Freund oder Bekannter, eine wichtige Rolle spiele, und vielleicht könnten wir ja auch einmal etwas gemeinsam ...

Leszek saß wieder so bequem im Sessel, wie ich das von ihm sonst kannte. Jetzt aber löste er seine breiten Hände vom Knie, rückte an die Kante vor und drehte seine Augen heraus, wie immer, wenn ihm etwas wichtig war. »Du sprichst mir aus der Seele, Walter, wirklich! Es ist wunderbar, daß du hier bist, und daß wir uns über unsere Arbeit unterhalten können. Wir haben ähnliche Ansichten in diesen Dingen, das habe ich sofort gespürt, schon in Nürnberg, und das kommt nicht alle Tage vor.« Man sei ja immer vollkommen auf sich selbst gestellt in den Stunden am Schreibtisch, um so willkommener, wenn man einmal einen Bruder im Denken treffe ... »Wirklich: ein großes Glück, Walter!«

Am schmerzhaftesten sei die Einsamkeit unseres Berufes doch zu fühlen bei Lesungen, auf diesen Lesereisen vor allem – jeden Tag eine andere Stadt, unbekannte Menschen, normierte Hotels, feuchte Betten, alles gleich – vor allem die Fremde. Er erinnere sich vor allem an eine ganz bestimmte Reise – schrecklich! Leszek schenkte die beiden Gläser wieder über den Strich hinaus voll. Ohne das Telefon hätte er die gar nicht überlebt, glaube er. Jeden Abend habe er bei Dorota angerufen, und bei Natalia, seiner Geliebten damals.

»Sie war eine so schöne Frau, du kannst es dir nicht vorstellen, Walter, eine Richterin. Ich glaube, sie war die schönste Frau, die ich je hatte – so süß, so charmant, so witzig, so intelligent ...« Er also hatte bei ihr angerufen, nach einer Lesung – an einem dieser öden Abende, es knackte in der Leitung. Irgend etwas mit dem Apparat habe nicht gestimmt.

»Telefonieren ist ja sowieso ein Abenteuer bei uns, da passiert immer alles mögliche, nur selten das, was man will. Ich höre ihre Stimme, Natalias wundervoll gurrende Stimme, rufe: ›Hallo! Hallo? Hörst du mich, Natalia, ich bin's, Leszek ...‹ Sie antwortet mir nicht, aber ich höre sie reden. Sie spricht mit einem anderen, es klingt unendlich weit weg, ständig ein Rauschen in der Leitung, und dahinter höre ich jetzt sogar den anderen reden, ein fernes

Krächzen, aber ich versteh's, eine Frau ebenfalls. Ich hoffe immer noch durchzukommen, höre Natalias Stimme, atemlos vor Sehnsucht habe ich sie im Ohr und kann sie nicht erreichen, das Rauschen, das Krächzen der anderen – da fällt mein Name, tatsächlich: Natalia redet über mich. Erst glaube ich noch, das ist ein Scherz, oder so ein gewöhnlicher Schwatz zwischen zwei Frauen – na ja, was sie sich so alles zu erzählen haben, wir Männer sind ja anders, Gott sei's gestanden, ich höre weiter hin, langsam kribbelt es bei mir, und da höre ich, wie Natalia – Richterin, wie gesagt – wie sie der anderen erzählt, mit wem ich im Schriftstellerverband befreundet bin, mit wem verfeindet, mit wem ich vom Theater, vom Verlag, von der Presse zusammenarbeite, meine ganzen beruflichen und privaten Kontakte hechelt Natalia mit der anderen durch. Walter, sie war eine Spionin! Meine Natalia arbeitete für den Staatsschutz. Kannst du dir das vorstellen? So eine schöne, so eine zärtliche Frau, die sich ganz und gar vergaß in meinen Armen, die sich aufgab – so etwas habe ich kaum jemals erlebt bei einer Frau. Ich immer noch am Telefon, entgeistert, entsetzt, ich kann gar nicht anders mehr als zuhören – und dann fängt sie an, über uns beide zu reden, über unser Verhältnis, wir beide im Bett, verstehst du, und die beiden Weiber – entschuldige, aber in diesem Fall ... und sie lachen dabei, *lachen*, diese beiden Weiber ... O Madonna, so schmutzig können nur Frauen lachen, seit diesem Abend weiß ich das, wirklich! Irgendwann habe ich dann aufgehängt, ich konnte einfach nicht mehr. Es wurde eine schreckliche Nacht, in dem klammen Hotelbett. Kein Auge habe ich zugetan und mich hin und her gewälzt und mein Leben nicht mehr verstanden, die Welt, die Frauen. Und ich habe geweint, Walter, ja, richtige Tränen habe ich geweint. Wenigstens bin ich zu einem Entschluß gekommen in dieser Nacht. Am nächsten Morgen, gleich in aller Frühe, habe ich ihr Rosen geschickt, einen riesigen Strauß roter Rosen – es war gar nicht einfach, so viele Rosen aufzutreiben an diesem Ort, ich nahm alle, die ich kriegen konnte, und legte noch ein tüchtiges Schmiergeld darauf, damit sie überhaupt ankämen in Krakau. Und habe sie nie mehr wiedergesehen, meine Natalia, habe mich verleugnen lassen am Telefon, die Plätze und Lokale gemieden, in denen sie verkehrte, bin ihr aus dem Weg gegangen, wo ich nur konnte, obwohl das gar nicht so leicht ist in einer Stadt wie Krakau. In der Oper, im Theater, überall schaute ich erst vorher rein, ob ich sie sähe ...

Aber dann, nach Jahren, Walter, du glaubst es nicht. So sind die Frauen! Ich habe Natalia natürlich von meinen Freunden und Bekannten weiter beobachten lassen, war auf dem laufenden bei ihr, mit allem. Also: Sie zieht um eines Tages, und was sieht Ryszard Sadaj, der Romancier, der in ihrer Straße wohnt? Ein hervorragender Erzähler übrigens, du mußt ihn kennenlernen, ich werde euch bekannt machen ... Was sieht Ryszard? Nachdem der Möbelwagen vollgepackt ist, kommt Natalia allein aus dem Haus und besteigt ihre Limousine. Und was hält sie in ihren Händen? Rate, Walter. Nein, das rätst du nie! Sie trägt einen Strauß vertrockneter Rosen, meine Abschiedsrosen, verstehst du, sie hat sie aufgehoben, über die Jahre hinweg, konnte sich nicht trennen davon, nimmt sie jetzt sogar mit in ihre neue Wohnung, und war längst Oberstaatsanwältin geworden. Ja, sie hat große Karriere gemacht, meine Natalia ...«

Fast gegen meinen Willen amüsierte mich natürlich auch diese Geschichte wieder, aber insgeheim war ich doch enttäuscht, ja verärgert über Leszek. Im Treppenhaus, das auch im Finstern arg heruntergekommen wirkte, beim Hinabgehen machte ich noch einmal einen Versuch, meinen letzten, schwor ich mir, ihn auf meine Bahn zu zwingen. Unten wurde der Hausflur frisch geweißt, wobei das Flachrelief einer geflügelten weiblichen Figur, die quer über die Eingangswand schwebte, schon deutlich aus dem Grau herausgetreten war. Wegen der Malerarbeiten mußten wir die hintere Tür benutzen, die auf den Hof führte. Dort standen wir jetzt, in einem eng und hoch ummauerten Viereck, ohne Licht nahezu, im Fäulnisduft verbeulter Mülltonnen. Hinter ihnen, im Winkel, verschlang, auf dem Sprung, eine Katze eine riesige Heringsgräte. Leszek hielt mich am Unterarm fest, in seinem Gesicht stand alle Trauer dieser Welt.

Er habe mich doch wirklich nicht mit seiner Arbeit behelligen wollen. Ich sei zu Gast in Krakau, von weither angereist, und es bleibe uns so wenig Zeit – wie könne er da, von Freund zu Freund, über Arbeit sprechen? Sei das denn nicht eine grobe Unhöflichkeit? Über Leszeks Augen glaubte ich im Büchsenlicht seines modrigen Hinterhofs dabei wirklich Zweifel huschen zu sehen. Aber wenn ich denn unbedingt darauf bestünde – erst heute, im Atelier, draußen vor der Stadt, habe er an einer Wohlgast-Szene gearbeitet, und sie sei ihm möglicherweise auch gelungen. Er wisse noch nicht genau, wo er diese Szene einbauen werde im Stück, aber sie könne vielleicht so etwas wie der Schlüssel werden zu seiner Figur, die er später natürlich umbenennen werde – sie habe ja auch kaum mehr etwas mit dem lebenden Vorbild zu schaffen.

»Also, stell dir die Situation vor, Walter: Wohlgast, ich bleibe jetzt mal bei diesem Namen, Wohlgast geht mit seiner Mascha durch den Wald. Er ist zehn Jahre alt, Mascha, die jüngere Schwester seiner Mutter, in ihren frühen Zwanzigern, seine Beschützerin, seine Lehrerin auch, und er liebt sie natürlich. Aber das habe ich dir, glaube ich, ja schon erzählt. Es ist Krieg, und sie verstecken sich vor den deutschen Soldaten auf einem Berg, in einer Hütte, abgeschieden von den Menschen. Ab und zu steigt Mascha in das Dorf hinab, um Brot zu holen von den Bauern, Kartoffeln und Käse. Sonst leben sie von Beeren, von Pilzen und Kräutern, allem möglichen, was sie in der Natur finden. Ja, sie leben in der Natur, ganz für sich, die beiden, ohne jeden menschlichen Kontakt. Und Mascha unterrichtet Wohlgast, übt mit ihm Lesen und Schreiben und Rechnen und erzählt ihm tausenderlei Geschichten, schöne Geschichten ...«

So ungefähr hat mir Wohlgast damals seine Situation erzählt. Wir haben fast nur über die Kindheit gesprochen, das war es, was uns verbunden hat, und in diesem Punkt haben wir uns auch verstanden. Sonst waren wir uns eher fremd, es ist immer ein großer Abstand zwischen uns geblieben, aber über unsere Kindheit, da konnten wir gut reden. Ja, und heute habe ich diese Szene entworfen, in groben Strichen erst, die Wohlgast natürlich so nie erzählt hat.

Die beiden streifen also durch den Wald, Mascha und er, wie sie das fast alle Tage tun. Sie kommen an einer Feuerstelle vorbei, die ihnen noch nie zuvor aufgefallen war. Aber sie ist nicht frisch, wie der Junge schnell feststellt, sonst müßten sie sich Sorgen machen, daß jemand sie aufspüren will hier oben, du weißt ja, daß beide Juden sind. Der Junge bekommt plötzlich Lust – vielleicht in seiner Erleichterung, weiterhin allein zu sein mit seiner Mascha, ungestört von den Erwachsenen, die er bisher nur als Bösewichte kennengelernt hat in seinem kurzen Leben – jedenfalls hat er Lust, ein Feuerchen zu machen auf der alten Asche. Es liegt ja alles dazu herum – trockenes Laub, Ästchen, kleine Zweige. Sie sammeln es, häufen es aufeinander. Beim Anzünden merken sie: so trocken ist das Laub gar nicht, und sie müssen sparsam mit ihren Zündhölzern umgehen. Wohlgast kniet sich vor das Laub, lockert alles noch einmal schön auf und bläst hinein, er ist jetzt ganz versessen darauf, wie Kinder so sind, daß es brennt.

›Entschuldigen Sie‹, sagt ein Mann. Plötzlich steht er neben den beiden. Sie haben ihn weder kommen sehen noch kommen hören, vertieft wie sie waren ins Feuermachen. Beide sind erschrocken. Aber der Mann wirkt sympathisch, nimmt ihnen rasch die Angst, wie er sich gleich hinkniet vor das Laub, obwohl er nicht aus der Gegend stammt. Mascha stellt das an der Kleidung fest, an seiner Sprache, er muß ein Städter sein. ›Darf ich Ihnen mit etwas Papier aushelfen? Ich habe Sie schon eine Weile beobachtet, und jetzt juckt es mich selber in den Fingern ...‹ Ein Mann mittleren Alters, ohne besondere Merkmale, in einem unauffälligen Straßenanzug, Knickerbocker. Er greift in die Innentasche seines Jacketts, zieht ein kleines Buch hervor, reißt Blätter heraus, irgendwelche Formulare scheinen es zu sein – Mascha schaut ihm über die Schulter, sie ist immer noch in Sorge –, der Mann zerknüllt das Papier, schiebt es unters Laub, nimmt sein Feuerzeug, ein schweres Feuerzeug aus Silber, der Junge hat seine Scheu abgelegt, er ist jetzt – ja: ganz Feuer und Flamme, sie arbeiten Schulter an Schulter, der Junge und der Mann, daß ihnen das Feuer gelinge. Und dann brennt es tatsächlich, sie holen mehr Laub heran, suchen trockene Äste, werfen sie in die Flammen, alle drei stehen jetzt nebeneinander, schauen in das Feuer hinein, freuen sich darüber, lächeln, auch Mascha lächelt vorsichtig. Dann geht der Mann weg, mit einem kurzen Gruß, ist genauso spurlos verschwunden wie er aufgetaucht war. Der Junge will neue Zweige holen, die Flammen weiterfüttern. Aber Mascha drängt zum Aufbruch. Sie lassen das Feuer abbrennen, treten die Glut aus, verwischen alle Spuren, und gehen tiefer in den Wald hinein, nicht zurück zur Hütte. Mascha ist immer noch auf der Hut. Sie will ihren Platz nicht verraten. Unterwegs finden sie dann einen großen Haufen Tannenzapfen, die sie mitnehmen, für den Winter, sie heben Bucheckern auf, Wohlgast findet den ganzen Flügel eines Eichelhähers, mit seinen kleinen blaugestreiften Federn, den ein Bussard geschlagen hat, schüttelt die Ameisen ab, steckt ihn ein. Darüber vergessen sie den fremden Mann. Erst als sie an der Feuerstelle wieder vorbeikommen, auf dem Rückweg, erinnern sie sich an ihn. Der Junge stochert noch einmal mit einem Zweig in der Asche herum, ein Stück Papier hebt sich ab vom verkohlten Holz, seltsam: es ist nur am Rand verbrannt, ein Blatt aus dem Heft des Fremden. Wohlgast bückt sich, zieht es heraus, es ist beschrieben. JUDA steht darauf, in großen Buchstaben, nur dieses eine Wort – JUDA.

Damit lasse ich die Szene enden. Für den Zuschauer bleibt offen, ob das eine Drohung ist, oder ob der Mann sie vielleicht warnen will. Ich möchte nicht allzuviel erklären, weißt du, Walter. Und dann, in der nächsten Szene, paß auf: Mascha ...«

Der erste Kuß geschah am Weichselufer. (Ja, sag ich's ruhig so.)

Vor der Ufermauer standen wir, zur Weichsel hin, und hielten uns fest, legten einander die Köpfe auf die Schultern, schwiegen – es gab nichts zu sagen, alles wäre zu grob gewesen. Ich schnupperte an Awas Haut im Nacken, an ihren Haaren, und meine Hände spürten einen Körper unter dem Kleid, mager wie der eines Kindes und doch mit allen Verlockungen einer Frau. Von Awas Lippen war eine

Wärme über mich gekommen und mir ins Blut geflossen, daß mein Körper satt war jetzt und nicht nach weiteren Erfüllungen drängte. Ihr Küssen war ohne jede Flüchtigkeit gewesen, es hatte sich ganz ausgeschöpft. Immer noch hingen wir aneinander, streichelten uns, wollten nicht auseinander, jeder zurück zu sich selbst – würden uns so nie mehr erreichen. Das erste Mal. Immer noch Krakau? Schwer zu fassen. Wenn ich meinen Kopf von Awas Schulter ein klein wenig anhob, streifte mein Blick die Katharinenkirche von Kazimierz, ihren gotischen Leib. Nur noch eine Idee weiter nach rechts gedreht, und die Sicht wäre auch noch frei gewesen auf die verspielten Barocklaternen der Paulinerkirche – das hätte der Konzentration meines Körpers auf Awa nicht geschadet, eher im Gegenteil, fand ich, aber ich unterdrückte meine Neugier, Awa zuliebe. Sie hätte die Wendung meines Kopfes als ein Zeichen nehmen können, daß ich mich lösen wolle von ihr, entfernen, wieder der andere werden, ihr gegenüber – Awas Ernst, ihre Intensität, die von so tief aus ihr kam, machten mich befangen. Ich wollte behutsam sein und nachgiebig, so gut ich das noch konnte.

Wir trafen uns oft, an den späten Nachmittagen, fast jeden Tag. Bummelten durch die Straßen der Stadt, saßen in den Cafés oder in den Planten unter einem abgeblühten Fliederbusch. Immer unterwegs, immer draußen, umgeben von Fremden, von Kellnern, von Menschen, die uns beide angafften, von anderen, die wegschauten und lächelten dabei oder bitter wurden um den Mund.

Immerhin: Zeit zum Reden hatten wir genug. Tasteten uns ab in unserem Fremdsein, kamen uns so nah und näher – notgedrungen nur über Worte. Und manchmal trennten uns auch Welten, wenn wir uns über Literatur unterhielten zum Beispiel.

Da Awa natürlich keine Zeile von mir kannte und ich ihr kaum etwas von meinen Büchern erzählte (gerade immer nur auf ihre Fragen antwortete), hatte sie sich intuitiv ein Bild gemacht von meiner Art zu schreiben. Da für sie das Märchen der Inbegriff allen Dichtens war, mokierte sie sich weidlich über meine vermeintlich vernünftigere, erwachsenere, abgeklärtere Art zu schreiben, ließ dabei aber genau jenen Grad an Respekt durchscheinen, der mir vollauf genügte – so wie auch ich ihre Vorliebe für Märchen bespöttelte, aber sehr wohl gelten ließ. Solange wir verliebt waren, würde uns diese Taktik hilfreich sein, ja, ich hatte manchmal den Verdacht, es sei die Taktik des Verliebtseins selbst, auf die wir instinktiv verfallen waren. Denn daß unsere Liebe nicht nach der Ewigkeit zu messen sei, war uns beiden immer bewußt.

Abends brachte ich Awa dann zurück nach Kazimierz, doch die Szeroka-Straße war mir an ihrer Seite verboten. Darüber mußten wir kein Wort verlieren. Schnell hatten wir einen geeigneten Platz für die Umarmungen und Küsse unserer Trennungen gefunden – in der Ulica ciemna, der Dunklen Straße. Und finster war's hier allerdings: Eingeschwärzt und verwüstet lag sie da, die enge Gasse des einstigen Gettos, kaum eines der zerbröckelnden Häuser mehr bewohnt, ein toter Winkel für Köter und Katzen zwischen Alter Synagoge und Awas Haus.

So schön das alles war – ganz gerne hätte ich Awa doch auch einmal allein für mich gehabt, hätte hinausgewollt aus dieser Stadt mit ihren tausend Augen und Ohren – hinaus in die Natur, ins Freie. Ich schlug ihr eines Tages einen Ausflug in die nahen Berge vor, wollte mir von Janusz oder Leszek das Auto leihen, und sie könnte mir die Wälder zeigen und die Klöster, die sich darin versteckten. Und wären so einmal ganz für uns gewesen.

Die Entschiedenheit, mit der Awa meinen Vorschlag ablehnte, kaum daß ich ihn geäußert hatte, schien mir doch ein bißchen heftig.

»Nein, mit dir hat das nichts zu tun«, schwächte sie ab, als sie meine Enttäuschung sah, und lachte: »Wirklich, nein, so ein kleines ängstliches Mädchen bin ich nicht. Ich trau' mich schon mit dir in den tiefen, tiefen Wald hinein. Das meine ich nicht. Aber« – wieder ernst – »die Berge hier ... Es kommt mir wie ein Treuebruch vor, wenn ich auch mit dir dorthin ginge, wo ich so oft gewesen bin mit ... mit einem anderen.«

War es allein die schiere Begierde, die mich kitzelte, oder trieb mich doch auch ein Anflug von Eifersucht, als ich in sie drang, mir mehr von diesem anderen zu erzählen?

»Ich habe niemandem etwas zu verschweigen, niemandem, selbst – stell dir vor – dir nicht.«

Wir saßen auf dem Kleinen Markt im Schatten vor dem Jesuitenkloster und tranken unseren Kaffee. Dieser Platz war mir besonders lieb geworden, denn er liegt, obwohl nur einen Steinwurf vom Großen Markt entfernt, auf dem sich zu jeder Tageszeit die Menschen, Krakauer wie Fremde, in Massen drängen, nahezu verlassen da. Und man hat von hier einen schönen Blick auf den Chor der Marienkirche und ihre Türme und kann auch gut den Trompeter oben in seinem Turmfenster stehen sehen, wenn er zu jeder vollen Stunde sein Signal nach Süden bläst.

Er sei eines Tages aufgetaucht, in der Schule, so wie ich – nein, anders. Anders ... Sie habe mit den Kindern ein neues Stück einstudiert, damals, in der Aula, und dabei sei ihr, schon während des Probens, ein Fremder aufgefallen, der ganz hinten in einer der letzten Reihen saß und ihnen zugeschaut habe. Warum nicht, habe sie sich gedacht, vielleicht ein Vater, nein, eher ein Großvater, denn er habe schon ziemlich alt gewirkt mit seinen grauen Haaren. Nach der Probe sei er vorgekommen an die Rampe, auf sie zu, sehr zögernd, aber mit solch leuchtenden Augen – ja, seine Augen hätten geblitzt wie die eines Kindes, und er habe sich bedankt bei ihr, ein Ausländer, Engländer oder Amerikaner, seine Stimme habe gezittert vor lauter Rührung, daß sie und die Kinder ihm gerade ein Stück seiner eigenen Kindheit wiedergeschenkt hätten, nein: einen verborgenen Schatz entdeckt – ja, einen verborgenen Schatz entdeckt – an diese Redewendung erinnere sie sich noch ganz genau. Und er habe ihr die Hand gedrückt dabei, so fest, daß sie erschrocken sei. Eine solche Kraft, so eine Leidenschaft sei von ihm ausgegangen – ja, sie habe Angst vor diesem Mann gehabt, ein bißchen jedenfalls. Wirklich, er habe ihr Angst gemacht, als sie sich das erste Mal begegneten. Und deshalb habe sie dann auch abgelehnt, irgendwo einen Kaffee mit ihm trinken zu gehen und zu plaudern über ihre Arbeit mit den Kindern, ja sie habe abgelehnt – obwohl er ein alter Mann war, älter als ihr Vater, wie sie ihn damals eingeschätzt habe (in Wahrheit war er etwas jünger). Aber er sei ihr doch nicht mehr aus dem Sinn gegangen, dieser

Mann mit seinen Augen – tiefbraune Augen hatte er, und wie er sie angeschaut habe damit, und als sie sich später wiedergesehen hätten, zufällig in der Stadt, es seien sicher drei oder vier Wochen vergangen, da habe sie ihn freundlich angelächelt, und dann hätten sie endlich ihren Kaffee getrunken ... Awas Stimme wurde leiser.

»Heute tut es mir leid, daß so viel Zeit verloren gegangen ist durch mein Zögern damals. Aber ich habe daraus gelernt, wie du siehst: Du hast den Nutzen davon, oder etwa nicht? Du bist ... du bist der erste übrigens nach ihm. Ohne die Erfahrung mit Henry hätte ich mich nicht sofort mit dir verabredet, neulich vor der Schule. Alles ist so kurz im Leben, oder kann es jedenfalls sein.«

»Dann habe ich ihm ja einiges zu verdanken«, meinte ich, sogar ohne Ironie. »*Das, was ich bin, das blieb ich anderen schuldig*, hat einmal ein deutscher Dichter gesagt, ein kluger Mann, das gibt es bei uns manchmal auch ...«

Wir schauten den Tauben zu, die vor uns über das Pflaster ruckten in ihrer eigenartig grazilen Schwerfälligkeit.

»Und mit ihm bist du also hier in den Bergen gewandert?« fragte ich Awa nach einer Weile.

Es seien die Märchen gewesen ... die Märchen, die sie verbunden hatten. Er war dreißig Jahre älter, beinahe doppelt so alt wie sie, und er kam aus Amerika, ein Professor – aber wenn er ihr ein Märchen erzählt habe oder besonders, wenn sie ihm eines erzählte und er zuhören durfte, dann seien sie sich so nah gewesen und er wieder ein kleiner Junge, er habe zugehört, mit großen Augen, als glaube er ihr jedes Wort, so sei er an ihren Lippen gehangen. Nein, dann habe nicht mehr ein ganzes Leben zwischen ihnen gelegen, eine Generation, da seien sie wie zwei Geschwister gewesen, wie zwei Kinder ...

»Verwunschen und verzaubert ...«, schoß ich quer. Doch Awa war ganz in ihren Erinnerungen eingesunken.

Es müsse, grübelte sie, müsse etwas mit seiner Kindheit zu tun gehabt haben, obwohl er nie mit ihr darüber gesprochen habe, bis auf ein Mal: Da habe er eine Tante erwähnt, die ihm als Kind oft Märchen erzählt habe, wunderschöne Märchen, wie er sie seither nicht mehr gehört habe – bis zu ihrer Begegnung –, und deshalb, habe er gemeint, erinnere sie ihn ein wenig an diese Tante. Das habe sie natürlich ungeheuer interessiert, mehr als interessiert sogar, und sie habe ihn schon ziemlich in die Mangel genommen, ihr mehr von seiner Kindheit zu erzählen, von dieser Tante, aber es sei ihm kein Ton mehr zu entlocken gewesen. Es sei besser so, für sie beide, habe er gemeint ... Und habe dann statt dessen von seinem Beruf gesprochen: Die Märchen der Kindheit seien der Grund gewesen, warum er sein Leben der Literatur verschrieben habe, und zwar der Literaturwissensschaft – vielleicht habe er ihr Geheimnis ergründen wollen, vielleicht gehofft, über die Theorie einen Schlüssel zu ihrem Zauber, dem Zauber seiner Kindheit, zu finden – mit welchem Ergebnis ...

Nein, ans Selberschreiben habe er nie gedacht (diese Frage lag ihr damals natürlich als erstes auf der Zunge). Nein, leider. Aber er sei sich sicher gewesen, absolut sicher, daß er das Erzählen nie so gut beherrschen werde wie andere, wie sie zum Beispiel, obwohl er ihrer Meinung nach schön erzählen konnte, wirklich ganz phantasievoll.

Wahrscheinlich sei das sein Irrtum gewesen, vielleicht sogar der Irrtum seines Lebens, und irgendwie müsse er das auch geahnt haben. Denn es sei, trotz seines Alters ... ja, es sei so eine Unrast in ihm gewesen, besonders bei ihren Ausflügen in die Berge hier, die er unbedingt mit ihr unternehmen wollte – sie selbst sei ja keine so begeisterte Wanderin, aber ... sie habe den Eindruck gehabt, daß er etwas suchte in den Bergen, aber was habe es denn sein können, er sei doch nie zuvor in Polen gewesen, habe er ihr gesagt, mit Bewußtsein jedenfalls, habe er rasch eingeschränkt, vielleicht einmal als Kind ... Und es sei durchaus nicht so gewesen, als habe er die Landschaft genossen auf ihren Spaziergängen, oder die Natur. Er sei unruhig umhergestreift. Richtig bei der Sache, ja geradezu aufgeregt sei er nur gewesen, wenn er im Wald Spuren von Menschen gefunden habe, da sei er stehengeblieben und habe sich umgeschaut, prüfte die Unterstände für Wanderer oder die Hochsitze der Jäger, die Hütten oder Feuerstellen, selbst Futterkrippen fürs Wild. Aber zufriedener sei er hinterher auch nicht gewesen. Deshalb sei sie gar nicht so gern mit ihm in die Berge gegangen, er sei ihr dort fremder gewesen als sonst. Als stünde etwas zwischen ihnen, fast leibhaftig, eine ganz starke Erinnerung ... Obwohl es in den Bergen gewesen sei, wo sie sich ... zum ersten Mal ... auf einer Lichtung – über ihnen habe der Wind im Laub der Bäume geflüstert ... weiches, hohes Waldgras, wie ein Teppich, und Moos, ganze Felder von Moos ... ein Eichelhäher habe gekeckert und den Wald vor ihnen gewarnt, als ob sie ... vielleicht ein verzauberter Polizist?

Awa redete nicht weiter. Sie hatte während des Erzählens zuletzt auf ihre Finger gestarrt. Ich legte meine Hand auf ihre Hände, im Schoß, sie waren kühl, ja kalt. Jetzt schaute sie hoch in meine Augen. »Es ist schön, Walter, wie ich mit dir reden kann. Ich fühle mich so frei bei dir, es ist so selbstverständlich mit einem Mal, selbst das Schwere, Undurchdringbare. Ich habe – ja, grins nur ruhig: Ich habe irgendwie Vertrauen zu dir. Ich komme mir so ... so erwachsen vor mit dir, und diesmal meine ich das nicht als Schimpfwort: erwachsen, diesmal nicht.«

»Und dann?« fragte ich.

Dann sei er fortgegangen, zurück nach Amerika, vor zwei Jahren – im August würden es zwei Jahre.

»Einsamer nie als im August ...«

Drei Tauben zerzausten auf dem Platz ein Stück Weißbrot zwischen sich.

Ja, Einsamkeit und Angst, eine tiefe Angst – das habe sie oft bei ihm gespürt, eigentlich immer. Das sei wohl das Grundgefühl seines Lebens gewesen. Selbst in der Freude sei es dagewesen, auch wenn sie sich geliebt hätten, und danach ... da sei ihm eine Traurigkeit in den Augen gesessen, die er selbst gewesen sei, ganz und gar er selbst. Nur wenn sie ihm ein Märchen erzählt habe, ein altes oder ein selbst erfundenes, nur wenn er ihr habe zuhören können, sei diese Angst verflogen oder – wie sagt man: gebannt ... dann schiene er frei gewesen zu sein, auch für sie, nur dann. Aber man könne doch nicht sein ganzes Leben lang Märchen erzählen, oder?

Awa schaute mich so ratlos an, daß ich sie umarmte, fest an mich drückte. Und sie war dabei ohne jeden Widerstand.

Als er dann gegangen sei, hätten sie sich nichts versprochen, er nicht, sie nicht.

»Wärst du ihm gefolgt, wenn er dich mitgenommen hätte nach Amerika?«

»Ich weiß es nicht, ich glaube nicht ...« Aber er habe immer gesagt, sie sei in Krakau am richtigen Platz, sie dürfe nie fort von hier, nur hier könne ihr Zauber wirken. Ja, er habe sie oft seine kleine Zauberin genannt.

Wir hörten den Trompeter, wie er nach Osten sein Lied von Sankt Marien herabblies, diese kurze Melodie, die mitten in einer ansteigenden Phrase abbricht – zur Erinnerung an jenen legendären Turmwächter, der die Stadt einst vor den anrückenden Tataren warnte mit seinem Horn, bis ihn ihr Pfeil durch den Hals traf und zum Verstummen brachte.

Dieses Abbrechen ist die eigentliche Kunst der Krakauer Trompeter, von denen ich drei zu unterscheiden lernte: jeder von ihnen brach anders ab. Der abschließende Ton einer Phrase lang ausgezogen, dreimal wiederholt, es klingt wie das Auftupfen eines Balles, schwächer werdend. Von diesem Auftupfen schwingt die Erwartung in die kommende Sequenz hinein – über die Pause hinweg, zur Steigerung – Ansetzen der neuen Phrase: ein Ton, der nächste, höher, ein kleiner Bogen – reißt jäh ab – Stille – eine Stille, die saugt.

Beide schauten wir hoch jetzt zu dem Turm und sahen, wie das schlanke Giebelfenster sich öffnete, unendlich fern von uns, der Trompetenkelch blitzte auf für eine Sekunde in der untergehenden Sonne.

»Die Kunst des Abbrechens ... das ist vielleicht die höchste«, sagte ich, ohne selbst genau zu wissen, was ich damit meinte. »Die Kunst, wie man vergeht ...«

»Meinst du Henry?« fragte Awa und kam mir dabei sehr nah mit ihrer Stimme. Statt zu antworten, schaute ich in ihre Augen, das helle Grün lag offen für mich, und ich sah, wie ein Gedanke in ihr umging.

Sie habe Papiere übrigens von Henry, Handschriftliches, wohl aus seiner Zeit hier, und – das verstehe sie nicht: auf deutsch, in deutscher Sprache. Sie habe sich schon damals darüber gewundert, warum er gerade ihr diese

Sachen gegeben habe, es sei ganz nebenbei geschehen, eines Tages, ohne eine besondere Geste habe er ihr einfach den gelben Umschlag hingelegt und gesagt: ›Wenn du willst, kannst du ihn aufheben, ich brauche das jetzt nicht mehr.‹ Und sie wisse natürlich nicht, was darin steht, und sie müsse das auch nicht wissen. Aber ... nur warum gerade ihr? Awa war noch lange nicht im reinen mit Wohlgasts Hinterlassenschaft. Ohne jedes weitere Wort – einmal abgesehen von seinem reichlich banalen Hinweis auf die Länge des Lebens, das noch vor ihr liege ... In Awas Mundwinkeln, um ihr spöttisches Grinsen herum, verriet sich jetzt doch eine Spur von Verletztheit, ehe etwas aufbrach darin.

»Gerade ist mir die Idee gekommen. Warum soll ich sie dir nicht zeigen, Henrys Papiere? Ich meine ... weißt du ... Irgend etwas reizt mich daran, an diesem Einfall. Du bist der erste, selbstverständlich, und du bist der einzige – wenn ich sie jemals aus der Hand gebe, dann nur ... «

Bewußt hielt ich mich mit einer Reaktion zurück.

Es war nach acht Uhr und Zeit, Awa am Abendbrottisch ihrer Mutter abzuliefern, mit dem kostbaren kleinen Umweg durch die Dunkle Gasse.

Vor ziemlich genau einem Jahr hatte ich Bozena kennengelernt. Nach meiner Lesung kam ich mit einigen jungen Polen ins Gespräch, und da zu dieser Zeit schon vage Pläne für meine Reise nach Krakau bestanden, ließ ich mir von Bozena die Heimatadresse geben. Ich hatte dabei den Eindruck, wir würden uns dort wirklich noch einmal begegnen.

Unter ihrer Telefonnummer meldete sich dann aber eine andere Frau. Es dauerte seine Zeit, bis sie meinen Offenbarungseid in polnischer Sprache begriff und annahm und wir uns weiter auf englisch verständigten. Bozena sei nicht mehr in Krakau, sie studiere jetzt in Warschau, doch hin und wieder komme sie für ein Wochenende nach Hause. Die Frau hatte eine junge Stimme, deshalb hielt ich sie für eine Studentin, die Mitbewohnerin von Bozenas Wohnung vielleicht. Hinterher erfuhr ich, daß ich in ihrem Elternhaus mit der Mutter verhandelt hatte, zwei Jahre älter als ich.

Es bedurfte noch einiger Absprachen am Telefon, bis Bozena und ich endlich am Großen Markt, zu Füßen der monumentalen Statue des polnischen Nationaldichters Adam Mickiewicz, irrtumsicher verabredet waren. Die Stimmung dieses frühen Sonntagmittags: unentschieden zwischen kühl und warm, die Sonne geizte mit sich.

Bozena schien mir irgendwie verändert. Wiedererkannt hatte ich sie zuerst an ihrem Lachen, geradeheraus, das ihre kräftigen Zähne zeigte. Und dabei kam ich auch ihrer Veränderung auf die Spur: sie hatte sich eine neue, flottere Frisur zugelegt. Vom Mittelscheitel fielen ihr die kornblonden Haare weit in die Stirn hinein – mußten ständig weggeschüttelt oder fortgestreift werden, so tief fielen sie ihr in die Augen. Hinten ganz kurz: harte Kanten ins Haar geschnitten, der Nacken ausrasiert in einer Kurve.

Bozena studiert Germanistik im dritten Jahr, und sie spricht ein feines ausgearbeitetes Deutsch – nicht fehlerfrei und stark von dem slawisch rollenden R geprägt, aber mit vielen komplizierten idiomatischen Wendungen durchsetzt, älteren Datums zumeist, die sie mit Stolz und einer kleinen Sorge im Blick vorführt: den Teufel an die Wand malen, wider den Stachel löcken, fünf gerade sein lassen ...

Mit ihrem vollen, breiten Gesicht wirkte Bozena jünger als dreiundzwanzig – ohne jede Prägung noch ihr milchheller Teint, jetzt von der Junisonne leicht gerötet, vor allem auf den Wangenbögen.

»Und du engagierst dich immer noch so für die Kirche, mit Leib und Seele?« wollte ich als erstes von ihr wissen. Bozena hatte mir in Deutschland seinerzeit von all den Aktivitäten in ihrer Kirchengemeinde zu Hause erzählt, mit leuchtenden Augen.

Oh, da habe sich bei ihr doch viel verändert in den letzten Monaten, meinte sie. Die Worte kamen ihr nur stockend von den Lippen. Natürlich besuche sie weiter jeden Sonntag den Gottesdienst – auch heute wieder, vor dem Mittagessen, mit der ganzen Familie. Sie sei nun einmal tief verwurzelt in der Kirche. Doch diese Bindungen – sie begännen sich zu lösen, das spüre sie, ganz deutlich. Ihre Befangenheit beim Reden nahm nicht ab. Was sie zur Zeit eben besonders beunruhige, das sei das massive Eifern des Klerus gegen das neue Abtreibungsgesetz, die Art und Weise, wie Parolen den Gläubigen von der Kanzel herab aufgenötigt würden. Eigenes Nachdenken sei keinesfalls willkommen. »Und es geht ja wohl nicht an, die Abtreibung unter Strafe stellen zu wollen und gleichzeitig keine Verhütungsmittel freizugeben – oder?« Bozena war ein bißchen rot geworden, nicht von der Sonne.

»An den Kiosken hier habe ich aber Präservative liegen sehen, zwischen Schuhriemen und Rasierklingen. Dort bekommt man ja noch das meiste bei euch ...«

»Aber das dringt doch nicht durch. Gut, hier, in der Stadt, kann man das kaufen, aber auf dem Land, in den Dörfern ... da wissen die Frauen doch nichts davon. Und neulich, in der Predigt, hat der Pfarrer die Gemeinde sogar aufgefordert, uns alle, daß wir uns nach dem Gottesdienst eintragen sollten in eine Liste gegen das Abtreibungsgesetz. Da bin ich vorher weggegangen, ganz bewußt, und so auffällig, daß er das mitbekommen mußte.«

Mittlerweile hatten wir dem erzernen Dichter Mickiewicz auf seiner hohen Säule den Rücken gekehrt und standen auf der anderen Seite der Tuchlauben in der dünnen Vorsommersonne. Mit einem halben Auge verfolgten wir die Modenschau, die dort mit der enorm verstärkten Stimmgewalt eines plapperwütigen Ansagers über die Bühne ging.

»Und dann der Papst!« Jetzt hatte Bozena sich endlich freigeredet. »Auch in diesen Tagen wieder, hier in Polen, auf seiner Pastoralvisiste, agitiert er aufs neue gegen das Gesetz. Sie brauchten gar nicht nach Europa zu gehen, die Polen, hat er gerufen, sie seien doch längst schon da. Sie hätten Europa mit aufgebaut und brauchten nicht alle Dummheiten der anderen mitzumachen, die Polen – damit hat er natürlich wieder die liberale Abtreibungspraxis in den anderen Ländern gemeint. Die Formel ›Nach Europa gehen‹ ist in diesen Tagen ja das Zauberwort bei uns in Polen. Das wirst du bestimmt schon mitbekommen haben ... Ja zu Europa, Zurück zu Europa – wenn ich das schon höre«, schimpfte Bozena weiter und blies sich zornig die Fransen aus der Stirn. »Natürlich bin auch ich dafür, mir braucht das keiner zu sagen. Aber warum sind dann meine Landsleute so feindselig gegenüber den Russen eingestellt, gegenüber den Zigeunern, die jetzt aus Rumänien kommen und in den Straßen betteln? Auch die gehören zu Europa. Man kann nicht nur nehmen wollen von Europa, man muß auch bereit sein, etwas zu geben.«

Wir hatten den Marktplatz inzwischen verlassen und saßen jetzt im Hof der Jagellonen-Universität unter den Arkaden der Renaissance. Das Collegium Maius lag in sonntäglicher Leere vor uns, ein guter Ort zu denken und zu reden.

Vor kurzem, sagte Bozena, mit gesenkter Stimme, vor kurzem erst habe sie sich gefragt, ob die Polen eigentlich Nationalisten seien. Sie habe lange darüber nachgedacht, sich eine Antwort wirklich nicht leichtmachen wollen. »Ja«, kam es aus ihrem Mund, noch leiser, »ja, wir sind Nationalisten« – das habe sie sich eingestehen müssen. Seit einiger Zeit mißtraue sie der Art, wie ihre Landsleute mit ihrer Nationalität umgingen, mit den Mythen, in denen sie lebten, der fixen Idee zum Beispiel, daß sie, die Polen, die Märtyrer der Weltgeschichte seien, der »Messias der Völker«, der »Christus der Nationen«. Solchen Unsinn habe etwa auch dieser Adam Mickiewicz verbrochen, und deshalb werde er als Nationaldichter verehrt, bis heute, mit seinen bis zur Peinlichkeit schlechten Versen. Nach Meinung dieser unseligen Propheten habe Polen wie Christus gelitten, sei gestorben wie er am Kreuz – »und damit meinen sie allen Ernstes die Teilungen des Landes« – Polen werde immer wieder auferstehen ... »verrückt – findest du das nicht auch einfach verrückt?«

»Verrückt? Ja, vielleicht«, sagte ich und mußte lachen – über diesen polnischen Messianismus, mehr aber fast noch über die Fassungslosigkeit in Bozenas Gesicht, das jeden Halt verloren hatte, ganz aus der Kontrolle geraten war. Der Unterkiefer hing ihr herunter, ganz Ausdruck eines kleinen schmollenden Mädchens. »Oder blasphemisch – eher blasphemisch, besonders für einen guten Katholiken, oder ...?«

»Ich jedenfalls bin keine Märtyrerin«, sagte Bozena und blitzte mir dabei in die Augen, als hätte ich das behauptet, »ich nicht! Ich führe mein eigenes Leben, als eine junge Frau dieser Zeit. Ich bin kein Opfer der Geschichte, und ich will keines sein. Ich will reisen, will Menschen kennenlernen aus allen möglichen Ländern, ich will mir mein Leben einrichten, so gut es geht, mein eigenes Leben. Und dafür will ich selbst geradestehen, ich allein. Der Papst ist ein alter Mann, der nicht mehr weiß, was die Menschen bewegt, hier bei uns und anderswo ...«

In ihren Augen saß die ganze Entschlossenheit der Jugend. Eingetragen auch die ersten Spuren von erwachsener Härte, in denen sich ihre Lebenserfahrungen und Lebensenttäuschungen ablagerten. Und Kraft war in ihnen, Energie, Durchsetzungswillen. Hier gab es kein Zurück mehr. Erst jetzt nahm ich Bozena ganz ernst in dem, was sie sagte.

Sie hockte da, auf dem Steinrand, die Arme um ihre Knie geschlungen, und spielte mit den Zehen in einer Ritze zwischen den Platten. Den Kopf gesenkt, fiel ihr das Haar wieder bis in die Augen. Aber Bozena brauchte nichts zu sehen jetzt.

Doch es gebe ja auch Ermutigungen, kleine Zeichen, die ihr Mut machten. Sie hob den Kopf und schüttelte sich den Blick frei.

»Ja, die katholische Kirche in Polen ...«, sagte ich so vor mich hin und nickte dazu.

Beide schwiegen wir, in der feierlichen Stille späten Mittelalters, die längst über uns gekommen war.

»Und Auschwitz?« fragte Bozena leise, schaute mich an dabei, sehr nah. »Wie stehst du zu Auschwitz?«

»Mein Gott, das ist eine Frage ... Bisher habe ich den Besuch dort immer noch hinausgeschoben, aber bald ... bald wird es wohl sein müssen.«

»Ehrlich gesagt, ich bin gegen Auschwitz«, meinte Bozena wieder ziemlich heftig. Die Art, wie dort das Leiden und das Sterben so vieler Menschen in einem Museum wachgehalten werde, künstlich wachgehalten ihrer Meinung nach, das lehne sie ab. Für jeden polnischen Schüler gehöre es zur Pflicht, einmal mit seiner Klasse in Auschwitz gewesen zu sein – alle Kinder des Landes von zwölf oder dreizehn Jahren würden durch das Lager geschleust. Sie sei nicht mitgefahren seinerzeit, sie habe sich von ihrer Mutter eine Entschuldigung schreiben lassen.

»Es ist noch nicht lange her, da hat mich ein alter Mann schlagen wollen, richtig schlagen, so – mit der Faust, als ich ihm erzählte, daß ich Deutsch studiere.«

Bei ihm könne sie das noch verstehen – ein alter Mensch, der den Krieg erlebt und erlitten habe. Aber die Jugendlichen, die Jungen von heute – warum müßten die jedes Jahr nach Auschwitz geführt werden? Damit werde doch nur ein Feindbild lebendig gehalten – der schlimme Deutsche, der sich an den Polen versündigt habe, gar an der polnischen Nation.

»Wenn wir Polen nach Europa wollen, dann dürfen wir uns nicht länger auf unserer Märtyrerrolle ausruhen, wir Märtyrer der Geschichte, Opfer von anderen Völkern und Ländern. Wie siehst du denn Auschwitz, als Deutscher?«

Mit einem Satz sei ihr nicht zu antworten. Da müßte ich schon etwas ausholen. Ob sie vielleicht davon gehört habe: Mitte der achtziger Jahre sei in Deutschland eine intellektuelle Debatte genau darüber geführt worden, der Historikerstreit ...

Bozena hörte mir zu, mit konzentrierter Aufmerksamkeit, aber ich merkte, daß ich sie mit meinen Worten nicht erreichte.

»Ich meine«, sagte sie und zögerte, »ich wollte eigentlich wissen, wie *du* dazu stehst ...«

»Sag' ich das denn nicht die ganze Zeit?« versuchte ich mich zu rechtfertigen, ziemlich kleinlaut. »Was heißt da schon persönlich ...? Damals jedenfalls, 1986, während des Historikerstreits, habe ich mich gerade noch einmal auf die Seite der moralischen Rigoristen geschlagen, obwohl ich spürte ... Da waren schon große innere Zweifel, aber ich wollte sie mir noch nicht eingestehen. Ja, es ist mir doch schon damals einigermaßen klar gewesen: die besseren Argumente hatten die Historiker auf ihrer Seite. Das war keine bequeme Einsicht für mich, das darfst du mir glauben. Nur die auftrumpfende Sprache, in der sie ihre Thesen vorbrachten – in diesem Punkt bin und bleibe ich nun einmal überempfindlich: dahinter konnte ich mich gerade noch einmal verstecken. Aber das war, wie gesagt, 1986. Heute, nach den Ereignissen von 1989 – jetzt, da sich die Starre der Blöcke aufgelöst hat in Europa, jetzt halte ich die moralische Position, auch im Zeichen von Auschwitz, nicht mehr für haltbar. Ja, ich halte sie sogar für politisch verhängnisvoll. Ich glaube wirklich: die moralische Anstrengung, die damit verbunden ist, kann einer jungen Generation nicht mehr einfach so zugemutet werden. Die Jungen von heute sind die Enkel der Täter von damals, weißt du, es besteht für sie also kaum mehr ein persönlicher und lebendiger Bezug dazu. Und erst recht die kommenden Generationen: darf man die noch weiter in die Pflicht der Geschichte nehmen wollen, im Namen von Auschwitz? In die Pflicht, verstehst du?! Auschwitz würde dann zu einem Mythos von deutscher Schuld, so wie bei euch Polen vielleicht die Märtyrerrolle in der Geschichte, und solche Mythen sind immer vom Übel. Sie verstellen den Weg in die Zukunft. Das ist es nämlich. Das Leben ist für jeden einzelnen immer schon schwer genug zu leben, zu jeder Zeit, man darf es nicht noch zusätzlich vorab mit Hypotheken aus der Vergangenheit belasten, mit dem Schrott, den irgendwelche Altvordern zurückgelassen haben ...«

Nein, zufrieden war Bozena nicht mit meinem Wort zu Auschwitz als Deutscher, als Person, so wie sie mich jetzt von der Seite fixierte.

»Ach, es ist alles verdammt schwierig«, sagte ich und hob die Schultern. »Frag mich noch einmal, wenn ich von Auschwitz zurückgekommen bin ...«

»Da bin ich doch längst schon in der Tatra, zum Wandern!« Bozena lachte. Und war wieder ein junges Mädchen geworden.

«Dann erzähl' ich's dir eben, wenn du mich in Nürnberg besuchen kommst, auf deiner nächsten Reise nach Deutschland, ja?«

»Dobrze«, sagte sie und gab mir ihre Hand darauf.

Kaum setze ich nur einen Fuß auf die Wiese, kommt Robinson auf mich zugeschnellt und fällt mich an. Ein schlanker, athletischer Leib, biegsam und stark, sein schwarzes Fell glänzt. Er schnappt nach mir, die Zähne klirren, Porzellan auf Porzellan. Haifischzähne, ganz dicht gesetzt, die nach innen wachsen. Sonst gibt das Tier keinen Laut – kein Knurren, kein Hecheln – nur das Krachen der Zähne. Habe plötzlich, Gott sei Dank, einen Stock zur Hand, mit dem ich mich verteidigen kann, einen Knüppel von mittlerer Länge. Versuche, ihn Robinson ins Maul zu schieben. Er beißt darauf. Holz splittert, lautlos.

Ein Auto umfährt den Kreisel, langsam. Der Fahrer beobachtet unseren Kampf, senkt seinen Daumen. Nein, es ist Awa! Sie will ihre nackte Brust bedecken. Sie schaut zu mir herüber, erkennt meine Lage, gibt mir Zeichen, daß sie mir helfen will, hat aber wohl auch mit ihrer Nacktheit zu tun. Ich muß mir weiter den Hund vom Leibe halten, der mich immer wieder anspringt, nach mir schnappt, nicht mit schäumender Wut, sondern kühl und konzentriert, in sachlicher Todfeindschaft. Mehrmals schon ist Awa im Kreisverkehr herumgefahren, aber sie kann nicht stoppen. Sie wird vorwärts geschoben vom Verkehr. Jetzt, endlich, fährt sie Schritt, reißt den Schlag auf, ich springe ins fahrende Auto – gerettet!

Schaue an mir herunter, entdecke keine Wunden, kein Blut, spüre keinen Schmerz. Der Knüppel in meinen Händen – auch er völlig unversehrt. Nicht ein Knüppel – zwei Stäbe, mit Papier umwickelt, eine Schriftrolle. Die Thora! Ich halte eine Thorarolle in meinen Händen. Noch nie im Leben habe ich so etwas in der Hand gehabt ... Darf ich das denn überhaupt? Ich bin doch kein Jude ... Ich zeige sie Awa. Sie nimmt mir die Thora aus den Händen, als sei es ihr Eigentum, lange vermißt, sie wirkt gereizt dabei, vollkommen fremd mir gegenüber, rollt die Thora auf im Fahren, das Pergament fällt wie Seide über ihren nackten Körper ...

Die Traumbilder saßen noch in meinem Kopf, als ich am nächsten Morgen die Wohnung verließ, auf die Straße trat, mich umschaute, nach Orientierung suchte. Eine junge Frau kam mir entgegen, auf dem Bürgersteig. Ich wollte ihr ausweichen, höflich wie immer, aber irgend etwas in mir war anders dieses Mal, die Ausweichbewegung mißlang, ich wurde geradezu weggedrückt von meiner Unentschlossenheit, die zu dieser frühen Stunde mehr wog als mein Lebendgewicht – pfeilgerade steuerte ich auf das Mädchen zu. Bevor wir aufeinanderprallten, riß ich meinen Körper gerade noch zurück, lächelte starr vor Hilflosigkeit in die weit aufgerissenen Augen der Fremden, schrammte haarscharf an ihr vorbei, kam völlig aus dem Tritt dabei, schwankte, mußte stehenbleiben, um mein Gleichgewicht wieder zu finden, ging weiter dann, ohne mich umzuschauen.

Die Kawiarnia Europejska am Marktplatz brachte diesen neuen Tag wieder ins Lot für mich – die vertraute trostlose Umgebung, die Kellnerin, die mich jeden Morgen so bediente, als habe sie mich noch nie gesehen, das Rührei, der Kaffee vor allem. Mittlerweile nahm ich die gefühlsleere Neutralität dieses Platzes nicht mehr nur widerstrebend hin, ich hatte sie sogar ein bißchen zu schätzen gelernt. Nichts war hier, was mich erregen konnte – weder freuen noch ärgern. Wenn es denn so sein soll, das alles ... Vielleicht war es gerade diese Stimmungslosigkeit, die etwas Stabilisierendes hatte am Morgen, weil sie vor jeder Überraschung schützte. Nichts – nichts würde mich hier je aus der Fassung bringen können.

Ich saß schon bei der zweiten Tasse, meine morgendliche Polnischlektion ließ ich ausnahmsweise ausfallen. Meine Gedanken hatten heute etwas anderes vor mit mir. Sie drückten mir den Bleistift in die Hand. Es ergab sich. Schrieb:

In allen Dingen, die er tat, war X. schnell. Er aß schnell, er arbeitete schnell, er liebte schnell. X. war für seine Schnelligkeit bekannt – bei seinen Freunden geachtet dafür und ein wenig bedauert, bei seinen Feinden bedauert, gefürchtet, verhaßt. Der Schnelle – das war wie sein zweiter Name, für die anderen, aber auch für sich selbst.

Eines Tages jedoch, beim Kaffeetrinken, kam X. sich auf die Schliche. Erschrak dabei vor sich selbst. Die zweite Tasse Kaffee hatte er gleich mit dem Frühstück bestellt, um nachher keinen zusätzlichen Zeitverlust hinnehmen zu müssen. Beim Zucker: der Schock der Erkenntnis.

X. hielt den Würfel über der Tasse, ließ ihn kreisen, immer tiefer hinab, der schwarzen Flüssigkeit entgegen, so schwarz, als berge sie alle Tiefen in sich, er tippte mit dem weißen Klotz endlich die moordunkle Oberfläche an, hielt ihn ihr hin wie einen Köder, daß sie ihn sich schnappe, es dauerte eine Schrecksekunde, ehe die Flüssigkeit reagierte und ihre Chance ergriff, das Weiß von unten ansaugte, rasch sich dann hochfraß, das Weiß einbräunte, jetzt bröselte der Rand unten ab. X. hielt an dem Würfel fest, er gab ihn nicht preis, faßte nach, hielt ihn, solange er konnte, die Würfelform war kaum mehr zu erkennen, franste aus, immer mehr. X. mußte es tiefer sinken lassen, kein Würfel mehr, nicht mehr zu retten, Daumen und Zeigefinger von X., schon feucht geworden, konnten den Zucker nicht länger bewahren vor seinem Aufgehen im Kaffeeschwarz – so verschwindet etwas!

Und wie X. diesen Schmerzgedanken fühlte, auch mit einer erstaunlichen Portion Lust, da war der Würfel – vorbei – aus – nur noch eine klebrige Spur an seinen beiden Fingern: Zuckerhimmel oder Zuckerhölle? Den Kaffee umrühren. Schnell. Jetzt konnte er endlich getrunken werden.

Doch noch bevor X. die Tasse an seine Lippen führte, der sprichwörtlich Schnelle, der für sein Tempo Geachtete und Gehaßte, war ihm mit einem Mal klargeworden, daß er in der Tiefe seiner Seelentasse eher der geborene Faulenzer wäre, der Träumer, Müßiggänger, Zeitvernichter. Daß er so schnell war bei der Arbeit, beim Essen und bei der Liebe, rührte nur daher, daß er all das bald hinter sich bringen wollte – und endlich frei zu sein für die Spiele in der Luft, die Gedankentänze mit dem Nichts. Wäre er mit einer reichen Erbschaft auf diese schöne Erde gekommen, dachte X. bei sich, als er, schon im Stehen, noch ein paar Scheine Trinkgeld unter die leere Tasse schob – mit Gütern im Rücken, wäre aus ihm wohl auch ein Potocki geworden, ein müßiggehender Kugelschnitzer, und nicht einmal ein untalentierter. Und stand schon draußen auf der Straße und warf sich wieder ins Getriebe dieser Welt in seiner allseits bekannten Art.

Nach dem Überlesen dieser kleinen Geschichte, die mich überraschte als etwas gänzlich Fremdes, löschte ich das anonyme *X.* und setzte *Wohlgast* dafür ein. Warum eigentlich nicht? War das denn nicht ein passender Name?

»Meine Fee hat dich gesehen, in der Stadt, mit einer anderen Frau, mit einer blonden jungen Frau«, flüsterte Awa mir ins Ohr, trat einen Schritt zurück und stieß ihre kleine Faust an meine Brust, ein Tupfen eher. Wir standen wieder einmal in der Dunklen Gasse, vor dem Abschied, mit warmem Körper, und wollten nicht loslassen voneinander.

»Da drüben ...«, sagte ich, »ich habe gehört, da drüben soll das Gebäude der Chassiden von Radomsk gestanden haben ...«, und lugte dabei über Awas Schulter weg zu den verkohlten Hauskadavern der ehemaligen Judenstadt.

»Lenk nur nicht ab! Meine Fee hat nämlich gesagt, wenn das öfter vorkommt, dann will sie dich ein bißchen verzaubern, in einen Drachen vielleicht ... oder in einen Hund.«

Erst auf dem Heimweg, als ich überlegte, wie ich den Abend verbringen sollte, allein, ohne sie, fiel er mir wieder ein, der Umschlag mit den Aufzeichnungen Wohlgasts, den Awa mir heute gleich in die Hand gedrückt hatte, dieses Orangegelb, wie ich es nur von Amerika her kenne. Sie hatte mir den Umschlag gegeben, ohne weiter etwas zu sagen, und auch in ihrem Gesicht hatte ich keine besondere Regung bemerkt – am ehesten vielleicht eine Spur von Erleichterung.

»Ich lese es schnell, du kriegst es bald zurück«, hatte ich gesagt, sie aber hob nur leicht die Achseln. Ja, ich hatte fast den Eindruck, daß sie es gar nicht mehr zurückhaben wollte.

Jetzt zog ich den Umschlag aus meinem Notizbuch heraus. DIN-A5-Format, weder beschriftet noch zugeklebt, wog ihn in der Hand, er war nicht schwer, zwanzig Seiten vielleicht mochten es sein, gerade recht für einen Abend. Ich war sekundenkurz versucht hineinzuschauen, an Ort und Stelle hier in der Ulica Miodowa, das heißt Honigstraße. Und ließ es sein. Etwas mehr Form wollte ich der Lektüre von Wohlgasts Papieren doch gönnen, jenes Mannes, der wie ein blasser Schatten über meinen Wegen in Krakau lag. Nein, das war auch kein Lesestoff für die eigenen vier Wände. Entschied mich, wie so oft, für den Großen Marktplatz, wo das Herz dieser Stadt offenliegt. Inmitten all der Menschen hier, vor den Tuchlauben, die Marienkirche des Veit Stoß und die Säule mit dem Dichter, wenn's auch der falsche war, im Blick, wollte ich heimlich zusammen sein mit diesem unheimlichen Menschen.

Blätter, von Hand, mit Heftklammern und lose – eine ruhige, ausgeschriebene Schrift, gleichmäßig über die Seiten hinweg, beim ersten Überfliegen schien es jedenfalls so, schwarze Tinte, kaum Verschreibungen, mit Schonung auch behandelt das Papier, weißes, leicht durchsichtiges Papier, amerikanisches Format, kürzer als DIN A 4. Nirgendwo eingerissen oder geknickt, selbst um die Klammern herum ohne Schäden, einmal gefaltet nur, streng auf die Hälfte. Doch, ein Blatt war anders, wegen seiner Beschriftung – wenige Zeilen nur, in Majuskeln geschrieben, ausgerechnet sie wirkten etwas zittrig ... ES GIBT DINGE, DIE NIEDERZUSCHREIBEN UNNÖTIG IST, WEIL ES SONST SCHEINT, ALS WÄREN SIE NICHT NUR FÜR UNS GEWESEN. Merkwürdiger Widerruf des Schreibens, auf den ich da gleich stieß, er mochte die Dünne dieses Manuskripts vorab erklären. Warum es dann nicht gleich lassen? Ein Gedicht, über ein volles Blatt, *Gott, meine Sehnsucht zu Dir ist aufgeblüht*, etwas Hymnisches – oje! wie peinlich – und schnell erst einmal nach hinten gesteckt, um meine Entdeckerfreude nicht weiter zu bremsen, hinter die kompakteren Teile mit den Heftklammern. Ich zog lieber ein paar Seiten mit wenigen Zeilen heraus, Aphorismen, Notizen? *Man verläßt ein Ufer und kommt am anderen nie an.* Oder *Wie alt manche Menschen werden müssen, um wieder jung zu sein, so jung wie sie geblieben sind, hinter den Kulissen des Erwachsenseins.*

Da, beim Suchen ohne Ziel in den Blättern, einige alte Bekannte, Texte, die ich vor kurzem noch selbst mit eigener Hand in mein Notizbuch übertragen hatte, in der Küche von Frau Kuszlik, abgeschrieben von den Plakaten aus den Tagen der deutschen Besetzung Krakaus im Zweiten Weltkrieg, vergilbte, stockfleckige, zerrissene Fossile einer kaum mehr denkbaren Vor-Zeit, die sich in der Schatzkammer unserer gemeinsamen Gönnerin verloren hatten. Was für eine seltsame Berührung zweier Menschen, die einander noch nie gesehen hatten und kaum je sehen würden, so etwas wie eine Begegnung durch dieses Papier, über dieses Papier hinweg, ins Werk gesetzt von der sehnsuchtsvollen Menschenliebe einer älteren polnischen Dame: als wäre es nicht nur für uns gewesen.

Während ich drei der Abschriften nur anlas, bis ich sie wiedererkannte – das ging sehr rasch –, mußte ich die *Anordnung zur Aussiedlung von Juden aus dem Stadtgebiet Krakau, unterzeichnet Krakau, am 25. November 1940. Der Chef des Distrikts Krakau Dr. Wächter. Gouverneur* mit einer gewissen Ahnung im Sinn noch einmal ganz durchlesen, Wort für Wort:

Ich habe festgestellt, daß die behördlichen Anordnungen zur Aussiedlung von Juden aus dem Stadtgebiet Krakau verschiedentlich nicht beachtet wurden. Die den Juden zur freiwilligen Aussiedlung gestellten Fristen sind ohne entsprechendes Ergebnis abgelaufen. Mehrfach hat sogar ein neuer Zuzug von Juden stattgefunden.

Zur Erreichung des gesetzten Zieles, Krakau judenfrei zu machen und nur jene Juden zu belassen, die infolge der Art ihres Arbeitseinsatzes derzeit noch benötigt werden, ordne ich mit sofortiger Wirkung folgendes an:

1) Der Zuzug von Juden in das Stadtgebiet Krakau ist verboten. Es wird hierzu auf die 1. Durchführungsvorschrift von 11. 12. 1939, V. Bl. GGP. S. 231 und 232 zur Verordnung vom 26. 10. 1939 über die Einführung des Arbeitszwanges für die jüdische Bevölkerung des Generalgouvernements verwiesen.

2) Im Stadtgebiet Krakau ist der Aufenthalt nur Juden gestattet, die im Besitz einer Sondergenehmigung (Zurückstsellungsbescheid) sind. Dieser Ausweis ist von dem Berechtigten ständig bei sich zu tragen und behördlichen Organen über Aufforderung vorzuweisen. Juden, die ohne diesen Ausweis angetroffen werden, werden zwangsweise ausgesiedelt.

3) Zur Vermeidung der Ansiedlung von Juden in nicht erwünschten Gebieten wird die Aussiedlung der Juden behördlich gelenkt.

Juden, die nicht im Besitz eines Zurückstellungsbescheids sind, haben sich bei der Aussiedlungsstelle des Distrikts, Krakau, Paviastraße 3, in der nachstehenden Reihenfolge zu melden:

Juden mit den Anfangsbuchstaben

A-D am 2. 12. 1940

E-J am 4. 12. 1940

K-O am 6. 12.1940

P-T am 9. 12. 1940

U-Z am12. 12. 1940

4) Bei der Aussiedlung ist die Mitnahme eines Handgepäcks von 25 kg pro Person gestattet. Jedes weiter jüdische Eigentum ist der Treuhandaussenstelle des Distrikts, Krakau, Westring 45, zum Kaufe anzubieten.

5) Die Durchführung dieser Anordnung wird streng überwacht. Zuwiderhandelnde werden bestraft.

Richtig, da war dieser Fehler, am Ende des Erlasses, in *Absatz 4 – jüdisches Eingentum* stand da im Original. Wohlgast hatte das Versehen entdeckt und mit übertragen, das überschüssige *n* dazu eingekreist. Ein zuverlässiger Mann also in diesen Dingen, doch daran konnte schon nach dem Zustand seiner Papiere kaum ein Zweifel sein.

Jetzt wurde es doch Zeit, die Bedienung des Tuchlauben-Cafés energischer auf mich aufmerksam zu machen, damit ich endlich zu meinem Kaffee käme. Für ein Bier war es mir noch zu früh, ich wollte meine Wachheit nicht trüben.

Der Tod ist nur für den Körper schrecklich. Die Seele denkt nicht. Deshalb ist beim Selbstmord der Körper der einzige Held, las ich, schaute über das Blatt in eine Ferne – und sah ins jähe Fallen der Tauben von der Marienkirche herab. War Wohlgast am Ende nach Krakau gekommen, um einen Platz zum Sterben zu finden? Und war dann doch wieder fortgegangen – wegen Awa vielleicht?

Ich hatte einen Brief von meinem Vater aus Palästina ... fing einer der längeren Texte an, er machte mich neugierig. Hatte Wohlgasts Vater nicht in Deutschland gelebt? Wieso dann Palästina?

Ich hatte einen Brief von meinem Vater aus Palästina erhalten. Er sei schwer krank und wolle seinen einzigen noch lebenden Sohn ein letztes Mal sehen. Ich empfand immer großen Respekt vor meinem Vater, sein Wille war mir Befehl. Also machte ich mich auf den Weg, Ende 1946, mit einem polnischen Paß und einem einzigen Visum: für die Tschechoslowakei. Da die Engländer mir wie jedem Juden ein Visum für Palästina verweigerten, wurden mir alle anderen auch nicht erteilt. Ich reiste mit Gruppen von illegalen jüdischen Emigranten, von Land zu Land, über die grüne Grenze. Es war die Zeit des großen Exodus. Wir überquerten zu Fuß die Alpen und kamen schließlich über Mailand nach Bari. Im Hafen bestieg ich ein Emigrantenschiff mit dem Namen »Patria«. Kaum waren die Anker gelichtet, änderten wir den Namen in »Moledet«, was hebräisch auch Vaterland bedeutet. Über tausend Menschen waren an Bord. Unweit der Küste von Palästina stoppten uns englische Schiffe, und wir mußten zurück auf hohe See. Dort versagten alle Schiffsmotoren. Der Kapitän signalisierte SOS, und die gleichen englischen Schiffe kamen uns zu Hilfe. Sie nahmen uns ins Schlepptau bis in den Hafen von Haifa, aber nur, um die Passagiere auf englischen Schiffen nach Zypern zu bringen. Auf der Insel lebten in einem Lager in Karaolis einige tausend Juden unter Bedingungen, die ganz passabel waren, verglichen mit unseren Erfahrungen im Krieg.

Später wurde ich in ein Lager nach Xyloklymlen verlegt. Dort erhielt ich einen weiteren verzweifelten Brief von meinem Vater, in dem er mich anflehte, so bald wie möglich zu kommen. Er liege im Krankenhaus und sehe sein Ende nahen. Ich erklärte dem Kommandanten des Lagers meine Situation, bat ihn, mich für einen Monat zu entlassen, und gab ihm mein Ehrenwort, daß ich zurückkommen würde. Der Kommandant hatte zwar Verständnis, aber auch seine Vorschriften. Also sagte ich offen, ich werde versuchen zu fliehen. Er entgegnete, er werde versuchen, das zu verhindern. Es war ein Gespräch zwischen zwei Gentlemen.

Zusammen mit einem jungen Mann aus Schlesien bin ich mit einem Boot geflohen, das drei syrischen Arabern gehörte, richtigen Seefahrern. Sie setzten uns drei Tage später an einer Küstenstraße ab und ruderten gleich wieder zurück. Eine Patrouille kam kurz darauf vorbei, ihre

Uniformen schienen uns ein wenig merkwürdig, aber wir hatten ja noch nie englische Infanteristen gesehen. Ich sprach sie auf englisch an, sie antworteten nicht. Ich fragte, wo wir seien, wiederholte ständig »Palästina, Palästina ...«. Endlich sagten sie in französischer Sprache: »Wir sind im Libanon.« Uns wurde alles klar. Die Araber, die ihr Geld verdienen wollten, ohne sich in Gefahr zu begeben, hatten uns an der freien libanesischen Küste abgesetzt. Wir wurden in die Stadt gebracht und vor Gericht gestellt. Die Richter, libanesische Christen, vor denen ich eine Verteidigungsrede in gebrochenem Französisch hielt, fällten ein mildes Urteil: einen Monat Gefängnishaft.

Nach der Freilassung fuhren wir nach Beirut, wo eine illegale Organisation, die Juden nach Palästina schmuggelte, uns in einer Luxuskarosse an die Grenze Palästinas brachte. Man gab uns einen Führer. Über die Berge gelangten wir schließlich nach Erez. Meine Reise hatte insgesamt elf Monate gedauert.

Die Krankheit meines Vaters erwies sich als weniger gefährlich als befürchtet. Ich verbrachte mit ihm ein paar Monate, zuerst im Krankenhaus von Bnei Brah, dann bei ihm zu Hause, bis er wieder gesund war. Im Mai 1948 kehrte ich nach Polen zurück, mit dem Flugzeug.

Ich hatte die Pflicht meinem Vater gegenüber erfüllt und mich vor ihm verneigt. Also konnte ich, wie schon vorher beschlossen, nach Polen zurückkehren und mich guten Gewissens der Erforschung deutscher Verbrechen an Juden widmen.

Ich hatte die Pflicht meinem Vater gegenüber erfüllt, sagte ich halblaut vor mich hin, und mich vor ihm verneigt – verneigt ... Eine zutiefst jüdische Geschichte – das Wort des Vaters ist Gesetz ... Gott Vater. Und ich sah in der Ausführlichkeit, mit der Wohlgast seine Erinnerungen an ein Gespräch wohl hier wiedergab, die Geschichte bestätigt, die mir seinerzeit Frau Kuszlik über ihn und seinen Vater erzählt hatte. Korrekt setzte ich die Heftklammer auf dieses Dokument einer aussichtslosen Gewissensarbeit, genau an die gleiche Stelle wie mein Vorgänger.

»Ein Mensch in seinem ganzen Widerspruch«, sagte ich zu der Servierern, auf deutsch, mit einem werbenden

Lächeln, als sie mir den zweiten Kaffee hinstellte und dabei stehenblieb, gleich zu kassieren: sie verzog keine Miene. Wann immer ich das Vergnügen hatte mit ihr, schmückte sie dieses eingeschnappte Kurz-vor-Feierabend-Gesicht. Daß sich nur ja nicht ihr Gesicht belebte mit irgendeiner Regung! Wie wäre ich dem auch gewachsen gewesen nach all der Zeit ...

Zu welchem Ende mochte Wohlgast die Erinnerungen an die schwierige Reise zu einem vermeintlich todkranken Vater später schriftlich festgehalten haben? Ob er ein Buch schreiben wollte? Kaum. Das konnte ich mir nicht vorstellen, wenn er zu dem Zeitpunkt bereits wirklich mit einer Krankheit zum Tode lebte.

Zwei weitere Gesprächsniederschriften fand ich noch unter seinen Papieren, doch erst blätterte ich einmal zurück und suchte die andere kurze Bemerkung, die ebenfalls mit *Ich* begonnen hatte.

Ich sah immer mehr, stand da geschrieben, *daß ich zu weit aus mir herausgegangen war, daß es darauf ankam, sich fest in die Hand zu nehmen, eng abzugrenzen, um Kraft zu bekommen zum Stoß über die Grenze, und diese Grenze ist innen, nicht außen!* Mit Ausrufungszeichen. Hier ermahnte sich einer selbst. Stoß über die Grenze ... und diese Grenze ist innen – nicht übel, Kollege Wohlgast ... Dann aber immer wieder sein Zurückweichen vor dieser eigenen Grenze – oder kämpfte Wohlgast um ein ganz anderes Ich?

Jetzt redete ein Simon durch Wohlgasts Hand. Ihm wollte ich eine Weile zuhören.

Simon: »In einer Scheune hatte ich mein Versteck, außerhalb des Dorfes, am Waldrand. Da hieß ich noch Scrul, vor bald fünfzig Jahren. Das Versteck war eine ins Heu gegrabene Höhle, in der ich stundenlang lag, angespannt, wachsam, ohne mich zu rühren. Nicht nur die Deutschen waren mir gefährlich, auch vor den Bauernkindern mußte ich auf der Hut sein. Es war schon vorgekommen, als ich im Dorf den Franek besucht hatte, daß Franeks zehnjährige Tochter zur Mutter lief und petzte: Scrul war da! Seither ließ mich der Bauer nicht mehr in sein Haus. Er stellte abends Brot, Milch und Rüben vor die Tür, und ich holte mir nachts das Essen in den Wald.

Noch vierzehn andere Juden hatten sich im Wald ein Erdversteck gegraben. Obenauf legten sie zur Tarnung Tannenzweige. Anderthalb Jahre lebten sie in dieser Höhle, und in der ganzen Zeit versorgte sie der Waldhüter Krol mit Nahrung. Eines Tages – vielleicht bekam er es mit der Angst zu tun, oder sie konnten ihn nicht mehr bezahlen – hat Krol sie verraten. Die Deutschen rückten an. Sie ließen niemanden aus dem Loch. Sie warfen Handgranaten hinein und brachten alle um. Mein Bruder war unter ihnen.«

– »Am schlimmsten war wohl der Winter?«

Simon: »Nein, im Gegenteil. Im Winter war es besser. In den Dörfern war es ruhig, und den Wald hatte ich nachts für mich allein.«

– «War es nicht kalt?«

Simon: »Wenn es kalt war, bin ich gerannt.«

– »Waren Sie nicht manchmal dran aufzugeben?«

Simon: »Ich hatte es oft leid, ja, aber alles in allem wollte ich mich nicht unterkriegen lassen. Da konnte kommen, was wollte.«

Wohlgasts Fragen – War es kalt? Wollten Sie aufgeben? – waren vielleicht die intimsten Töne, die ich in dieser Niederschrift entdeckte: leise, ängstlich, naiv beinahe, ohne die Distanz seiner Überlegungen und Maximen sonst. Wo mochte der Mann überhaupt stecken jetzt, wenn er noch lebte? War es denn ausgemacht, daß er nach Amerika zurückgekehrt war? Warum nicht nach Deutschland?

Jonasz: »1943, im Getto von Lemberg, wurde ich bei einer Razzia gefaßt. Man führte mich mit Dutzenden anderer Juden direkt in die Schlucht. Wir waren uns alle bewußt, daß wir in den Tod gingen. In der Schlucht fanden schon seit Monaten Erschießungen statt. Ich kann es mir selbst nicht erklären, bis heute nicht, warum ich, einen Sekundenbruchteil, bevor uns die Kugeln der SS erreichten, zu Boden gefallen bin. Ich hörte Schreien und das Stöhnen der Sterbenden und verlor das Bewußtsein. Als ich wieder zu mir kam, herrschte Stille. Die Deutschen waren weg, aber ich hatte keine Kraft, mich zu bewegen, und auch den Mut nicht. Lange lag ich so, die Körper über mir wurden kalt und starr. In meinem Dämmerzustand wußte ich nur noch, daß die Leichen der Erschossenen am nächsten Morgen verbrannt würden. In der Nacht, alles war dunkel und still, kroch ich unter den Toten vor, und lief davon, in den Wald, von Kopf bis Fuß mit fremdem Blut verschmiert. Ein polnischer Eisenbahner hat mir geholfen. Ich hielt mich eine Woche bei ihm verborgen. Dann habe ich mich auf eigene Faust nach Ungarn durchgeschlagen.«

Jetzt hatte ich nur noch die Wahl zwischen einem längeren Text, dem längsten überhaupt, mit *Kaddisch* überschrieben, und dieser Hymne an einen Gott – da nahm ich lieber noch einmal das Papier in Augenschein, hielt es vor die tiefstehende Sonne, Mieckiewicz entgegen, säulenhoch entrückt, wie es sich für Nationaldichter gehört, und las das Wasserzeichen – ein ovales Schriftbild, rechts aus der Mitte gesetzt, unter einer Krone, natürlich, das mußte sein. »EATON'S CORRASABLE BOND USA BERKSHIRE« buchstabierte ich mir zusammen, um und in das Oval stand das geschrieben, darunter »25 % Cotton Fibre« – ja, ich glaubte sie zu spüren, die Baumwollfaser, zwischen Daumen und Zeigefinger: ein sympathisch kräftiges Papier, nicht glatt, sondern aufgerauht, widerständig. Breit lag der Strich von Wohlgasts Füllfeder darauf, ließ nichts laut werden von irgendwelchen Zweifeln beim Schreiben.

Weiter nun.

F., in Bayern, Mai 1989 (Kaddisch) – warum sah ich die Abkürzung erst jetzt? F. ... wenn das für Fürth stünde, ja natürlich – da es hier wieder um ein jüdisches Thema ging – welche Stadt in Bayern – und nicht nur dort – hatte eine bedeutendere jüdische Tradition als Fürth? Warum aber kürzte Wohlgast ab? Distanz zu Deutschland, vermutete ich, er wollte keinen deutschen Ortsnamen mehr zur Gänze in den Mund nehmen – aus mehreren Gründen wohl. Und wenn er von dort herstammte – wenn Fürth die Stadt des Vaters war? Würden ja sehen ... Auf jeden Fall mußte er vor seiner Reise nach Polen erst noch in Deutschland gewesen sein. Wohlgast rückte mir immer näher – jetzt doch ein Bier, Frau Oberin!

F., in Bayern, Mai 1989 (Kaddisch) – Sonniger Samstagvormittag, die Straßen noch tagfrisch vor mir, als sei ich ihr erster Benutzer heute. Eine Synagoge in Deutschland ... Simon lächelt sogar, als er mich sieht – hatte ihn anders in Erinnerung von unserem ersten Treffen. Der weiße Gebetsmantel über den Schultern, als Schal gefaltet, die Kipa, blauer Samt, silbern bestickt. »Anhauch von Patriarchentum«, eine Ahnung vom Orient. Kommt mir so vor, als habe Simons Gesicht durch die kultische Kleidung einen Zug dazugewonnen, scheint mir eigener geworden.

Mascha bei mir, Mascha, sieht aus wie damals. Wie mein Bild von ihr, jahrzehntealt. Die Augen eng beieinander, nicht hell nicht dunkel. Farbe verloren. Die Haare braun, nach hinten gekämmt, ohne Scheitel, ohne Welle, nichts. Glatt. Abgeschnitten unterhalb der Ohren, dort staut es sich, ist dicker, kraust nach außen. Ohrringe schauen heraus. Einfache Goldringe, ja Gold wohl. Ihr Mund: fest die Lippen aufeinander, Oberlippe etwas vorstehend. Und der Hals, dieser wunderbare schmale weiße Hals ... Ein Baumwollhemd, trug sie meistens, großkariert, schottisch, mit dem weiten Kragen ... Mascha also bei mir, in der Synagoge, wollte unbedingt mit, obwohl sie auf das Judentum schimpft, ihr Judentum ... Sie hoch zur Frauenempore, ich unten. Der Vorbeter: diese zauberisch fremde Sprache. Die Synagoge: heller Raum. Das Fenster zur Straße geöffnet. Eine Sonnenbahn fällt ein, mit ihr die Luft des Mai. Vorne die Bundeslade, in Stein. Jemand tippt mir auf die Schulter. Ein alter Mann, älter als ich. Wo ich herkomme? Bank neben ihm frei. Setze mich einfach zu ihm.

»Sind Sie Jude?«

»Nein, ich bin kein Jude.«

Klopft mir aufs Knie. Heißt mich wohl willkommen.

Hat früher sein Geschäft hier in der Stadt gehabt, fünfzehn Jahre lang, Gold und Schmuck. Dann der U-Bahn-Bau, Geschäft verkauft, an einen Pakistani, sehr gut verkauft.

»Die Pakistani sind entweder ganz arm oder ganz reich. Mein Pakistani war ganz reich!«

Lachen beide. Keine Scheu zwischen uns.

Fünfundsiebzig Jahre alt (heißt Jonas). Wirkt dabei kein bißchen müde. (Beneidenswert!) Voller Lebenskraft.

Witz in den Augen. Stammt aus Ungarn. Alle hier in der Synagoge aus dem Osten, Polen, sagt er. Auch aus Kazimierz?

Jonas: »Armut hält jung. Ein Teller Suppe, ein Stück Brot, das reicht für einen Tag, das reicht mir bis heute.«

Alles sehr alte Männer hier. Bin ich der jüngste? Nein, Gott sei Dank! Zwei oder drei vielleicht jünger als ich, nicht viel. Gerade zehn Gläubige. Jetzt ein großer, schwerer Mann in der Tür, ein jüngerer hinterdrein, dann zwei boys, schwarz der Anzug und die Hüte. Gesichter blaß wie Wachs.

Jonas: »Der Rabbi der amerikanischen Armee hier, mit einem Soldaten und zwei Söhnen. Fünf Söhne hat der Rabbi, fünf Söhne!« Amerikaner also, Landsleute (really?). Nehmen Platz in der ersten Reihe, gegenüber dem Rabbi. Der bereits vor der Gemeinde mit seinem Buch, liest halblaut darin. Wippt mit Oberkörper vor und zurück, mal heftig, dann wieder ganz sacht. Worte durch seinen Körper, Worte – Bewegung, Wortkörper: Fleisch.

Jonas mit seinem Buch, den hebräischen Schriftzeichen der Heiligkeit, rezitiert stumm vor sich hin. Im Fach meiner Bank die Thora in englischer Übersetzung, Geschenk einer Mrs. Pessl aus Brooklyn, zur Erinnerung an ihre geliebte Mutter. Blättere in dem Buch, Kaddisch der Hinterbliebenen, Worte der Trauer voller Poesie. »Ich bin eine Rose von Sharon, eine Lilie in den Tälern ...«

Alle Männer – außer mir – jetzt im weißen Gebetsmantel, haben ihn wie eine Toga über den ganzen Körper gebreitet. Simon tritt vor den Schrein, Vorhang beiseite, öffnet Türe: die Thora! Dunkelblauer Samt.

Treten aus den Bänken, auch ich, als der Rabbi die Rolle durch den Raum trägt. Berühren sie mit unterem Zipfel ihres Gebetsmantels, führen die Fransen an den Mund, küssen sie. (Ich nicht!) Rolle kommt auf den erhöhten Tisch, mitten im Raum. Silbernes Schild abgehängt, den Griffel. Fünf Männer um Die Schrift: Rabbi, Simon, drei andere. Einer führt den silbernen Stift, zeigt Stelle, wo Lesung einzusetzen hat. Volle Stimme des Rabbi, Erzählung der Väter, Klingen: Ur-Wort jüdischer Identität, Substanz von Jüdischkeit, Körper und Geist. Männer schauen lesen-

dem Rabbi über die Schulter, als Zeugen, lösen einander ab. Zwischendurch Zwiegespräch von Rabbi und Zeugen, ritualisiert. Rabbi stellt knapp Fragen, Zeuge antwortet. Verstehe Namen. »David Ben Hirsch«, »Mordechai Joseph«. Habe Eindruck, daß Genealogie abgefragt wird, vom Vater auf den Sohn.

Inzwischen der amerikanische Rabbi als Zeuge. Sein Hebräisch stark von gerolltem »R« geprägt, von unserer Sprachmelodie, überdeckt fast die Laute der Väter. Amerika, Deutschland, Ungarn, Polen, Israel – verständigen sich in Sprache ihrer Heiligen Bücher aus Vorzeit, und nur in ihr. Weltweite Gemeinschaft der Juden – ganz und gar aufs Wort gegründet, jahrtausendalte Geschichten eines orientalischen Hirtenvölkchens! And me?

Lese flüchtig in englischer Übersetzung. »Deine beiden Brüste, Sulamith, sind wie zwei Rehkitze, wie Gazellenzwillinge, die friedlich nebeneinander zwischen Lilien äsen ...«

Mascha – was macht Mascha inzwischen? Verschwunden hinter hohem Holzgitter auf der Empore. Hätte sie gerne neben mir, Körper an Körper, Wärme. Kann doch nicht nach ihr rufen hier?

Ob ich verheiratet sei? Kluger, feinfühliger Alter.

Warum lügen? Nein.

Jonas: »Vernünftig. Frauen reden nur den ganzen lieben Tag lang. Irgend etwas haben die Frauen immer zu bemerken und zu nörgeln. Männer machen Geschäfte, gehen in den Krieg oder streiken oder werfen Bomben. Eine Frau hat nur ein Thema. Das steht schon in der Thora.« Früher hat er viele Frauen gehabt. Ist ein Playboy gewesen, Probe auf Wirkung dieses Worts in meinen Augen. Die Frauen wundervoll, alle Frauen. Und wenn Männer ab Sechzig Schwierigkeiten mit Prostata bekommen, ist das für ihn Zeichen, daß Männer faul geworden, viel zu faul.

Jonas: »Laß deine Hand des Abends nicht ab, heißt es in der Thora ...«

Rabbi hält inne. Am Ende der Lesung für heute. Simon wieder, versorgt die Rolle: Umlegen des Bandes, Hände zittern so stark, hat Mühe, Knoten zu knüpfen. Samt über Thora streifen, Schild, Silberstift darübergehängt. Dieses

Altwerden ... Rolle durch Gemeinde getragen, zum Abschied. Zurück in den Schrein. Simon nimmt neuen Schal, Auseinanderfalten, quälende Weile. Jüngster Sohn des amerikanischen Rabbis, sechs, sieben Jahre alt, so alt wie ich damals, nein, jünger. Bekommt Tuch um Schultern gelegt vom Greis, drei Leben zwischen ihnen, Simon zupft und zupft, bis kleiner Junge ganz eingehüllt. Winziger Beduine aus den USA tritt vor Schrein in Deutschland, öffnet Tür noch einmal, singt mit hoher, heller Knabenstimme Lied hinein, wiegt schmächtigen Körper dazu, vor und zurück. Gemeinde antwortet seinem Singen, tief.

Jonas: »So, jetzt werden wir etwas essen! Bleiben Sie da, es gibt Hering und einen Schnaps.« Treten alle aus Bänken, gehen aufeinander zu, geben uns die Hände, sagen »Schabbes Schalom!« Tut mir gut, diese paar Worte auszuleihen. Brötchen auf dem Tisch, Heringssalat, Wodka, Gabeln, Gläser. Verzehre einen Bissen, trinke einen Schnaps, auf nüchternen Magen. Mascha! Schaue mich um nach ihr. Wo bleibt sie? Findet sie Weg nicht?

Wartet draußen, an Synagogenmauer gelehnt, läßt Sonne an ihre Haut, genießt Wärme. Schaut mich an, streng, ernst. Ihre Stimme – kein Zweifel: sie ist es, der weiche Alt, brüchig am Rand – wie früher.

Sagt: »Zehn Männer müssen es sein, die eine Gebetsgemeinde bilden, Männer. Frauen zählen nicht mit, von uns ist überhaupt nicht die Rede. Wenn dann so: ›Gesegnet seist Du, o Herr unser Gott, König der Welt, der Du mich nicht als Weib geschaffen hast‹.«

Versuche Mascha zu besänftigen. Will mich ihr nähern, Arm anfassen, weicht zurück. Sagt: »Bist du jetzt doch ein Jude?« Und ist verschwunden. Und ich – wo?

In Fürth! Eindeutig Fürth: ich hätte das geschworen. Der Synagogenraum, die überalterte osteuropäische Gemeinde, der Rabbi der amerikanischen Armee – so kannte ich es von meinen Besuchen dort im letzten Sommer, als ich ein Portrait der jüdischen Gemeinde geschrieben hatte. Nichts jedenfalls sprach dagegen, daß Wohlgast dort gewesen sein mußte und seine Mascha wiedergesehen hatte – als Traumbild auf der Frauenempore – denn was anderes sollte ihre Erscheinung gewesen sein als ein Traumbild? Doch so sicher war ich mir nicht, wie ich den Bericht deuten sollte, in dem Wohlgast sich, zum einzigen Mal in den Papieren, schriftstellerisch etwas zugetraut hatte, mit einem Anflug von Witz sogar. Auf jeden Fall legte er hierin mehr bloß von sich als sonst, obwohl er immer noch diskret genug blieb. Und dieser Bezug zu Fürth, wenn es denn stimmte – natürlich würde ich mich in der Israelitischen Kultusgemeinde dort erkundigen, sobald ich von Krakau zurückgekehrt war, ob sie etwas wüßten von einem Besucher namens Henry Wohlgast, dem Professor aus Amerika, als er da war im Frühjahr 1989.

Und warum nicht, bestürmte mich das zweite oder dritte Bier, warum nicht nachfragen im Einwohnermeldeamt von Fürth, aber auch in Nürnberg und Erlangen, nach einer Mascha Wohlgast suchen lassen – so hieß sie doch, wenn sie tatsächlich Wohlgasts Vater, ihren Schwager, geheiratet hatte. Natürlich konnte sie noch leben, in ihren Siebzigern.

Die Geschichte selbst und ihre mögliche Beziehung zu der Stadt, in deren Nähe ich wohnte, trieb mich hoch. Ich mußte gehen jetzt, sofort, die Unruhe innen als Bewegung des Körpers auslaufen lassen. Es eilte. Zweimal hatte der Türmer von Sankt Marien schon sein Trompetensignal herabgeblasen, diese Kurz-Hymne des Abbruchs, seine musikalische Verkörperung, die ich, hinabgesunken in Wohlgasts Papieren, noch feiner aufgenommen hatte als sonst, als Programmusik beinahe. Sie ein drittes Mal zu hören, wollte ich in diesem Augenblick vermeiden.

Beim Ordnen der Blätter erst fiel mir wieder das Gottes-Gedicht in die Hände, das ich von mir fortgeschoben hatte, so lange es ging, aus Furcht vor der Pein des Pathos. Jetzt gab es keine Ausflucht mehr, ich überflog es, im Stehen schon, im Gehen.

Gott! Meine Sehnsucht zu Dir ist aufgeblüht, zu Dir –
mein großes geläutertes Ich, Gott!
Deinen Hauch fühle ich in meinem Gehirn, in meinen Adern
atmet Dein Atem. Es haben Deine Fingerspitzen, zarte

Lilien der Täler, geschlossen die Wunde meiner aufgeblühten Sehnsucht.
Ich habe Dein sanftes Singen gefühlt im Mark meiner Knochen.
Hüll mich ein in Deine Gnade und laß mich blaue Psalmen singen für Dich.
Es hat ein Schmerz sich in meinem Herzen gesammelt und bricht hervor wie ein Rehkitz –
nimmer zwischen den Lilien zu äsen wie einst wir zwei –
bricht hervor zum Licht, zu Dir,
allesschaffende, allesverschlingende Ewigkeit der Zeit, Schöpfer!
Es hat ein Schmerz sich in meinem Herzen gesammelt,
und es schrie auf! Schrie auf ohne Worte, ohne Sinn.
Und muß nun gehen.

Es war ja doch erträglicher, dieses hymnische Sprechen in freien Rhythmen, als ich es befürchtet hatte, aber immer noch schlimm genug. Hängengeblieben immerhin war ich an dem Vers *Ich habe Dein sanftes Singen gefühlt im Mark meiner Knochen* – wie, wenn Wohlgast damit eine Fährte zu seiner Krankheit hatte legen wollen – und für wen?

Der Große Marktplatz mit seinen vielen Menschen lag hinter mir. Ich war unterwegs zur Jagellonen-Universität, weil dieses Viertel in den frühen Abendstunden nahezu leer ist und unverkleinert seine schönen Barockfassaden zeigen kann – ihre Melodie machte mich lebenssüchtig jedesmal.

Abbruch – in diesem Zeichen sah ich Wohlgasts Aufzeichnungen jetzt beim Flanieren, Abbruch doch wohl in den Tod. Daß er diese persönlichen Papiere Awa überlassen hatte, die sie ja gar nicht lesen konnte, wertete ich auch als Abbruch seiner schriftstellerischen Versuche, ja als ihre Verhöhnung sogar. Es hatte ihm, dem Literaturwissenschaftler, der in einer fremden Sprache den größten Teil seines Lebens gedacht und geschrieben hatte, an einer eigenen Sprache gefehlt. Das zeigten diese Fragmente deutlich genug. Hier das Ausströmen hymnischen Überschwangs – in verbrauchten Bildern, zu klein für sein

Gefühl und zu groß zugleich – und dort die knappe, abgerissene Prosa seines Berichts über den Synagogenbesuch vom Mai 1989. Hatte sich ja kaum die Abrundung in einen vollständigen Satz zugetraut: aus Angst vor einer Melodie, die seine hätte werden können? Der belesene und deshalb strenge Mann mußte die Aussichtslosigkeit seiner Bemühungen eingesehen haben, bei der kurzen Lebensfrist, die ihm noch blieb, brach ab, gab auf, vertraute die wenigen Reste seiner Geliebten an, die sie als Hieroglyphen mehrerer Fremden hüten würde – oder auch nicht.

Blanker Triumph des Überlebens, des schieren Daseins, war in meinem Lächeln, mit dem ich jetzt an Awa dachte – ihre Zartheit genoß, ihren Geruch, ihren Körper. Morgen ...

Der Regen eines Nachmittags, der jeden Impuls zersetzt, alle Entschlüsse löscht – ich war davor in den Schlaf geflohen, aufs Sofa, mußte aber, gegen meine Art sonst, vergessen haben, die Wohnungstür zu schließen ... Sie steht jetzt offen, hoch wie ein Portal zum Hellen. Ein paar Stufen führen herab in meine Höhle, und plötzlich steht er vor mir, der alte Mann, in schwarzem Mantel, mit schwarzem Hut, einem Stock ...

Obwohl ich mich, aufgeschreckt vom Schlaf, gestört fühle, bin ich überaus höflich zu ihm, ehrerbietig, ja beinahe unterwürfig. Noch bevor er seinen Namen nennt, weiß ich Bescheid: Rosenzweig! Ich bin ihm noch niemals begegnet, und doch kenne ich ihn. An der Art, wie Rosenzweig sich in den Sessel setzt, merke ich: der alte Mann ist blind. Ich bekomme ein schlechtes Gewissen wegen des unbequemen Sessels, bitte ihn auf einen anderen, von dem ich aber weiß, daß man darin genauso tief einsinkt – dennoch. Fasse Rosenzweig am Arm, helfe ihm aus dem einen Sessel hoch, in den zweiten Sessel hinein, komme mir plump dabei vor und spüre auch, daß meine Hilfsbereitschaft überflüssig ist. Rosenzweig erweist sich trotz seiner Blindheit als wendig und kann sich offenbar gut orientieren.

Während dieser Begrüßungsprozedur, stumm vor lauter Peinlichkeit, dämmern mir langsam die Zusammenhänge. Rosenzweig ist ein jüdischer Schriftsteller, dem ich auf einer Postkarte mitgeteilt hatte, daß ich in der nächsten Zeit nach Krakau käme und ihn gern sähe. Sein Besuch bei mir muß etwas mit meinem Roman zu schaffen haben. Und nun ist also Rosenzweig zu mir gekommen, vollkommen überraschend für mich, sitzt er da, ein alter blinder Mann, mit der allergrößten Selbstverständlichkeit. Kein Wort ist zu sagen.

Wir verlassen die Wohnung, als hätten wir ein Ziel. Rosenzweig schreitet so rüstig aus an seinem Stock, daß ich ihn nicht zu stützen brauche. Es wäre geradezu eine Unverschämtheit. Ich nutze meine Freiheit und laufe, ja hüpfe sogar ein bißchen vor ihm her, so wie das Kinder tun, die den Erwachsenen zeigen wollen, daß sie schon allein gehen können. Erzähle Rosenzweig dabei – und bin ganz stolz, wie gut ich mich bereits auskenne im fremden Krakau –, daß ich diesen Platz, über den wir gerade gehen, am meisten liebe. Hier sei für mich die Stadt am echtesten, höre ich mich sagen – es ist ein weiter, wüster Platz, endlos der Blick über ein paar verkohlte Ruinen und verkrüppelte Sträucher und eine blankgetretene Wiese.

Wir gehen eine Treppe hinab: grauer, geborstener Stein. Unkraut drängt aus den Fugen. Kein Mensch weit und breit, wir sind allein. Rosenzweig nimmt die Stufen ohne jedes Zögern. So hüpfe ich wieder voran. Am Ende der Treppe öffnet sich der Eingang zu einer Unterführung. Darüber, zwischen Himmel und uns, der Gleiskörper einer Eisenbahn. Wo bleibt Rosenzweig? Ich drehe mich um. Er steht, den Kopf mit den blinden Augen in den Nacken gelegt, und fährt mit seinem Fuß über die zerbrochenen Steinfliesen, ganz sachte, tastend, stochert mit dem Stock darauf herum, zieht Kreise damit. Hier war, sagt er, der Eingang zum Getto, früher, das spüre ich, ja, gerade hier – und zeichnet schräg eine Linie übers Pflaster, damit auch ich es sehen kann, und geht behutsam über diese Linie.

Wir durchqueren die Unterführung. Zu beiden Seiten zweigt der Schacht einer Untergrundbahn ab, aufgegeben, so scheint es: keine Menschenseele, kein Sterbenslaut.

Rosenzweig zeigt mit seinem Stock dahin und dorthin, erklärt mir, was er sieht. Hier stand die Synagoge, sagt er, hier das Frauenbad. Da ich sowieso nichts erkenne von dem, was er mir zeigt, springe ich, wie vorhin, immer einen Schritt vor ihm her. Dennoch glaube ich ihm, was er mir erzählt. Ja, es ist wohl eine Art Wunder, sage ich mir, wie der Blinde unsichtbar gewordene Gebäude wahrnimmt.

An der Ecke einer Mauer fällt mir ein aufrecht stehender Stein ins Auge, die Schrift aber ist so verwittert, daß ich es rasch aufgebe, sie zu entziffern. Ich hüpfe weiter, höre Rosenzweig rufen: Baruch Kohn! Das ist das Grabmal von Baruch Kohn, er ist 1906 gestorben ...

Obwohl ich schon ein gutes Stück vorausgeeilt bin, kehre ich zurück. Jetzt will ich es wissen! Über dem Stein befindet sich eine Art Schutzgitter, aufgebrochen, die Enden des dicken Drahtes stehen ab in die Luft. Was gibt es hier auch noch zu schützen ...

Der Alte ist weitergegangen, wittert nach anderen Spuren seines Volkes. Wirklich! Jetzt kann ich es doch lesen, den Namen Baruch Kohn, in Frakturbuchstaben, das Todesdatum 1906. Sonst ist nichts mehr zu erkennen auf dem zerbröselnden roten Sandstein.

Stehe da, vor dem Stein, stehe geschlagen wie vor einem Wunder. Wer ist dieser Rosenzweig – ein Zauberer, ein Heiliger? Plötzlich eine Stimme des Zweifels in mir. Laß dich doch nicht irremachen! Der Alte ist ein Reiseleiter, führt hier in dieser Gegend Touristen herum, kennt jeden Stein auswendig. Von wegen Wunder! Und sofort die Widerrede gegen solche Worte der Vernunft. Warum soll es denn kein Wunder sein? bohrt es beharrlich in mir. Und ich spüre, daß es mich zu dem Wunder zieht, daß ich gerne daran glauben möchte.

Die Stimmen streiten weiter, für und wider, bis ich Rosenzweig eingeholt habe, der offenbar eine neue Entdeckung gemacht hat mit seinem Stock. Er erklärt mir genau, was er gerade sieht, zu seinen Füßen, aber ich schaue nicht hinunter, ich kann auch gar nicht aufnehmen, was er sagt. Denn ich sehe, wie dem alten Mann Tränen aus seinen blinden Augen laufen, durch die Furchen seines

Gesichts rinnen und unten von seinem schlohweißen Bart wegtropfen, den ich jetzt erst an ihm bemerke.

»Schauen Sie«, sagt Rosenzweig, und seine Stimme zittert, »seit wie vielen Jahrzehnten war ich nicht mehr hier, und jetzt finde ich alles so vor, wie es früher war. Alles ist noch da. Ist das nicht ein großes Wunder?« Und schluchzt auf, laut und hell. Doch es ist kein Schluchzen der Trauer und des Schmerzes. Glück ist in seiner Stimme, es ist eine Dankbarkeit ans Leben, die aus seinen Tränen steigt und mir ins Herz, jenseits aller meiner Zweifel ...

Und Dunkel war um mich, als ich erwachte.

Heute ist ein Festtag, doch einer von der stillen Art, so still, daß man es vielleicht nicht einmal seinen Freunden verrät. Seit heute blühen die Akazien.

Wie in den letzten Jahren war es auch heuer die Nase wieder, die dieses Zeichen einsaugte: das Ende des Frühlings. Ich blieb stehen, mitten auf der Straße, angeweht von diesem vertrauten Aroma, schaute nach oben und sah – tatsächlich! Die weißen Blütendolden der Akazie hingen über mir.

Wieder einmal ... wie oft wohl noch? Lösen den Duft des Flieders und der Kastanien ab, ihm wird die Lindensüße folgen, um Johannis, bis in den Juli hinein – hoher Sommer. Dann ist es mit dem Riechen schon vorbei – erst im Herbst wieder, doch dann tränken ganz andere Duftfarben die Luft – von Erde.

Noch eine zweite Erleichterung bot mir zu meiner Überraschung dieser Tag, den ich so lange vor mir hergeschoben hatte, bis ans Ende meines Aufenthaltes in Krakau. Am Fahrkartenschalter des Bahnhofs konnte ich mich hinter dem Ortsnamen *Oswiecim* verstecken: Dieses polnische Wort hatte kaum etwas mit mir zu tun – wie zungenweich es sich sprach –, nein, eigentlich gar nichts. Es klingt, als äße man ein Muschelgericht, als ginge man über Moos auf nackten Sohlen.

Und saß dann angespannt in meinem Zugabteil und schrieb, mich abzulenken vom Ziel der Reise, die bewegten Bilder draußen ab: das weite Gelb der Rapsfelder, auf die

Hüften der Hügel gelegt / junges Getreide in seinem gierigen Wachstumsgrün / Wiesen, über denen der hochgeschossene Sauerampfer zitterte / Bauern wendeten in guter Ruh das blasse Gras mit Holzrechen zur Sonne hin / brachen mit Hacken sandhelle Erde auf: Kartoffeläcker. Überall nur Handarbeit, in den Dörfern Pferdegespanne statt Traktoren. Bahnhöfe verborgen unter Trauerweiden, am Rand der Station ein Kokshaufen, vom letzten oder für den nächsten Winter? Böschungen am Bahndamm, von baumhohen, blühenden Schlehenhecken überzogen, Wände aus Weiß dunkelten in ein Stück Mischwald hinein. Nichts Besonderes für das Auge: Mitteleuropa. In die Wiesen waren Kühe gestreut, fast immer zu zweit, auch die Ziegen und Schafe, oder ein unverputztes Bauernhaus mit Regenflecken, daneben wackelige Ställe und Scheunen, stumpfgraues Eternit. Feldfeuer abseits für sich, Raine. Ich sah, was ich wußte: die polnischen Bauern haben seit 1956 das Land wieder selbst in ihrer Hand, ein Sonderfall im Imperium des Sozialismus seinerzeit. Ein Bach, durch einen Birkenhain, und Ulmen. Fern die Silhouette von Nadelwald, im Gegenlicht. Das Autowrack mitten im Mohnfeld. Alle Farben frühsommerlich voll, noch nicht von der Sonne angezehrt. Zuletzt, nach anderthalb Stunden Fahrt, ein Kohlenbergwerk. Förderturm / gefüllte Eisenbahnloren / Zug an Zug auf mehreren Gleisen. So wie sie standen, konnte ich mir nicht vorstellen, daß je Bewegung in sie käme.

Oswiecim. Da war ich. Ein Provinzbahnhof, neu. Stand auf der Straße. Wohin wenden? Was sagen, wie? Ging auf eine Frau zu, mittleren Alters, die an der Bushaltestelle wartete, sprach sie an, auf deutsch, wußte nur ein Wort, das Wort *Lager*, legte die Melodie des Fragens hinein.

»Muzeum?« fragte sie zurück.

Ich nickte dankbar. *Muzeum* ist ein schonendes Wort.

Geradeaus, eine breite Straße hinab. Einstöckige Geschäfte, dazwischen Gärten, die in Blüten schwelgten. Fliederduft: üppig spät. Immer noch dieser Zwang, alles wahrnehmen zu wollen. Notizen im Gehen. Ein Hahn krähte. *Sex Shop Auschwitz* stand auf einen Bauwagen gepinselt. Das Bild lief auseinander. Wohnkasernen, ich zählte die Stockwerke, kam bis elf, dachte das Wort *trostlos*, schrieb es nicht nieder. Freies Feld, Brache, ein Garten. Im Tor stand eine Bäuerin, bot Salat an, Gurken, Rüben, Kraut. Ich suchte mir eine Tomate aus, eine schwere Frucht. Die Frau wog sie, fingerte auf ihrem Taschenrechner herum, wollte 5000 Zloty von mir, das waren 85 Pfennig. Ich aß im Weitergehen. Dabei hatte ich nur die Frau prüfen wollen. Sie war nicht unfreundlich gewesen zu mir. Auf einer Wiese wurde Heu gewendet, abermals von Hand. Die Tomate schmeckte so süß wie in meiner Kindheit. Rechts eingezäuntes Gelände, das mich jäh aus der Ruhe meiner Kindheitserinnerung kippte – ein Friedhof. Zum Willkommen ein Massengrab für siebenhundert Menschen, die in den letzten Tagen des Lagers noch schnell umgebracht worden waren oder nach der Befreiung starben, weil sie aus ihrer Entkräftung nicht mehr ins Leben zurückzuholen waren. Las es von einem Gedenkstein ab, Polnisch, Russisch, Iwrit, Englisch und Französisch. Deutsch war nicht dabei.

Ein Pfeil am Straßenrand wies mich weiter: wieder das Wort *Muzeum.*

Ich ging durch ein Gatter, betrat einen dichten Park. Wo endlich? Hier? Baracken hinter dem Laub, Backstein.

Ein Schwenk nach links. Es wurde ernst. Pavillons für Eis, Filme, Postkarten, heiße Würstchen. Und Busse.

Letztes Hinauszögern in der Eingangshalle: die Toilette im Souterrain, ungetrennt für Mann und Frau. Der Hinweis *Nächste Toilette im Block 18* – wieder nicht auf deutsch.

Endlich. Das Tor zum Lager. Das Bild, das mir seit Jahrzehnten fest im Kopf sitzt: *Arbeit macht frei* – im Bogen auf zwei Holzpfosten gesteckt. Davor der Schlagbaum, auch aus verwittertem Holz, das Warnschild *Halt* – hat wohl je die Gefahr bestanden, hier könnte einer freiwillig eindringen wollen? Das Tor wirkt behelfsmäßig, harmlos fast, als läge eine Kleingartensiedlung dahinter. Eine andere Sprache spricht der Zaun, der vom Tor abgeht zu beiden Seiten. Eine Doppelreihe von Betonpeitschen, nach innen gebogen, von oben bis unten, innen wie außen, also vierfach mit Stacheldraht bezogen. Daran das Blechschild *Vorsicht! Hochspannung. Lebensgefahr.*

Todesharfe? Sofort verscheuchte ich das Wort. Hier keine Bilder. Zwischen den Stacheldrahtzäunen saßen junge Leute im Schotter und jäteten Unkraut. Der Wind trug mir Wortsplitter heran. Ich ahnte deutsch. Richtig. Jugendliche aus Gießen. *Aktion Sühnezeichen* – Hilflosigkeit als Symbol.

In der Lagerstadt. Die Blöcke: langgestreckte, eingeschossige Hallen aus Backstein, erdfarben, mit Satteldach, eine wie die andere, solide gebaut, stabil. Dazwischen – jetzt – Rasen. Hohe Pappeln bogen sich und raschelten im Juniwind. Sonne. Vögel sangen. Ruhe sonst in der Lagerstraße. Eine vollkommen nüchterne, dem Anschein nach funktionstüchtige Siedlung, bei aller Einförmigkeit. Wenn man nicht wüßte – man sähe nichts Anstößiges. Auch über den Appellplatz ist Gras gewachsen.

Die Blöcke, die begangen werden können, im Erdgeschoß und im ersten Stock, sind leergeräumt. An den Wänden Schaukästen mit Dokumenten. Überall Gruppen von polnischen Schulkindern zwischen zwölf und fünfzehn Jahren, um ihre stimmgewaltigen, resoluten Lehrerinnen herum, die noch aus einer anderen Epoche stammen. Bei den Mädchen die hautengen Radfahrerhosen bis zum Knie, die Jungen mit Baseballmützen, Schild nach hinten. Sprachfetzen: *o. k.* und *yes*, klangen mir in den Ohren.

Die meisten Schriftstücke auf polnisch. Um so hungriger stürzte ich mich auf die deutschen Akten, sog ihre Sprache in mich, schrieb sie ab, auch um mir einen Halt zu geben. Eine Liste mit den am 31. März 1944 eingegangenen Geldbeträgen: getrennt in Zloty, Rubel, Kronen, Dollar, Lei, *Franz. Franken* – keine Mark-Beträge darunter. Ein Genuß fürs Auge die akkurat aufgestellten Zahlenkolonnen, kein einziger Tippfehler, eine makellose Urkunde. Jeder Betrag mit einem zierlichen Bleistifthäkchen bestätigt, zweimal gezeichnet unten auf dem Bogen, *übergeben SS-Unterscharführer* links, *übernommen SS-Hauptsturmführer* rechts.

Oder die Liste des SS-Wachsturmbanns für das Exekutionskommando vom 22. November 1940, gerichtet an die Kommandantur des K. L. Auschwitz, *Bezug: – O –*

Anlagen: – 0 –. Darunter die Namen von zwanzig Männern mit ihren Dienstgraden, korrekt in Reihe aufgeführt wie ein geometrischer Beweis. Etwas von mir als einem Menschen, der seit Jahrzehnten tagtäglich an der Schreibmaschine sitzt, geriet ins Schwärmen über diesen hohen Grad an Perfektion, der Vollendung nahe. Enttäuschend formlos dagegen das Telegramm der Deutschen Post Osten an Frau Caja Kornitzer, in der Orzeszkowa-Straße 10 in Krakau: *Ehemann heute im Konzentrationslager Auschwitz OS verstorben. Der Kommandant.* Unverbraucht bis heute, auch hinter Glas noch, die beruhigende Kraft der Amtssprache, auf die man sich verlassen kann wie auf den eigenen Tod: *Der erfaßte Personenkreis entspricht den gegebenen Richtlinien.* Oder auch: *Mitgegebene Verpflegung wie üblich pro Jude für 14 Tage.*

Alles hat seinen festen Platz, steht unumstößlich da in der Welt des deutschen Schreibstubenordens. Man weiß die Dinge beim SS-Wirtschafts-Verwaltungshauptmann Oranienburg in besten Händen, wenn er mit Brief vom 4. Januar 1943 verlautbart: *Die gesammelten Schnitthaare sind baldigst an die Firma Alex Fink Filzfabrik AG, Roth bei Nürnberg, zum Versand zu bringen. Die Haare sind mit RM –,50 je kg in Rechnung zu stellen. Der Versand hat porto- bzw. frachtfrei zu erfolgen.* Auch hier war nichts wirklich Böses geschehen, lediglich dies und jenes war erfolgt oder ordnungsgemäß zur Durchführung gebracht worden. Und die Haare, die man den Opfern abgeschnitten hatte, um sie zu verkaufen, waren eben schlicht gesammelt worden. Und sage keiner, sie hätten es sich leicht gemacht!

In einer Baracke hinter Glas die Verwirklichungen dieser gemütvoll-besorgten Akteneinträge, Haufen von abgeschnittenen Haaren, Brillen, Zahnbürsten, Kämmen, Prothesen, Koffern. Das polnische Museumskonzept hat dabei schlicht auf Masse gesetzt. Doch das Grauen bei ihrem Anblick hat sich abgeschwächt mit den Jahren. Angesichts von Hunderten vermoderter Schuhe kann ich jetzt nicht mehr fühlen, wie der einzelne Schuh in einem bestimmten Augenblick einem Menschen, diesem einen, von den Füßen gerissen wurde. Ganz frisch dagegen, tatfrisch hat sich die Sprache erhalten, gerade weil sie so kühl und beherrscht auf nur mäßig vergilbtem Papier festsitzt, gefällig übers Blatt verteilt. *Die Einweisung in das Polen-Jugendverwahrlager Litzmannstadt war bisher auf männliche Jugendliche im Alter von 12 bis 16 Jahren beschränkt. Diese Beschränkung ist jetzt aufgehoben worden, so daß nunmehr polnische Jugendliche und Kinder beiderlei Geschlechts im Alter von 8-16 Jahren zur Einweisung gelangen können.* Ist es denn nicht zu begrüßen, wenn Beschränkungen fallen und nunmehr endlich auch Jüngere zu etwas gelangen können? O holde Kunst deutscher Verwaltungssprache.

Meine Hand war müde geworden, der Kopf erschöpft. Luft – ich mußte frische Luft atmen. Setzte mich auf die Stufen einer verschlossenen Baracke, blinzelte die Lagerstraße hinab. Die Sonnenstreifen auf dem kurzgehaltenen Rasen nahmen mich weg von hier, das Licht entlastete mich – Erinnerung an den Sommer letzten Jahres, als ich Ester und Simon getroffen hatte, in Fürth, an einem Junitag wie diesem ...

Ester – eine gepflegte Erscheinung, in ihren frühen Siebzigern. Die Lippen rot nachgezogen, das hellblonde Haar mit Sorgfalt gerichtet. Sie kommt ins Erzählen: »Bevor ich Auschwitz sah ... Wir oberschlesischen Juden wurden zusammengetrieben, dreißigtausend Menschen, Alte, Junge, Frauen, Kinder, in ein Fußballstadion. Wir standen den ganzen Tag über in der glühenden Sonne ... Aber das will ich Ihnen eigentlich gar nicht erzählen ... Was ich mich frage, nein, meine Kinder in Israel fragen mich das immer wieder, bis heute: ‹Warum habt ihr euch das alles gefallen lassen damals? Ihr wart jung, und mehr als sterben konntet ihr doch nicht. Warum habt ihr euch das gefallen lassen?› Ja, die Bewacher von der SS, die das Fußballstadion umstanden, das waren hundert Leute. Nein, weniger, fünfzig, höchstens fünfzig. Und wir, wir waren dreißigtausend ... und wir haben uns nicht gerührt. Sind stehengeblieben in der Sonne, Stunden um Stunden. Wir haben es einfach nicht geglaubt, daß die Deutschen so etwas tun könnten, die Deutschen mit ihrer großen Kultur. Wir wollten es nicht glauben. Für uns in Polen waren die Deutschen das kulturelle Vorbild, wissen Sie ...«

Und Simon neben ihr, leicht zittrig schon, nickt heftig mit seinem Kopf, ganz schmal vom Alter.

»Zu uns nach Hause kam ein Bekannter damals«, erzählt er nun seinerseits, ungeduldig geworden vom Zuhören, mit feuchtem Mund, »ein junger Mensch kam zu uns, wo hatte fliehen können aus Treblinka.« Simon spricht das schwere Deutsch der polnischen Juden immer noch, auch nach vierzig Jahren. »Und hat uns erzählt, das Jingele, daß de Dejtschen mit de Maschinengewehre einfach so in de Jiden reinschießen, so mit de Gewehre einfach. Wir haben ihn gehalten für einen Schlemihl, was will sich wichtig machen. Wir hätten gehen können nach Auschwitz und schauen, mit der Eisenbahn, in einer Viertelstunde. Den Polen hätt ma's schon zugetraut, aber de Dejtschen ...« Und mußte es dann am eigenen Leib erfahren, Auschwitz und die deutsche Kultur, seine Frau dort lassen und das kleine Kind ...

Ob Ester und Simon vielleicht sogar Wohlgast getroffen hatten, wenn er wirklich in Fürth war, in der Synagoge? Und hatte er sich Auschwitz zugemutet, von Krakau aus? Ich würde Awa fragen müssen – aber wer weiß, ob er davon überhaupt gesprochen hatte.

Weglaufen – der Körper wollte weglaufen, fort von hier, aber da war noch Auschwitz Lager II, Birkenau ... Den Kopf frei zu bekommen, ging ich die drei Kilometer auf der Landstraße zu Fuß, durch das Gestrüpp einer Industrielandschaft. Die Straße führte im Bogen über Eisenbahngleise, ein paar Baustellen, es war dreckig und öde und eng, immer wieder drängten Lastwagen den Fußgänger aus dem Gehen in den Graben. Und doch war ich froh, wieder im normalen Leben zu sein – für drei Kilometer wenigstens.

Im Gegensatz zu Stammlager Auschwitz I, das sich in einem Park verbirgt – man könnte mühelos daran vorbeispazieren –, zeigt Birkenau sich schon von weitem, hingebreitet in eine Ebene. Über die gebeugten Rücken der Bäuerinnen bei der Feldarbeit war das Lager lange vorher zu sehen in seinen ungeheuren Abmessungen. Mit diesen Wachtürmen, dicht gesetzt, erinnerte es mich an ein gigantisches Römerkastell in Leichtbauweise – Holz, Glas, Backstein, Stacheldraht.

Schon auf den ersten Blick, vom Tor aus, wirkte das Lager ausschließlich zu einem nüchternen Zweck bestimmt – kühl am Reißbrett nach den bisherigen Erfahrungswerten entworfen. Hier waren keine Sinnsprüche am Eingang mehr nötig, wie zynisch auch immer, keine ideologischen Rechtfertigungsformeln. Hier herrschte schnörkellos Bedürfnisdeckung. Auch keine gestelzten Akten-Arabesken wurden mehr zum Vollzug gebracht. Die Sache selbst sprach brutal offen Klartext. In Birkenau, das war deutlich zu sehen, wußten sie von Anfang an, was sie wollten: eine sauber, wirkungsvoll, schnell und störungsfrei arbeitende Mordmaschine.

Vom Wachturm am Eingang schaute ich über weites Gelände hinweg – leer. Eine böse Leere, von widersinnig wirkenden Gleisen geteilt, parzelliert von den Grundmauern der niedergelegten Blöcke, bis auf den Horizont zu. Dort ganz hinten, ich ahnte es eher als daß ich es erkannte: die Rampe. Hier hatten die Züge geendet. Die Menschen waren umgehend von den Herren über Leben und Tod sortiert worden – zur Arbeit oder in die Gaskammern gleich neben der Rampe.

Lang, sehr lang der Weg hin zu dieser Rampe. Ein paar der Holz- und Backsteinbaracken sind stehengeblieben, in ihrem damaligen Zustand: dreilagige Brettverhaue, Stroh auf blanken Bohlen, Kaninchenställe. Hier hatten sechs bis acht Menschen ihre Nächte verbringen müssen. *Sauber sein ist deine Pflicht!* oder *Verhalte dich ruhig!* – mit einer Schablone an die Wände geschrieben, drohten die Befehle immer noch vom groben Putz herab. Niemand sonst außer mir in diesen dunklen Ställen – zum Fürchten. Ein Glück, daß Bauern zwischen den Baracken Gras mähten, Heu wendeten oder anhäuften – auch hier wieder alles von Hand: Sense, Rechen, Leiterwagen. Ein schwerer Gaul schaute ihnen bei der Arbeit zu. Das Gras, das sie schneiden würden, vom Grund dieses Todeslagers, blühte überschwenglich. Das satte Grün im Juni. Butterblumen dazwischen, fettgelb, geschossener roter Klee, Margeriten, Schafgarbe, Ehrenpreis, Glockenblumen in Violett – eine wunderschöne Wiese im frühen Sommer. Wie gerne ich jetzt mit den polnischen Bauern geredet hätte ... Sie nahmen keinerlei Notiz von mir. Immortellen – ich blätterte das Heftchen mit polnischer Lagerdichtung durch, das mir Janusz besorgt hatte. Suchte *Immortellen*, woran mich diese Wiese erinnerte, ein Gedicht, aufgeschrieben hier in Birkenau, ohne Namen, ohne Datum. Las es noch einmal, im Stehen, denn es sprach wahr.

Am Fuße der polnischen Berge, wo Gott den Fluch werden ließ,
Steht im Sumpf und in Wolken das schreckliche Lager Birkenau,
Und es war Gottes Wille, als er den Fluch aussprach,
Daß der Mensch die Mitmenschen ausrottet.
Immer, wenn das Auge der Sonne dorthin schauen wollte,
Floh es in die Höhe, hinter den Vorhang der Wolken.
Wie Flüsse im weiten Land mitten durch Felder fließen,
So wird in Birkenau das Menschenblut vergossen;
Jeder Block ist voll Blut, blutig ist jeder Weg,
Blut auf Schritt und Tritt, kein Gott in diesem Lager.
Es kommen aber Zeiten, wo das göttliche Mitleid
Felder und Wiesen grün werden läßt, das ganze Land,
Und an dem Ort, vom Blut der Unschuldigen, getränkt -
Eine Million Immortellen glänzen im schönen Kollier.

Am Ende des Geländes: die Rampe. Die gewaltigen Betonbrocken des Krematoriums, wie es die SS in den letzten Tagen des Lagers gesprengt hatte. Um die tote Materie das Blühen der Wiese, geschichtslose Natur, gleichmütig überlebend, vorerst. Ich konnte keine Verbindung herstellen zwischen meinem Tag heute und den Tagen damals. Taub der Kopf. Ein warmer Sommerregen ging jetzt übers Land, ohne die Sonne zu vertreiben. Der Himmel aufgewühlt, voller Leidenschaft. Fehlte nur noch ein Regenbogen. Nein, die Verwirrung auch noch durch das schöne Kollier seiner Farben blieb mir erspart.

Zähe Schwere in meinen Gliedern auf dem Weg zurück zum Bahnhof, nach wievielen Stunden? Jedes Gefühl für Zeit dahin. Als ich das Todesgelände hinter mich brachte, ward mir das Leben wiedergeschenkt. Und immer noch stand die Bäuerin im Tor und bot ihr Gemüse an. Noch einmal kaufte ich eine Tomate und lachte der Frau ins

Gesicht dabei und sah ihr jetzt sogar den Taschenrechner nach, ausgehungert nach Menschlichkeit, wie ich war.

Weil der nächste Junimorgen der Sonne gar so gut gelang, setzte ich mich zum Frühstück ins Freie vor mein Café, die Kawiarnia Europejska. Der Große Marktplatz wird an dieser Seite von Akazien gesäumt, und ihren Duft wollte ich lieber einatmen als den Qualm der Papyrossi. Erst im Sitzen bemerkte ich die Menschen, die jenseits der Blumenkästen herumlungerten, bettelarme Gestalten, die sicher kein Bett gesehen hatten diese Nacht, Betrunkene. Vor ihren Augen sollte ich frühstücken? Gab meinen Plan auf und verzog mich doch ins Innere des Cafés. Ich hätte keinen Bissen herunterbekommen und sicher auch das eine oder andere Schimpfwort hören müssen, von den Blicken, die ich mir eingefangen hätte, gar nicht zu reden.

Auch sonst hatte ich jeden Morgen eine leise Beklemmung zu überwinden, wenn mir mein Pfännchen mit den Rühreiern und die zwei Semmeln serviert wurden – das Köstlichste übrigens, was mir die polnische Küche den Tag über bescherte. Nie sah ich jemanden frühstücken außer mir, immer war ich der einzige Gast in der Kawiarnia, der überhaupt etwas aß, und dann gleich so aufwendig. Hielten sich alle außer mir an dem Glas Kaffee und ihrer Dauerzigarette fest, der unvermeidlichen, und konnten ihre Aufmerksamkeit ganz dem fremden Prasser widmen. Köpfe drehten sich nach mir, Augen weideten sich an meinem Teller – Zaungäste meines Wohllebens, und jeden Morgen mußte ich sie aufs neue wieder übersehen. So wenig ich mir davon auch mein Frühstück verleiden lassen wollte – so richtig frei fühlte ich mich erst wieder, wenn vor mir abgeräumt wurde und ich bei einem zweiten Kaffee meine Polnischlektionen fortsetzte, unverdrossen, trotz des entmutigend geringen Ertrags.

Das Wort *Hund*, entdeckte ich heute, war in meinem Lexikon gar nicht aufgeführt, nur *Hündin – suka* oder *suczka*, gesprochen sutschka. Ich nahm das Wort in den Mund, probierte es einige Male halblaut, ohne große Hoffnung, daß es mir bei passender Gelegenheit je wieder einfiele und wenn doch, daß es dann hier überhaupt verstanden würde. Wieso aber gab es in dieser Sprache nur den Begriff *Hündin*, warum fehlte *Hund*? Welchen Hintergrund mochte das haben? – Ob Robinson ein Rüde war oder eine sutschka?

Als ich seine Insel betrat, fand ich ihn ebenfalls beim Frühstück – das erste Mal, daß ich Robinson beim Fressen überraschte. Wahrscheinlich war ihm gerade erst frisch aufgetragen worden. Schaute mich um, sah aber keinen Menschen, außer den Wartenden an der Straßenbahnhaltestelle wie üblich. Breitbeinig stand Robinson über seinen Tiegel gebeugt, besonders die Hinterbeine waren weit auseinandergerissen, um nicht einzuknicken. Ich hatte den Eindruck, daß sein Rumpf leicht zitterte, aber das konnte auch am Schlingen liegen.

Natürlich hatte der Hund mich längst gewittert, gemächlich den Kopf nach mir gewendet, ohne sein Kauen zu unterbrechen. Wenn er den Kopf hob, um einen sperrigen Bissen zu zerkleinern, ging sein Blick in meine Richtung, nicht ganz zu mir, hielt mich aber fest aus den Augenwinkeln, zeigte keinerlei Unruhe dabei. Es war offensichtlich: Robinson nahm mich nicht mehr als Eindringling wahr, schon gar nicht als Feind.

Nicht zu nahe, um nicht doch noch seinen Argwohn zu wecken, aber schon ein bißchen näher als sonst wollte ich ihm rücken heute, da er mit Fressen abgelenkt war. Eine so erbärmliche Kreatur ... Schütteres Fell bedeckte seinen Körper, lag fast nur noch wie ein Netz über der Haut, bleiche, graue Haut – ob er die Räude hatte, oder lag es an seinem Alter? Der After kotverklebt. Wenn der Köter das Maul aufriß, sah ich seine dunkelblauen Lefzen, schwarze Flecken unter den Zähnen, gelbgrau schnalzte seine Zunge um den Fang, fuhr sich über die Nase. Ich war ihm, angezogen von dieser Häßlichkeit, fasziniert vom Ruin eines Lebens, so nahe gekommen, daß ich auch in den matten Glasglanz seiner Augen sah – Robinson schien blind zu sein.

Es war mir danach, das Tier zu streicheln. Aber so gut standen wir doch nicht miteinander, als daß er eine solche Annäherung nicht auch hätte mißverstehen können. Und so verließ ich ihn und seine Insel in einem Schmerz, der mehr umfaßte als diese hinfällige Hundeexistenz.

Um die Buchläden Krakaus schlug ich bald einen Bogen – hier hatte ich nichts zu suchen. In Stößen türmten sich billige Taschenbücher, die schon vom Anschauen beinahe auseinanderfielen, amerikanische Massenware, Lesefraß von Robert Ludlum, Herman Wouk, Alistair McLean, halbentblößte Busen und Trenchcoat-Pistoleros auf dem Deckel. Daneben, in allen nur denkbaren Variationen, die Lebensgeschichte des polnischen Papstes, des Herrn von Rom, Sohns dieser Stadt, alles vom Wegwerfbüchlein bis zum kiloschweren Bildband. Dazwischen Tarotkarten und andere ausbaldowerten Übersinnlichkeiten – die ersten Schaumkronen der über Polen hereinbrechenden Esoterikwelle. An den Kiosken sah ich, neben den selbst hier unvermeidlichen Wojtyla-Biographien, die härteren Pornos – hier zeigte sich der Busen blank. Auch eine polnische Ausgabe des *Playboy* war bereits auf dem Markt.

In einer Buchhandlung immerhin fand ich eine wohlfeile Studienausgabe von Nietzsche, dazu ein paar Bändchen Sigmund Freud – Raubdrucke für Studenten, wie Janusz vermutete. Ansonsten intellektuelle Ebbe. Von deutscher Belletristik keine Spur. Einmal stieß ich auf Winnetou, von Karol May. Direkt daneben im Regal fiel mir eine Reihe auf, flott gestaltet, sechs Bände, im Stil der zwanziger Jahre: Taschenbücher um 13.000 Zlotys das Stück, das sind gut zwei Mark. Erst beim genaueren Hinschauen identifizierte ich sie, die deutsche Dichterin: Jadwiga Courths-Mahler.

Auf Vermittlung von Janusz wurde ich zu einer Lesung im alten Schriftstellerverband eingeladen, der früher, vor 1989, der einzige in Polen gewesen war.

Hier begegnete ich Marek Adler, dem alten jüdischen Schriftsteller aus Kazimierz. Lange schon hatte ich ihn kennenlernen wollen.

Adler, ein zierlicher, kleiner Mann von achtzig Jahren, las aus einem unveröffentlichten Manuskript, Erinnerungen an seine Kindheit und das Krakau dieser Zeit vor dem Ersten Weltkrieg. Natürlich las er auf polnisch, doch Lucjan, vom Vorstand des Verbandes, sprach deutsch und hatte sich neben mich gesetzt. Er flüsterte mir hin und wieder eine Erklärung zu. Sein Deutsch war mit herrlich altertümlichen Girlanden geschmückt.

Doch auch so langweilte ich mich keine Sekunde lang. Vor allem einer der Zuhörer forderte meine ganze Aufmerksamkeit und ließ meine Phantasien wuchern.

Schon als sich das Publikum im Clubraum zur Lesung eingefunden hatte, zwanzig bis dreißig Menschen vielleicht, darunter gerade drei Frauen, war er mir aufgefallen. Ein Hüne, man kann es nicht anders sagen. Das lag nicht nur an seiner imposanten Körpergröße. Es war auch die Art, wie er diese Länge trug, wie er sie darstellte – Höhe als Erhabenheit.

Das Clubzimmer betrat er, als sei es eine Bühne, nur für ihn – er ließ sich erscheinen. Von hoch oben drang seine Stimme herab zu uns anderen und füllte den Raum wirkungssicher. Die Art, wie er die unter ihrer Gedankenlast eingebogenen, farblos-unscheinbaren Literaten in den Schatten stellte, ins Nichts abdrängte, fand ich atemberaubend. Wann sieht man schon einmal eine Gestalt, die sich so zu halten weiß? Ein anderes Selbstbewußtsein strahlte von ihm ab als das aus Reichtum oder beruflichen Erfolgen gezogene.

An seinem zweireihigen Jackett, in Marineblau, prunkten Messingknöpfe – oder war es Gold bei ihm? Unter beiden Armen aber war er so schwer bepackt, daß es seine schmucke Kadettenjacke gehörig aus der Fassung brachte: links eine prall gefüllte Plastiktüte, auf der der Schriftzug einer deutschen Großmarktkette prangte, und rechts ein Hund, ein dicker, wolliger Pudel. Beide Lasten trug er mit einer Selbstverständlichkeit und derart leicht, als seien sie gar nicht da. So schritt der Hüne zwischen den andern Menschen, das Kinn weggestemmt von der Brust, das massige Gesicht dominiert von einer Nase – die Nase wie ein violettrot getränkter Schwamm.

Lucjan hatte sich an ihn herangepirscht und dirigierte ihn jetzt unter zahlreichen Verbeugungen zu mir, dem Gast aus Deutschland.

»Graf Potocki ...«

Beim Handschlag verschwand meine Rechte bis übers Gelenk in der gräflichen Greifschaufel – ich hatte für einen Moment das Gefühl, mein halber Arm ginge darin verloren.

»*Der* Potocki?« flüsterte ich Lucjan ins Ohr, während der Graf den Hund wieder in seine Armbeuge wuchtete. Lucjan nickte stumm. Diesen Mann wollte ich kennenlernen.

Marek Adler hatte seine Lesung beendet. Räuspernde Stille. Eine Wortmeldung, die sich selbst nicht traute. Nur vom Hinschauen schon bekam ich feuchte Hände. Danach eine Pause, die schmerzte. Armer Adler, dachte ich. Da stand der Graf auf, nein: er erhob sich und fing zu reden an, mit seinen großen roten Händen, die weite Landschaften malten – ich sah und hörte eine Episode aus seinem Leben, etwas Heiteres wohl, vorgetragen mit tiefer Stimme, die in jeden Winkel des Raumes drang. Eine rhetorische Pause – jetzt, die Pointe: *Potocki!* verstand ich, als einziges Wort seiner farbigen Erzählung. *Potocki* – Höhepunkt und Ziel der ganzen Ausführung. Dieser Name, sein Name – sonst nichts. Das schien mir die ganze Botschaft seines Beitrags zu sein. Alle lachten, durchaus ungezwungen. Adler schmunzelte. Am lautesten aber schallte über der allgemeinen Fröhlichkeit Potockis eigenes Lachen – ein heiser rollendes Gelächter.

»Schreibt der Graf auch?« fragte ich Lucjan, der in seinen dicken Aktenordner hineinkicherte.

»Nein, er ist ein Freund von uns, nur so ...«

Der Name Potocki, dachte ich, scheint offenbar Verdienst genug zu sein.

Adler verließ sehr bald die Runde. Ich hatte den Eindruck, daß er sich hier nicht zu Hause fühlte. Gerade konnte ich mich mit ihm noch bekannt machen und einen Termin für ein Treffen zu zweit vereinbaren. Die Zuhörer verliefen sich bereits.

Es sei noch ein Umtrunk vorgesehen, anschließend, in kleinem, privatem Kreis, ein alter Usus, flüsterte Lucjan mir mit einem Verschwörerlächeln zu. Ich sei natürlich ganz herzlich ... Und wo blieb der Graf? Er orientierte sich, die prallgefüllte Plastiktüte und den Pudel unterm Arm, in unsere Richtung. Ich sagte zu.

Geladen hatte Tadeusz, Pan Tadeusz, wie er wegen seines Alters genannt wurde. Ein winziger Greis in den Achtzigern, in einem guten Stück von Anzug, dunkles Braun. Das weiße Haar, vollständig erhalten noch, war so dünn, daß es ihm bei jeder seiner lebhaften Bewegungen um den Schädel wehte. Die Gesichtshaut voller Altersflecken.

Er wohnte in einem dieser ununterscheidbaren Mietskästen, im vierten Stock.

Auf der Schwelle zum Wohnzimmer verschlug es mir buchstäblich den Atem: Ich stand vor einem kleinen Militärmuseum. Kein freier Fleck, weder in dem wahrhaftig nicht großen Raum noch an den Wänden. Jeder Zentimeter genutzt für Säbel, Dolche, Reitgerten, Zaumzeug, rotweiße Schärpen, Schabracken und Fahnen, den polnischen Adler mit der Krone aufgestickt, eine Hellebarde, sogar zwei Helme. Am Vorhang, der einen Teil des Zimmers abtrennte, baumelten die reich verzierten Lederfutterale der Säbel und Degen. Zwischen dem Kriegsgerät, daneben, darunter, darüber: Bilder, Ölbilder, von Pan Tadeuszs eigener Hand, wie Lucjan mir voller Ehrfurcht zuraunte. Einhersprengende Pferde, gezückte Säbel. Ein vom Schimmel rückwärts fallender Soldat, die Stiefel ragen in die Luft, die spitze Mütze aber sitzt ihm noch fest auf dem Kopf, damit man auch weiß, daß er ein Tatar oder Türke ist, während der obsiegende Reitersmann an seinen rotweißen Epauletten gut als Pole zu erkennen ist. Reitende Kosaken, einzeln, in Formation, im Trab, im Galopp. Und Pilsudski, immer wieder Pilsudski: von vorne, im Profil, in allen Größen und Haltungen, doch nie ohne den bedeutenden Blick, die steinerne Würde im Schauen. Bestimmt, dachte ich, kann Pan Tadeusz seinen Pilsudski mittlerweile auswendig malen, kommt er ohne alle Vorlagen aus ...

Von diesen Bildern und Militaria stach ein Stein ab, grau und länglich. Bei dem dämmrigen Licht im Zimmer dauerte es seine Zeit, bis ich auf dem Stück Spuren einer stark beschädigten Mutter Gottes mit dem Jesukind erkennen konnte.

Pan Tadeusz strahlte im Glück des Gastgebers. Auf seinem Schenkel thronte ein kleiner Junge, Sohn der Enkeltochter, deren Familie das Militärmuseum mitbewohnte. Der Urenkel schaute aus seinen großen dunklen Augen mit einem vollkommen ernsten, ja abweisenden Ausdruck auf die fremden Leute da um ihn, erwiderte kein Lächeln, genoß sich als trotzige kleine Majestät, wenn er auch nicht ganz so einschüchternd wirkte wie die vielen Pilsudskis.

Zu sechst ließen wir uns um einen niedrigen Sofatisch nieder, und ich achtete darauf, nicht zu weit von Potocki entfernt zu sitzen. Zwischen ihm und mir blieb nur ein Sessel, auf ihm hatte Maja Posten bezogen, der Pudel des Grafen. Obwohl sich deshalb vier nicht gerade schlanke Männer auf das schmale Sofa zwängen mußten, unterstand sich keiner von ihnen, Maja den Ehrenplatz an der Seite ihres Herren streitig zu machen.

Neben mir saß Lucjan, wie Potocki in seinen Sechzigern, aber ganz in sich geduckt, die grauen glatten Haare vorne in die Stirn gekämmt, darunter ein altmodisches Brillengestell mit dicken Gläsern – die jedoch gar nicht dick genug sein konnten, seinen Lebenswitz in den Winkeln zu verdecken. Lucjan hatte sich mir als Militärschriftsteller vorgestellt. Er arbeite auch auf dem Gebiet der Marschmusik und habe gerade erst, im Mai, ein großes internationales Festival von Militärkapellen in Krakau organisiert, »natürlich mit Ihrer Bundeswehr als sehr gern gesehenem Gast«, wie er mir gegenüber unterstrich. »Hoch leb' das brausende Meer, hoch lebe die Seeräuberei«, schmetterte er, zu mir gewandt, auf deutsch. Stand auf und verschwand hinter dem Vorhang und werkelte an einem Kassettengerät herum, daß die Säbelfutterale tanzten. Zu Ehren unseres Gastgebers Pan Tadeusz, der aus Lemberg in Ostpolen stammte, legte Lucjan Bänder mit ukrainischen Chören und Blaskapellen auf. Somit waren auch die Ohren versorgt. Ich spürte einen gewaltigen Druck auf meiner Brust.

Vor uns, auf dem Tisch, eine Batterie Flaschen – Wodka und Rotwein. Zwei Teller mit Salzgebäck, von Pan Tadeusz in Reih und Glied angeordnet – eine vorbildliche Parade. Als einziger in der Runde trank Potocki weißen Wein. Vier Flaschen davon, aus Bulgarien, hatten in der Plastiktüte gesteckt. Wohl um die Blume seiner Vorzugsmarke ein wenig zu verfeinern, gab er dem Wein einen tüchtigen Schuß Wodka mit ins Glas, der im Laufe des Abends immer größer wurde, zuletzt im Mischverhältnis eins zu eins. Man trank und plauderte sich ein, die tiefen Männerstimmen aus der Ukraine dröhnten hinterm Vorhang. Lucjan übersetzte mir hin und wieder einen Satz, manches erriet ich selbst. (Die Lektionen in der Kawiarnia Europejska waren also doch nicht ganz vergebens gewesen.)

Wenn ich gar nichts mehr verstand, nahm ich, nachdem ich mich an den Ulanen und Kosaken und sämtlichen Pilsudskis fürs erste sattgesehen hatte, meine Tischnachbarin in Augenschein: Comtesse Maja, der graue Pudel, rund wie ein Mops, mit weißer Schnauze und dem trüben Blick des Alters. Immer wieder zog Potocki Maja zu sich herüber, mit einem martialischen Karnickelgriff, drückte die betagte Dame an seine Heldenbrust und ließ sich ab und an einen Kuß von ihr über das violettrote Nasengebirge schlecken, bevor er sie dann wieder hinüberexpedierte, weil er seine Handschaufeln zum Reden brauchte.

Endlich wandte er sich mir zu, ein Potocki, dessen Urahn die *Handschrift von Saragossa* geschrieben hatte, die ich allabendlich zur Hand nahm, wenn auch nur kurz – weil das Buch nicht von ferne so spannend war wie der kunstreich inszenierte Tod seines Autors.

»Wissen Sie ...?« sprach mich der Nachfahr über Maja hinweg mit einem Stimmaufwand an, als müsse er die ganze Etage damit versorgen, sein Organ schaffte die ukrainischen Chöre mühelos beiseite. »Wissen Sie ... ?« fragte er in flüssigem Deutsch, wechselte aber nach den ersten, mit seinen Händen weltumfassend untermalten Worten, für ihn wohl weniger bemerkbar als für mich, sofort wieder ins doch geläufigere Polnisch über. »Wissen Sie, mein deutscher Freund, wer die besten Soldaten auf der Welt sind?« Nach einer längeren Rede war er mit dieser

Frage zuletzt wieder im Deutschen angekommen. Potocki hatte dabei den anderen offenbar die Frage schon selbst beantwortet, denn ich hörte ein paar Mal *Stalingrad* heraus und öfter noch *Wehrmacht*, wobei das Wort *Macht* in seinem Mund geradezu explodierte, nicht unähnlich der Art, wie es der Gefreite aus Braunau geschnarrt hatte seinerzeit.

Mir war reichlich mulmig zumute, der Graf dagegen gönnte sich nach seinen Ausführungen einen zügigen Schluck Weißwein-Wodka und kam immer besser in Schwung.

Lucjan half mir in meinem Schweigen. Er beugte sich herüber und flüsterte: »Der Graf meint, die besten Soldaten auf der Welt seien die Deutschen. Was sie bis Stalingrad geleistet hätten ... einen halben Kontinent vor sich hergetrieben ...«

Ich saß wie auf Kohlen. Nichts macht wehrloser, als für etwas gelobt zu werden, von dem man selbst nicht gerade die höchste Meinung hat, gelinde gesagt. In meinem Fall kam noch schlichte Unkenntnis dazu.

Der Graf wartete nicht länger auf meine Antwort.

»Jawoll, die Wehrmacht«, dröhnte er und schnalzte anerkennend mit Zeigefinger und Daumen. »Und nach den Deutschen kommen dann sofort wir Polen.«

»Ich bin nicht besonders bewandert in militärischen Dingen ...«, sagte ich, mit kleiner Stimme. Ich wollte mir etwas Luft verschaffen, ohne doch den Grafen und den Gastgeber und seine Freunde, die voller Erwartung an meinen Lippen hingen, allzusehr zu enttäuschen oder gar zu verletzen. Lucjans Übersetzung dieses Offenbarungseides wischte der Graf unbeeindruckt weg, der bulgarische Wein ließ keinerlei Trübung seiner Stimmung zu.

Dann hatte Pan Tadeusz seinen Auftritt. Da er aus Ostpolen stammte, sprach er auch ukrainisch und wurde von seinen Gästen aufgefordert, ihnen etwas in dieser Sprache vorzutragen. Pan Tadeusz stand von seinem Sessel auf – der Urenkel im Batman-Hemd hatte sich vorher schon seinen Liebkosungen entwunden und vor den wummernden Chorälen getrollt –, der Greis nahm Haltung an, schloß sein Jackett, ein Zittern der Aufregung um die

Lippen. Und deklamierte ein paar Minuten lang, mit seiner brüchigen Fistelstimme – es klang, als sage er etwas auf, Verse aus einem Heldenepos vielleicht, auswendig gelernt vor vielen Jahrzehnten auf einer Schulbank in Lemberg.

Lob von allen Seiten für seinen Vortrag, der Alte genoß es mit rührender Schüchternheit. Tippelte davon und brachte die nächsten Flaschen Wodka bei, dazu ein Tablett mit vollen Gläsern – jemand hatte im Verborgenen Tee zubereitet – die Enkeltochter vielleicht?

Lucjan hatte inzwischen das Band gewechselt. Abermals ein Männerchor, nicht weniger schneidig, dazu noch von angriffsfreudigem Optimismus befeuert.

»Das jetzt ist ein russisches Lied, eine kommunistische Hymne, aus der Stalinzeit. Es ist nur Spaß, verstehen Sie?« klärte er mich mit glänzenden Augen auf, nachdem er, wie die anderen Gäste auch, bis zum Schluß lauthals mitgesungen hatte. »Die Jungen heutzutage hören Heavy Metal, das ist noch lauter. Wir Alten hören lieber diese Musik. Das ist ganz harmlos, das hat mit dem Krieg nichts mehr zu tun, glauben Sie mir. Sehr gut – sehr gut ist übrigens auch das neue Liederbuch der Bundeswehr. Kennen Sie es ?«

Statt eine Antwort zu geben, schenkte ich uns beiden Wodka nach. Wir füllten uns hier gegenseitig die Gläser, zum Zeichen, daß wir alle Freunde waren. Jetzt wurde nicht mehr gesprochen, ein jeder sang, mit dem Tonband oder dagegen – was ihm gerade so einfiel. *Lili Marleen* mit einem Mal, mir zu Ehren, nahm ich an. Deshalb summte ich auch mit, dadi – dada, um meinen guten Willen zu beweisen, während die polnischen Freunde zumindest mehrere Zeilen auf deutsch mitsingen konnten, Lucjan sogar alle Strophen. Bei *Am Brunnen vor dem Tore* ging es mir nicht viel besser, Lucjan beäugte mich von der Seite, nickte mir aufmunternd zu, ich lächelte etwas gezwungen zurück und deutete immerhin ersatzweise Schunkelbewegungen an. Dann stimmten sie die *Alten Kameraden* an, Lucjan intonierte, an seinem Handrücken schmatzend, den Posaunenpart dazu, wirklich mit beachtlichem Geschick. Doch auch mit den *Alten Kameraden* konnte ich nicht dienen – fast hatten sie mich soweit, daß ich mich dafür zu genieren begann. Bis dann der Graf den Einsatz gab: »*Die*

Fahne hoch, die Reihen dicht geschlossen ... Singen Sie mit, mein Freund!« rief Potocki zu mir herüber mit einer Armbewegung, als schwänge er die angesungene Fahne über unseren Köpfen.

Es war endlich ausgestanden. Das nächste Lied klang mir wieder vollkommen fremd, zum Glück. Hatten sie ihr deutsches Repertoire ausgeschöpft, oder wollten sie mich, der ich sichtbar ein so miserabler Sangesbruder war, nur schonen?

»Ist Lied von Oktoberrewolucja«, radebrechte Wit, der bisher, außer zum Trinken und Singen, noch keinmal den Mund geöffnet hatte. Wit war mit seinen vierzig Jahren der Jüngste in der Runde, vom Umfang her der Mächtigste.

»Das ist nur Spaß, verstehen Sie?« beruhigte Lucjan mich wieder von der Seite, bevor er aufstand und abermals ein neues Band auflegte.

Als er zurückkam vom Zaubern hinter dem Vorhang, wurde er von Pan Tadeusz gebeten, ein Lied zu singen – allein. Schließlich war er ja der Kundigste in diesem Kreis. Bei keinem der bisherigen Gesänge hatte er, anders als der stimmlich weitaus kräftigere Graf, auch nur eine einzige Silbe auslassen müssen. Lucjan zierte sich ein bißchen, in seiner bedächtigen Art, hielt den Kopf zwischen die Schultern gedrückt, stand da, ein krummes Zeichen, und schaffte sich damit Aufmerksamkeit.

»Heute singe ich nur ein Lied«, erklärte er mit vorsichtiger Bestimmtheit. Er hatte also seinen Auftritt peinlich genau vorbereitet. »Ein Lied nur, und zwar, zu Ehren unseres Freundes aus Breslau, *Die Wacht am Rhein* – zuerst auf deutsch und dann auf polnisch.« Und sang, ein wenig atemlos und dünn bei Stimme, sämtliche Strophen herunter, die deutsche Fassung solo. Die polnische Version vereinte dann alle wieder im Geiste Kaiser Wilhelms.

Pan Tadeusz schwankte schon bedenklich, als er mit seinem Wodkaglas auf Wit zusteuerte. Der Greis, hochrot mittlerweile im Gesicht, mußte sich auf die Zehen stellen, um dem schweren, bulligen Wit, so sehr der sich auch nach unten beugte, durch den Arm Brüderschaft zutrinken zu können. Das halbe Glas Wodka landete denn auch auf dem Revers von Pan Tadeuszs gutem braunen Anzug.

»Wit ist Kommunist«, raunte Lucjan mir zu und kicherte, »oder war's einmal, genau kann das Ihnen niemand sagen, er selbst wohl auch nicht ...« Von daher also das Ehrenkleid der Werktätigen an Wit, obwohl er Bergbau an der Hochschule lehrte: kariertes Wollhemd mit offenem Kragen, unter den Armen verschwitzt, eine Jeans im freien Hang am Bauchgewölbe, Sandalen an den Füßen – während alle anderen sonst Krawatten trugen, pflegte Wit noch den Stil der vergangenen Tage. Doch der Schalk, der ihm in den eingepolsterten Augen saß, konnte ahnen lassen, daß man sich um ihn keine Angst zu machen brauchte – er würde es sich schon richten auch in der neuen Zeit.

Um die Pause der Rührung zu nutzen, die um Pan Tadeusz' Verbrüderungsakt entstanden war – der Alte saß wieder mit trunkenem Lächeln in seinem Sessel –, stellte ich der Runde die Frage, die mir bisher jedermann in Krakau hatte beantworten müssen.

»Naturalnie!« donnerte Potocki von seiner Höhe, als müsse er einer Schwadron Reiter in vollem Galopp die Kehrtwendung befehlen, natürlich kenne er den Hund. »Seit fünf Jahren – seit fünf Jahren! – wartet der dort auf seinen Herrn!« Sprach's, der Graf, griff nach links, zog Maja her und gab ihr einen satten Kuß auf ihre weiße Schnauze, für so viel Treue ihrer Gattung.

Obwohl Lucjan nicht nachließ, liebenswürdig wie er war, mich mit seinen Erklärungen auf dem laufenden zu halten – wenn er nicht gerade glasweise Rotwein kippte oder sich singend in seine geliebte Marschmusik einmischte – gab es doch längere Strecken während dieses Abends, an denen ich nur ein paar Fremdworte, ein paar Sprachfetzen, nur Gesten und Mimik auffing. Wit, der kugelrunde Kommunist, versuchte mit seinen drei Brocken Englisch zu erklären, wie schlecht alles geworden sei in Polen mit dem Ende des Kommunismus. Er fühlte sich ansonsten aber sichtbar wohl in diesem Kreis und war ausgesprochen mitteilsam geworden, seit er seinen Pegel erreicht hatte.

Der Graf umhalste eben mal gerade seine Maja wieder. Fuhr dann hoch und polterte mich an – ja, wirklich, kein Zweifel – er meinte mich. »Lemberg!« schrie er, in Feldherren-Rage, den schiefen Mund schrecklich verzerrt. »Geben

Sie mir Lwow zurück, und Sie können Ihr Breslau wiederhaben – fünfmal!«

»Tak – tak – tak ... «, feuerten sie mich von allen Seiten an, Lucjan und Wit und Pan Tadeusz, auf diesen Ehrenhandel, von Mann zu Mann, doch einzugehen. So günstig wie in dieser Stunde, flitzte es mir durch meinen trunkenen Kopf, so schnell wird Schlesien nie mehr zu haben sein. Offenbar weckte auch in mir der Wodka Begehrlichkeiten, die sonst längst vergessen schienen.

»Schlesien ist deutsches Land, die Städte dort sind deutsch«, schob Lucjan, der Besonnene, auch im Rausch noch nüchtern, im Kammerton nach. »Aber der Osten, das, was die Russen sich eingesteckt haben, unser Galizien, unsere Ukraine – das ist gutes altes polnisches Land – verstehen Sie?«

Bevor nun alle Dämme brachen und vielleicht auch, um dem Grafen für sein hochsinniges Angebot Entgegenkommen zu zeigen, stellte ich ihm die Frage jetzt, die ich den ganzen Abend vor mir hergeschoben hatte, wegen der ich überhaupt hierhergekommen war – die Frage nach seinem Ahnen, dem Verfasser der *Handschrift von Saragossa.*

Mit Fragen zur Literatur im engeren Sinn wollte ich den Grafen in seiner jetzigen Stimmung nicht mehr behelligen, zumal ich mir nicht sicher war, wann wohl zum letzten Mal er das Buch zwischen seinen Händen vergraben haben mochte. Was mich ja auch viel mehr beschäftigte, das waren die Umstände des Todes, den jener Jan Potocki sich selbst gegeben hatte – das tägliche Anspitzen des Samowarknaufs mit dem Messer, bis er endlich, eines unabsehbaren Tages, aber doch gewiß, als Kugel in den Lauf seiner Pistole paßte.

Ob das denn so stimme, wie ich es gelesen habe, fragte ich den Grafen, befeuert vom Alkohol.

»Nie und nimmer«, brüllte der nachgeborene Graf Potocki auf, im Innersten getroffen. Seine Hände hatte er gegen mich aufgespreizt, mit ihrer ganzen enormen Spannbreite, als wollte er mir die Gurgel zudrücken damit für immer. »Nie und nimmer!« Und riß die Zuckerdose vom Tisch, aus Porzellan, derart ungestüm hielt er sie mir hin, mit solchem Körperschwung, daß es Maja von ihrem Stuhl herunterwischte. »Rosjanie«, immer wieder ausgespuckt, aus tiefster Verachtung, mit wilden Weißwein-Wodka-Tropfen, und »samowarow«, und »Polacy nigdy«. Mir dämmerte der Sinn seines Fluchens bereits, noch bevor Lucjan, eingeschrumpft unter dem Gefühlsausbruch des Grafen, mir zuflüsterte: »Die Schraube von einem Zuckerfaß ... es war die Schraube von einem Zuckerfaß ... Kein Samowar ... Nur Russen benutzen einen Samowar, wir Polen nicht ... Niemals!« Und lenkte weiter ab, der Gute, in seiner Angst um Frieden. »Das übrigens, das sind russische Chöre jetzt« – sprach's und fiel in den Sang des Grafen ein, der längst den Text mitschmetterte, auf russisch, im Stehen, daß ich um die Säbel an den Wänden fürchtete. Zuletzt sang der Graf das russische Lied ganz alleine weiter – a capella.

Im Gehen verändert sich Leszeks Erscheinung: Er kam mir jetzt kleiner und korpulenter vor, wie wir so nebeneinander die Planten entlangbummelten. Wenn wir saßen, hatte ich das Gefühl, Leszek überrage mich gut und gern um einen Kopf, so straff wie er sich dabei hielt. Hier im Park aber waren wir gleich groß. Dafür trat jetzt die ganze Massigkeit seines Leibes zutage – der Bauch wölbte sich unter dem blauen Feincordhemd, das gut zu der sandfarbenen Gabardinehose paßte. Leszek war auch im Gehen, sein Mäppchen unterm Arm, ein imposanter Mann, und doch hatte ich den Eindruck, daß für ihn das Sitzen die Daseinsform sei, in der er sich am glücklichsten verwirkliche.

Am späten Vormittag hatte Leszek mich von meiner Wohnung abgeholt, um sich von mir zu verabschieden. Ans Meer wolle er fahren, nein, eigentlich nicht er, sondern Dorota, der es nie und nirgends besser gehe als in den Winden an der Küste. Er selbst bliebe natürlich viel lieber hier, in der Stadt, um die Figur seines Herrn Jedermann für den Funk weiter auszuarbeiten und vor allen Dingen: um mich zu treffen, die kurze Zeit zu nutzen, die ich in seiner Nähe sei.

»Wir haben uns doch noch so viel zu erzählen, Walter, über unsere Literatur, mein Drehbuch, deinen neuen Roman«, sagte er, mit einem schrägen Blick von der Seite. Seine wäßrig blauen Augen wirkten traurig dabei, waren aber von einer Traurigkeit, die ich ihm nie recht abnahm, sondern eher für eine listige Tarnung seiner Art von Lebensübermut hielt. »Doch Dorotas Gesundheit geht nun einmal vor, danach muß ich mein Leben ausrichten. Ich fürchte, daß ich sie nicht mehr so lange an meiner Seite habe ...«

»Weißt du, was mir auffällt hier in Krakau«, sagte ich, um keine Trübnis aufkommen zu lassen. »Manchmal gehen die Menschen geradenwegs auf ein Schaufenster zu, ohne auf die Leute zu achten, die ihnen dabei in die Quere kommen, und dann folgst du ihrem Blick und erkennst: ein Firmensignal, das Zeichen irgendeines westlichen Produkts. Warenvergessen ... warenversessen steuern die Menschen darauf zu, weil sich ihre Augen festgesaugt haben an einem Symbol des westlichen Warenzirkus. Ich meine, dein Jedermann ... das ist sicher auch so einer.«

Ich versuchte mich abzulenken von dem Gedanken, daß jetzt, wenn Leszek von Krakau fortging, mein Aufenthalt hier seinen Sinn verloren hatte. Das Buch kam hoch in mir, als Vorwurf, mein Buch, das ungeschriebene, ja das unschreibbare – ich hatte ihm näherkommen wollen hier und war ihm ferner denn je. In den Wind schreiben, das himmlische Kind, hallte es in meinem Kopf. Obwohl, wenn man's genau bedachte – »Sag mal, Leszek, was weißt du von dem Hund, der seit einiger Zeit auf einer Verkehrsinsel lebt, drüben, am Rondo Grunwaldzkie, so ein herrenloser, alter Köter. Hast du von dem schon gehört?«

Um Leszeks Mund das schiere Unverständnis, mehr noch: Abwehr. Kein Nachfragen. Tiere schienen seine Neugier nicht anzustacheln.

»Und wer war dieser Grunwald überhaupt?«

»Grunwald?« wiederholte Leszek langsam und zog die Stirn kraus dabei. »Vereinigung Grunwald ... das ist keine gute Adresse bei uns in Polen. Eine antisemitische Organisation ... schrecklich dumme Leute ... Ein Hund lebt dort, sagst du? Na und? Ich habe keinen Sinn für Hunde ... Pferde, ja, gut, aber Hunde ... Nur einmal hatte ich einen Hund, Bombolo hieß er, Bombolo, die bunteste Mischung, die du dir vorstellen kannst, und ich war siebzehn damals. Die letzten Monate des Krieges ... Ich war weggelaufen von zu Hause, von der Schulbank, um mich der Heimatarmee anzuschließen, Armja Krajowa, die Sabotageakte durchführte gegen die deutsche Besatzung. Es war das erste Mal, daß ich von zu Hause weg war, fort aus diesem wohlbehüteten Elternhaus, und ich träumte, ein Held zu werden, so ein richtiger Held, der Retter Polens. Und dann diese Einsamkeit, das Verlassensein unter all den groben Menschen dort, grob und unhöflich und ohne Bildung die meisten. Kalt war es, Winter. Und dann die Angst, die Angst ums Leben, und armselige Unterkünfte und miserables Essen, Rüben, Kartoffeln, Brot. Da lief mir dieser Hund zu, ein kleines Vieh, völlig heruntergekommen. Du konntest die Rippen zählen durch sein Fell, struppig, verfilzt. Den habe ich erst einmal gewaschen, mehrmals, und ihm die Flöhe weggefangen, so, mit den bloßen Händen. Und band ihm ein Hanfseil um den Hals, damit er mir nicht weglief und womöglich in einem Topf landete, nach all der Mühe, die ich mir gemacht hatte mit ihm. Wir wurden unzertennlich, wir beide, Bombolo und ich, unzertrennlich ... Und in diesen Wochen habe ich meine Unschuld verloren ... das erste Glück mit einem Mädchen, ich meine: körperlich ...« Leszek bekam seine traurigen Augen wieder, als seien es schreckliche Erinnerungen, die ihn in ihren Fängen hielten noch in dieser Stunde.

»Ach, laß uns ein bißchen niedersitzen hier, ja?« sagte ich, als ich im Duft von zwei Akazien eine leere Bank entdeckte. Denn ich erwartete jetzt eine längere Erzählung.

»Sanitäterin war sie, zwanzig Jahre alt vielleicht, uralt also für mich damals. Eine ganz gefährliche, erfahrene Frau, so kam sie mir jedenfalls vor mit meinen siebzehn, und bildschön, das kannst du dir denken. Und klug dazu, sie hatte wohl schon ein Semester Zahnmedizin studiert in Warschau, ehe sie sich der Heimatarmee anschloß. Sie trug Uniform, eine verrückte Phantasie-Uniform – eine Wehrmachtsjacke, ein Beutestück von irgendwoher, und ein blaues Schiffchen, schräg in ihr Haar gedrückt, festgehalten mit zwei Spangen, glaube ich, vollkommen schwarze Haare, nachtschwarze Pracht ... Und so schwarz waren auch ihre Augen, eine dunkle Schönheit, und das schlimmste für mich: ihre Brüste, die sich unter dem Wehrmachtsrock abzeichneten, so ... so – zum Verrücktwerden, Walter, ich sage es dir«, und Leszek schaute mich an dabei, als marterten ihn heute noch alle Qualen der Erde bei der Erinnerung an diese Brüste. »Wie hieß sie eigentlich? Ja wie hieß sie nur ...?« Er schmatzte mehrmals trocken mit den Lippen, doch der Name blieb verloren.

»Eine Tanzveranstaltung auf dem Dorf, in dem wir uns versteckten vor den Deutschen, an einem Samstagabend, mit Bauern, in einem abgedunkelten Haus. Und sie, sie saß neben dem Ofen, den Wehrmachtskittel offen, ich wußte nicht mehr ein noch aus bei dem, was ich da zu sehen bekam, mit meinen siebzehn Jahren, und dann habe ich mich doch getraut, nach langen inneren Kämpfen, und habe sie aufgefordert zum Tanz, sie sagte nicht nein, und wir drehten unsere Runden in der Bauernstube um die fauchende Ziehharmonika. Und kamen uns näher, ich drängte mich an ihren Körper und sagte ihr ein paar Dinge ins Ohr, um dabei ihre Brust zu spüren, und sie lachte – witzig war ich ja immer, auch damals schon –, und dann gingen wir hinaus, vor die Tür, und es war Winter, eine bitterkalte Winternacht, viele viele Grade unter Null bestimmt. Und trotz dieser Kälte, du glaubst es nicht – aber so sind die polnischen Frauen, so hingebungsvoll, Walter! –, trotz Schnee und Eis liebten wir uns, hinter einem Schuppen, im Schnee. Es war hinreißend, glaub es mir ... Aber als sie wieder aufstehen wollte, kam sie nicht hoch, schrie, sie schrie vor Schmerzen, ein grelles Schreien – sie war festgefroren im Eis. Und ich war vollkommen ratlos. Was sollte ich tun? Ich dachte sogar ans Weglaufen, stell dir das vor. Aber sie behielt die Übersicht, war viel ruhiger als ich. Sie schickte mich los, ich sollte heißes Wasser holen. Und ich weckte die Bauern auf, eine alte Frau machte Wasser warm auf dem Küchenherd, es schien Stunden zu dauern, bis es kochte. Dann liefen wir mit der Schüssel hin zu ihr, und sie lag immer noch im Schnee und wimmerte und weinte. Ich hatte immerhin meinen Mantel geopfert und über ihre Kostbarkeit gelegt und unter die Beine gestopft. Die Bäuerin planschte mit dem Wasser an ihr herum. Mich hatte die Alte gleich weggejagt, mit einer stummen Geste, die keinen Widerspruch duldete. Ich stand herum, aufgeregt, klapperte vor Kälte, unfähig, ein Glied zu rühren. Dann kam sie endlich frei, stand wieder auf ihren Beinen, und ich stützte sie und brachte sie in ihr Zimmer und blieb die ganze Nacht bei ihr. Ich machte Umschläge auf ihrem wundervollen weißen Popo und massierte ihn, daß sie jammerte, und dann liebten wir uns wieder. Dann wieder Umschläge, und wieder Liebe, und neues warmes Wasser aus der Küche vom Herd, und neue Liebe, bis es hell war draußen, auf einmal.

Und jetzt sage ich dir eines, Walter: Vor zehn Jahren hatte ich eine Lesung in Lublin, und am Morgen danach plagten mich Zahnschmerzen, so übel – ich mußte gleich zu einem Arzt. Der setzte mir eine Betäubungsspritze ... und bohrt an dem Zahn herum, ich sterbe fast auf meinem Stuhl – und da geht sie durch das Zimmer, sie, du glaubst es nicht, im weißen Kittel, ein enger weißer Kittel, und immer noch das herrlich schwarze Haar. Sie trägt es offen, lang, wie damals – so schwarz. Und der Kontrast zu dem hellen Gewand ... Ich weiß nicht, ob sie mich erkennt. Ich rufe nach ihr, natürlich, nein, ich will rufen, ihren Namen, aber es gurgelt nur hinten in meiner Kehle, ein paar stumpfe Laute, die Hand des Arztes in meinem Mund, mit dem rasenden Bohrer, ich drehe mir die Augen aus dem Kopf, krächze noch einmal, der Arzt drückt mich mit seiner freien Hand tiefer in den Stuhl hinein. Sie wendet sich kurz um, glaube ich, ein Blick dieser schwarzen Augen gleitet über mich, aber sie nimmt mich wohl nicht wahr, steht am Fenster und hält ein Röntgenbild gegens Licht, nickt dann, kehrt um, geht an mir vorbei, und dabei sehe ich – ja, wirklich! – ich sehe ein Lächeln bei ihr, ein winziges Lächeln nur in ihren Augen – sie hat mich also wiedererkannt ... Nach der Behandlung habe ich sofort die Sprechstundenhilfe gefragt nach dieser Ärztin, noch mit betäubtem Kiefer, konnte kaum reden, aber sie war nicht aufzufinden in der ganzen Praxis, war weg, verschwunden. Sie mußte geflohen sein vor mir, geflohen vor ihren Erinnerungen ... denn es war Sommer jetzt, eine schöne warme Sommersonne lag auf den Wiesen draußen ...«

Und heute wieder, in Krakau, über den Planten, und ein paar Mal noch – Leszek, adieu, auf bald!

Es war abenddüster in unserer Dunklen Gasse, schon wieder ein Abschied, und wunderbar warme Luft lag über der Stadt, doch nicht für uns. Wann endlich einmal? Jetzt aber kein Aufschub mehr, kein allerletztes Drücken – Awa suchte in ihrer Handtasche bereits nach den Schlüsseln. Ein kleines »Ach« von unten. »Ach«, sagte sie, »das wollte ich dir doch noch geben ...« Und zog einen Zettel aus der Tasche. »Da, hier – von ihm.«

Ein Blatt, mehrmals gefaltet, zerdrückt. Ein Zeichen, habe er damals gesagt, für sie. Nur sie könnte es verstehen, wenn sie es verstehen könnte – er sei sehr traurig gewesen dabei.

»Und warum trägst du es immer mit dir herum? Das Papier ... Es wird dadurch nicht gerade ...«

Awa zog ungeduldig die Luft ein. »Mutter, wegen Mutter ... verstehst du denn noch immer nicht? Ihr traue ich zu, daß sie bei mir herumwühlt, wenn ich weg bin, und da sie ja ein paar Brocken Deutsch versteht ... oder einer ihrer vielen Freunde aus Deutschland, ich meine ...« – und Awas Lachen, hoch zu mir, verfiel schon wieder.

»Das will ich ihm doch wirklich nicht antun, weißt du. Es schien ihm wichtig zu sein, damals, etwas ganz Persönliches, nur für mich, und doch nicht.«

Ich erkannte Wohlgasts Handschrift sofort. Ein Gedicht oder mehrere Strophen, ich überflog die Zeilen, hielt sie weit weg von mir, um sie zu entziffern in der Dunkelheit. Las die Strophen einmal, zweimal, faltete den Zettel wieder klein und reichte ihn Awa zurück.

»Nein, für dich«, sagte sie. »Behalt es. Du hast seine anderen Sachen ja auch. Ich brauche keine Zeichen mehr von ihm ... Zeichen ...«, wiederholte sie langsam und hob ihre Schultern dabei.

So dramatisch. Und in einer solchen Stimmung sei er damals auch gewesen, als er plötzlich ein Blatt von ihr gewollt habe, ganz dringend. Sie hätten sich gerade – ein Stau in Awas Rede, ein Ruck – geliebt hätten sie sich, und da sei wieder diese Trauer in ihm gewesen, dieser Schmerz, der sein Gesicht verzerrte habe – wie ... »Es war schrecklich für mich, kannst du das verstehen? Ich war dann immer vollkommen ratlos ... und auch ein bißchen beleidigt, natürlich.« Gegen Ende seiner Zeit hier, das letzte oder vorletzte Mal, als sie so zusammen gewesen seien, habe er – ratsch! – ein Papier von ihrem Block gerissen, als wären Furien hinter ihm her, als drängte ihn irgend jemand, in höchster Eile etwas aufzuschreiben, das sonst ... für immer. Sie habe ihn gar nicht anschauen können in seinem Zustand damals, habe den Kopf weggedreht, aber sie habe sein Schreiben gehört, so – getrieben, ja, jetzt habe sie das Wort endlich: getrieben. Und dann: ein Zeichen, auf Papier, für sie, angeblich. Nein, für sich habe er das niedergeschrieben, für sich ... »So schreibt man nur ... in seiner letzten Stunde vielleicht.«

Schmerz war in ihren Worten, Enttäuschung – und Widerstand: der Wille, sich zu behaupten – eine Grenze zu ziehen gegenüber einem anderen, die eigene Person zu wahren.

Möglich, daß sich Awas Verweigerung gegenüber diesem letzten Zeichen Wohlgasts, wie er es genannt hatte, auf mich übertrug. Beiläufig steckte ich den Zettel weg. Ich bin mir heute noch fast sicher, daß ich ihn damals in mein Notizbuch schob – und habe ihn doch nicht mehr gefunden. Er ist mir abhanden gekommen. Als ich ihn mir später noch einmal genauer anschauen wollte, suchte ich ihn in meinen Unterlagen und zwischen den Büchern. Ich stellte wirklich alles auf den Kopf, immer ungeduldiger, immer hektischer zuletzt, stöberte die Winkel der Wohnung durch, griff in jede Jacke, in jede Hose, blätterte Buch für Buch durch – nichts. Das Zeichen Wohlgasts, das ihm so wichtig war, hat sich verloren.

Heute bedaure ich das sehr. Denn wenn ich langsam und laut die beiden Verse vor mich hinspreche, die mir geblieben sind von der Lektüre in der dunkelnden Gasse von Kazimierz, vor den niederbröckelnden Häusern des ehemaligen Schtetls, denke ich mir, sie könnten einen entscheidenden Fingerzeig geben, um dieses Rätsel Wohlgast zu entschlüsseln, könnten ein wenig mehr Licht in das

Geheimnis seines Lebens bringen. *Was zwingt dich still zu stehen auf der verfallenen Stiege, im Haus deiner Väter?* So habe ich den einen Vers in Erinnerung. Und der andere hieß: *Schwester, da ich dich fand an einsamer Lichtung des Waldes und Mittag war* ... Herausgerissen diese Worte aus dem Zusammenhang, in dem sie standen, gelöscht jede Andeutung, wer diese Schwester sei – Mascha, Awa, eine dritte Frau? So muß das Ungeklärte stehenbleiben vorerst, soll es vielleicht auch. Und ich halte mich an die vage Hoffnung, eines Tages einmal, lesend, wieder auf das vollständige Gedicht zu stoßen. Ob sich dann vielleicht Wohlgasts Geheimnis lüften läßt? Ich werde es erleben. Eher nicht? Wer weiß ...

Der Romancier, der seine Geschichten erfindet, müßte einen Tatbestand, von dem ich gleich zu berichten habe, als eine unzulässige Wendung seiner Phantasie verjagen – und das zu Recht. Da meine Geschichten aber, auch diese hier, streng nach dem Leben gearbeitet sind – einem Leben, das sich, wie ich es tagtäglich neu erfahre, ungleich zufallsreicher und wilder und verrückter aufspielt, als es die kühnsten Konstruktionen eines Dichters je zusammenbauen könnten –, müßte ich dieses Leben abwandeln, ja ich müßte es verdrehen geradezu, um wahrhaftig zu erscheinen. Ehe ich mich aber auch nur an einem einzigen Irrwitz des Lebens verginge, den festzuhalten überhaupt der Antrieb und die Lust meines gesamten Schreibens ist, lasse ich mir lieber von altklugen Lesern einen Verstoß gegen die vermeintlich guten Sitten der Erzählkunst vorhalten.

Als Marek Adler mir nach seiner Lesung neulich im Haus des Schriftstellerverbandes seine Adresse genannt hatte, war ich nicht stutzig geworden. Schön, er wohnte in der Szeroka, dem Herzstück von Kazimierz. Es freute mich, ihn dort zu wissen – eine anregendere Wohnlage kann ein Schriftsteller sich kaum wünschen.

Ein paar Tage später stand ich vor der Nummer 38, und die Ahnung während der letzten Schritte bewahrheitete sich: es war genau das Haus, in dem auch Awa wohnte mit ihrer Mutter. Dasselbe heruntergekommene, finstere

Treppenhaus, durch das ich zweimal gestiegen war, um Awas Mutter meine Aufwartung zu machen. Ich setzte meine Schritte leise jetzt, tastete mit den Sohlen vorsichtig um jedes Knarren herum, wollte weder der Tochter noch der Mutter in die Arme laufen.

Marek Adler wohnt im zweiten Stock, direkt unter den Kuszliks. Als die Tür aufging, öffnete sich ein Kunstraum vor mir, eine kulturträchtige Wohnlichkeit. Das Zimmer, in das Adler mich bat - auf die Szeroka hinaus, war reich bestückt mit alten Möbeln, die Wände hingen voller Ölbilder in starken, expressiven Farben, durch eine Tür wurde der Durchblick frei auf Bücherregale, hoch bis zur Decke - trotz dieser Fülle empfand ich keine Beklemmung durch Enge - es war ein geistbelebter Raum, der Weite schuf. Darin ein festlich gedeckter Tisch, mit Blumen, schönem Geschirr - für drei.

Adler, so wie ich ihn erlebt hatte bei seiner Lesung: klein und untersetzt, mit einer vorsichtigen Freundlichkeit auf dem Gesicht. Frau Adler: um ein paar Grade wärmer und herzlicher. Sie schien ein ganzes Ende jünger zu sein als ihr Mann, auch wenn das Haar, kurz geschnitten, ebenfalls ins Graue aufgehellt war. Sie stand da, hinter ihrem Mann, im blaßblauen Kleid. Hinter ihren wachen, sicher blickenden Augen zerging die kleine Befangenheit der Situation sofort, Nähe war zwischen uns und Abstand, Sympathie und Zurückhaltung, auch die Fremdheit durfte gelten, brauchte nicht überlächelt zu werden: der ganze Vorrat an alteuropäischer Bürgerlichkeit, ihr reserviertes Selbstbewußtsein.

Während wir Kaffee tranken und von den Süßigkeiten kosteten, die Frau Adler vorbereitet hatte - in Erinnerung blieb mir die Götterspeise in Glasschälchen, mit frischen Früchten vermischt -, kam ich noch einmal auf die Lesung im Schriftstellerhaus zu sprechen.

Ein neuer Text sei das gewesen, selbstverständlich, holte Adler aus, tief in seinen Sessel gerutscht, ein neuer Text und doch auch wieder nicht, je nachdem, wie man es sehen wolle. Kein Zweifel, dieses Thema behagte ihm.

Selbstportrait aus der Erinnerung - so heiße ein früheres Buch von ihm, sein Hauptwerk wohl, in drei

Bänden, noch in den siebziger Jahren erschienen. Dieses Buch verfasse er gerade noch einmal neu – nur vollkommen anders, mit zwei ganz eigenen Akzenten. Zuerst: in dem neuen Buch beschränke er sich – sicher habe das mit seinem Alter zu tun – ausschließlich auf die Kindheit, und zum zweiten erzähle er diese Anfänge seines Lebens diesmal aus der Sicht eines Juden.

»Sehen Sie, mein Elternhaus in der Florianska Nummer 10 war eher laizistisch, von einer, wie ich das nenne: routinemäßigen Frömmigkeit. Sie zeigte sich fast nur noch an jüdischen Feiertagen. Bei meinen Großeltern, da war das etwas anderes. Sie lebten hier, in Kazimierz, und waren sehr fromme Leute, alle beide. Mein Opa trug Kaftan und Schläfenlocken und lebte nach den religiösen Vorschriften, wie sie eben im Schtetl galten. Vielleicht lag das auch an ihrem Beruf: Sie führten ein Speisehaus, nach streng koscheren Regeln. Und Großmutter ... wenn ich an Großmutter denke ...« – ein Lächeln setzte sich um Adlers Lippen fest. »Am Schabbes trug sie ihr Taschentuch unterm Rock, mit Leukoplast auf den Oberschenkel geklebt, weil DER HERR doch befiehlt, daß man an Seinem Tag keine schweren Dinge und Taschen mit sich trägt ... Sie hoffte wohl, daß ER sie so nicht erwischte dabei, obwohl ... DER HERR ... « und brach ab in Lachen.

Mein Lachen ging ganz nach innen. Was mochte Oma Adler unter all den frommen Leuten im koscheren Lokal für unheilige Blicke auf sich gezogen haben, sobald sie sich schneuzen mußte – zumal sie ja nicht ihr ganzes Leben lang eine alte Frau war.

»Aber das wollte ich Ihnen doch gar nicht erzählen. Das sind nur ... « Adler wischte seine eigene Erinnerung (als sei sie ihm lästig) mit der Linken kräftig beiseite. Sein glattes, volles Gesicht war wieder so ernst, als wolle es niemals mehr lachen.

»Meine Eltern dagegen ... Mein Vater trug modische Anzüge, aus Wien, maßgeschneidert, und verkehrte eher mit Polen als mit Juden. In meiner Kindheit war mir diese Unterscheidung allerdings nur ganz blaß bewußt – in dem großbürgerlichen Milieu damals hat die Frage, ob man Pole oder Jude sei, keine große Rolle gespielt: wir fühlten uns